万葉集防人歌群の構造

東城敏毅　著

和泉書院

目次

第二部　防人歌群の歌の場と配列

序論

i　本書の主旨と方法

『万葉集』には「防人歌」と明記されている下記の歌群が収載されている。

（1）巻二十「天平勝宝七歳乙未の二月に、相替りて筑紫に遣はさるる諸国の防人等が歌」の題詞を持つ遠江・相模・駿河・上総・常陸・下野・下総・信濃・上野・武蔵の東国十国の防人およびその父・妻の歌八十四首（四三二一～四三三〇、四三三七～四三五九、四三六三～四三九四、四四〇一～四四〇七、四四一三～四四二四）。

（2）巻二十（1）に続く「右の八首、昔年の防人が歌なり。主典刑部少録正七位上磐余伊美吉諸君抄写し、兵部少輔大伴宿禰家持に贈る」の左注を持つ八首（四四二五～四四三二）。

（3）巻二十「昔年に相替りし防人が歌一首」の題詞を持つ大原真人今城伝誦の一首（四四三六）。

（4）巻十四東歌の中に「防人歌」として分類されている五首（三五六七～三五七一）。

（5）巻十三「右の二首、ただし、或るひと云はく、この短歌は防人が妻の作る所なり、といふ。しからばすなはち、長歌もまたこれと同作なることを知るべし」の左注を持つ長歌一首、反歌一首（三三四四・三三四五）。

（2）～（5）の防人歌は、（1）の天平勝宝七歳の防人歌以前においても防人歌が蒐集されていたことを示すとともに、伝承歌としての防人歌の有りようを端的に示している。これらの防人歌は東国方言や訛りをほとんど混入させておらず、都的な洗練された発想と表現を有していることからも、（1）の防人歌とは一線を画しているといえるであろう。したがって、（2）～（5）の防人歌は、「都人の口と耳によって濾過された状態で存在していた」伝承

月日	国名	防人部領使	進上歌数	拙劣歌数	収載率（%）	歌番号
二月六日	遠江	坂上朝臣人上	十八	一一	三八・九	四三二一～四三二七
二月七日	相模	藤原朝臣宿奈麻呂	八	五	三七・五	四三二八～四三三〇
二月九日	駿河	布勢朝臣人主	二〇	一〇	五〇・〇	四三三七～四三四六
二月九日	上総	茨田連沙弥麻呂	一九	六	六八・四	四三四七～四三五九
二月十四日	常陸	息長真人国島	一七	七	五八・八	四三六三～四三七二
二月十四日	下野	田口朝臣大戸	一八	七	六一・一	四三七三～四三八三
二月十六日	下総	県犬養宿弥浄人	二二	一一	五〇・〇	四三八四～四三九四
二月二二日	信濃	病を得て来ず	一二	九	二五・〇	四四〇一～四四〇三
二月二三日	上野	上毛野君駿河	一二	八	三三・三	四四〇四～四四〇七
二月二九日	武蔵	安曇宿弥三国	二〇	八	六〇・〇	四四一三～四四二四

上の防人歌と捉えられ、従来、大伴家持との関わりなどから編纂論的に考察されている。[1]

それに対して（1）は、それぞれの国から集結地である難波津まで防人を引率してきた部領使が、兵部少輔という立場にいた大伴家持に進上した歌であることが明らかであり、例えば「二月の六日、防人部領使遠江の国の史生坂本朝臣人上。進る歌の数十八首。ただし、拙劣の歌十一首有るは取り載せず」[2]などと、国ごとに進上の月日や部領使の官職・位階・氏名および進上歌数・拙劣歌数を明確に示している。それらを表示すると右のようになる。

そして、この一首一首の左注には、例えば「右の一首は国造丁長下の郡の物部秋持」（遠江・四三二一）、「右の一首は望陀の郡の上丁玉作部国忍」（上総・四三五一）などと、防人の地位・職分・役職などを示した肩書き名と作者名をも記載している。したがって、（1）は、他の作者未詳歌群や東歌や（2）～（5）などの伝承上の防人歌と異なり、天宝勝宝七歳という年に限定された防人の詠であることを主張し、防人個人の作であることを主張していることなる。

本書は、『万葉集』に収載されている防人歌の大半を占め、非常に重要な意義を持つ（1）に焦点を絞り、防人歌の本質に迫ることを目的とする（以下本書では（1）を「防人歌」と呼ぶこととする）。

ii　防人歌の歌群の位置づけ

ここで、まず本書の題目である「防人歌群」の定義を考えておかなければならない。

『万葉集』において「歌群」と想定されるものは、例えば、巻五に収載されている筑紫における大伴旅人の邸宅で催された宴での「梅花の歌三十二首」（八一五～八四六）、同じく巻五、漢文序と短歌、後人・最後人・最々後人の追和の歌からなる「松浦佐用姫の歌群」（八五三～八六三）、巻十五に収載されている「遣新羅使歌群」（三五七八～三七二二）、また、巻十六に収載される山上憶良の作とも伝えられる「筑前国志賀白水郎歌群」（三八六〇～三八六九）、さらには大伴家持歌日誌編纂過程における多くの歌群であり、これらは「歌群」として、配列・まとまりがあると考えていいだろう。これらを「歌群」と言い表すことは通例であり、その名称自体に大きな問題はないだろう。ただし、研究者が「歌群」と称している場合は、「編纂」の次元で形成された「歌群」を指す場合と、それより前の「制作」の次元で形成された「歌群」を指す場合との二種類あることは留意しておく必要があるだろう。

「防人歌群」と述べた場合は、この二種類の「歌群」を意味するだけでなく、以下の三点の「歌群」が考えられる。

①　大伴家持が拙劣歌を削除した後の、現在の『万葉集』に見られる「歌群」（家持の防人関連歌をも含む）（「編纂」の次元で形成された「歌群」）
②　各国部領使が大伴家持に進上した段階の「歌群」

③　防人が宴の場などで歌を作り出していった実際の歌の場における「歌群」（「制作」の次元で形成された「歌群」）

本書の考察において「防人歌群」と言った場合、「編纂」と「制作」の次元の間に位置する②を想定する場合が多く、またそこから③にまで遡及して追究してみたいと考えている。確かに、現在私たちが目にする防人歌は①である。大伴家持が、どのような基準で拙劣歌を削除したのかが不明であり、かつその歌が残されていない以上、①を基準にするしかないだろう。しかし、伊藤博は、①に関して以下のように結論づけている。

　左注の前半と後半との様相の違いは、前半が部領使たちの記録のまま、後半が家持その人の手になる統一的な注記であることの保証に繋がる。各国防人歌の左注の前半が部領使たちの記述をそのまま用いていることは、その歌の配列も作者の表記も、そして歌の用字も、すべて部領使たちが進った、元の資料を尊重したことを物語る。[3]

つまり、「進上された各国の資料から拙劣の歌を取り除いただけのもの、それが各国の防人歌であること」を立証したのである。確かに山﨑健司が以下に述べるように、家持の防人関連歌を含め、①に家持の編纂意識・編纂過程を考慮する考え方もできる。

　家持は拙劣歌を除外しながら残された歌を内容によって整理し、歌群としての個性を発揮できるよう再構成していたことを推定し、そうした営みを重ねていくうちに家持が防人たちの心情を深く理解するに至り、同情を寄せる歌を制作していった[4]

山﨑は、家持の編纂意識を①に読み取り、現在見られる防人歌は、家持の編纂・再編した歌群ととらえ、①に「防人歌群」の意味合いを認めている。しかし、各国によって、作者の示し方や歌の表記にそれぞれ特色や偏りが見受けられること、国ごとにまとまった用字方法が使用されていること、原則に貫かれているが、例外もいくつか存在すること、これらを総合的に考慮すると、やはり伊藤博の考え方が妥当だと推察されるのである。そのように考えれば、①から②を推測することは十分可能であるし、家持が拙劣歌を削除する前の、つまり各国部領使が家持に進上したものこそが、「防人歌群」としてふさわしいものであることが認識されるであろう。なお、伊藤博は、家持から左大臣橘諸兄に献上されたものには、家持防人関連歌は含まれていなかったとし、これを「防人歌巻」、家持防人関連歌を含む現在見られる①を「防人歌群」と呼んで区別している(5)。

現在『万葉集』に見られる防人歌は、家持の文芸意識において拙劣歌を削除し、さらにそこに家持が防人関連歌を組み込んでいった、いわゆる二次歌群としての意味を持つ。そして、本書では、この防人関連歌を含めた配列的連結からなる①の「防人歌群」の方法についても第二部で触れることとなる。しかし、本書では、家持の文芸意識よりも、家持の手が入る前の一次的な歌群②にできるだけ迫りたい。この二次歌群①からどれだけ②に遡及できるのか、解明したいと考えるのである。

さらに、吉野裕は防人歌の配列に関して、

わたくしは、防人歌の記載の順序をそれが作られまた歌われた順序とほぼ合致するものと見、そして、そのままのかたちにおいて集団的に生産された歌謡としての内的連繫をそれぞれのうちにみとめるという立場をとる(6)

と述べる。この見解を全ての防人歌に当てはめることは躊躇されるが、②が部領使の進上した歌群であるならば、その配列方法に、さらに②よりさかのぼる、現実の場を反映する③の痕跡が探れる可能性はあるだろう。本書では、この③についても言及する。

iii　防人歌研究史

さて、ここで、明治期から現在までの防人歌研究の概要をまとめ、現在の防人歌研究の問題点を明らかにしておくこととする。

（一）明治・大正期

防人歌の研究は、防人歌の文学特徴を論じるよりも、まず防人そのものについて、歴史学的に考察するものからはじまった。まず明治二十五年（一八九二）に『歴史地理』第十四巻第四号に藤井甚太郎「防人の起源」が発表されたが、これは、軍防令をもとにしつつ防人の起源を追究したものである。また藤井は、続けて第五号に「東国・防人の員数について」を発表し、正倉院文書「駿河国正税帳」をもとに防人の数を算出している。この「駿河国正税帳」は、現在、防人の交代人数等を把握するためには基本的な資料となっており、この資料を発掘した業績は大きいだろう。

また明治二十八年（一八九五）に『史学雑誌』第六篇第十号に岡田精一「防人徴発考」、第十一号に「防人徴発考（承前）」が発表され、これは防人の徴発の形態を明らかにしたものである。ただし藤井・岡田論は、ともに防人歌の考察と言うよりは、防人の制度そのものに焦点をあて、当時の軍団制度の在り方、農民の軍団兵士への徴集方法を解明しようとするものであった。明治期の防人歌研究は、概ね文学としてのものよりも、以上のような歴史的な分野からの防人そのものの研究が主体であったといえるであろう。

大正期の防人歌研究も、明治期に引き続き、歴史的な研究が主体であった。文学的方面からの発言は、武田祐吉『上代國文學の研究』（博文館、大正十年（一九二一）三月）に収められた論考、島木赤彦「防人の歌一首」『アララギ』十二月号（大正十一年（一九二二））が挙げられる。武田の著書は、明治末年から議論となっていた東歌の基本的性格を巡っての議論、すなわち東歌を民謡として捉えようとする議論に疑問を投げかけたものであったが、防人歌に関しても以下の発言をしている。「巻第二十に於ける防人の歌は、防人部領使が課した作歌の答案であつて、進上に當つては先生の添削を経たものである」「東國人の思想言語の研究にもあまり正直には引用せられない[8]」。この武田説は、昭和戦前期から戦争期にかけて非常に大きな影響力を持ったものであり、当時の防人歌に関する定説ともなっていた感がある。この説は、現在の防人歌研究の主流とはなっていないが、昭和戦後期の渡部和雄説、平成期の林慶花・鉄野昌弘説に受け継がれていくことになる（後述）。

（二）昭和戦前から戦争期

昭和初期には、長沼坦「防人考（上）」「防人考（中）」「防人考（下ノ上）」「防人考（下ノ下）」が『歴史地理』第四十九巻第三号から第六号に発表される（昭和二年（一九二七）三月～六月）。これも律令制度の中の防人の特徴や防人の消滅の経路等を考察したものであり、歴史学の方面から防人そのものを考察したものである。その後、昭和三年（一九二八）五月に松岡静雄『民族学より見たる東歌と防人歌』（大岡山書店）が出版された。この著書は、ほとんどを東歌の考察にあてているが、防人歌においては作者の考察を中心に論じているものである。現在も防人歌の作者名において考察の対象となる部姓や氏姓を考察した意義は大きい。昭和七年（一九三二）十月には、藤森朋夫『万葉集研究―東歌防人歌への考察―』が出版される。これは岩波講座『日本文学』内の一分冊である。昭和七年には遠藤嘉基「万葉集防人歌雑考」が『国語国文』第二巻第一号、同じく「東歌防人仮名遣考」が『国語国文』第二巻第十号に発表された。この二つの論文は、防人歌に見られる東国語の特徴を国語学的に考察したものであり、防人歌に見られる「古比」を文字遣いの検討をもとに「恋」に比定するなど、仮名遣いの研究として意義のあるものである。昭和十年（一九三五）六月には、松岡静雄『有由縁歌と防人歌』（瑞穂書院）という今なお価値を持ち、今もなお参照される著書が出版された。後半に防人歌についての考察があり、国別に全歌を語釈した意義は大きい。

この昭和初期から十年代の防人歌研究は、短歌雑誌や地方の同人雑誌等においても防人歌に触れるものが多く出てきた時期であるが、この時期は防人歌の概説や評釈、鑑賞を中心とする論考が多く、いわゆる防人歌を発掘していた時期、また防人歌を世に知らしめる意味合いを持った時期であるといえるだろう。ただし、その防人歌の発掘が、日本の参戦という戦時体制を迎えるとともに、大きく取り上げられるようになることは周知のとおりである。昭和十七年（一九四二）四月に出版された佐佐木信綱・今井福次郎『万葉集防人歌の鑑賞』（有精堂出版）や同じく六月に出された斎藤瀏『防人の歌』（東京堂）は国策に迎した鑑賞で一貫しているのである。

右の書や山本誠「大東亜建設史譚（二）防人」『現地報告』第五十九号（昭和十七年）等が発表されるこのような時期に、吉野裕『防人歌の基礎構造』（伊藤書店、昭和十八年（一九四三）八月）と相磯貞三『防人文学の研究』（厚生閣、昭和十八年（一九四三）十一月）が出版されたことは注目されなければならない。これらは当時の国策的風潮とは無関係に、防人歌そのものに焦点をあて、その構造を解明したものとして、今もなお重要な著書である。特に吉野論は、防人歌の場を問題とする場合、必ず参照される基本的著書であり、「防人歌を考えようとするばあい、この著述を読まずに語ることは許されないとして過言ではない」[9]著書である。本書も第二部において、具体的な防人歌群を考察していくが、この吉野論を常に検討していかなければならない。吉野論は、この時期に定説となっていた武田祐吉説の批判として書かれ、また、従来防人歌が一首一首単独で鑑賞・考察されてきたこととは大きく異なり、各国の防人歌に見られる歌の類同は民謡的な流布や先行する歌の模倣ではなく、各国それぞれが座を同じくする一つの集団的詠歌の結果であり、一国の歌の場が、防人遠征軍への入隊宣誓のような性格を持った官公的言立て的性格から私的抒情へと展開するさまを想定した論である。「類似的傾向の中心存在たるものは、まさにそれが作歌時処を共有し、かつ気息をもともにする防人たちの集団的詠出にかかるが故」[10]であり、「防人歌とは東人の中央に対する服従表明の公的詞章としての『言立て』に淵源を見、それが地方的一般歌謡的性質によって浸滲された結果とするのである。」[11]この一国の集団的詠歌の場という考えを提示した意義は今もなお重要である。現在でも防人歌研究は、一首一首を独立させて考察する論や、一国の防人歌を「出郷時」「旅の途次」「難波津」という三箇所の場に分け展開する論が中心となっているが（後述）、この吉野説は再検討・再評価されなければならないだろう。

本書でも基本的には、この一国の集団的詠歌の場という発想を踏襲する立場に立つ。

第二次世界大戦中のこの時期は、防人関係の著作が最も多くなされた時期でもあるが、そのほとんどが皇国史観に彩どられた著作といってよいだろう。山根巴「茂吉の防人歌観」によれば、昭和八年（一九三三）から昭和二十年（一九四五）までの斎藤茂吉の万葉集鑑賞に、防人歌が二十九回にわたって取り上げられている。[12] その中で下野国防人歌の今奉部与曽布の作、

今日よりは顧みなくて大君の醜のみ楯と出で立つ我は　（四三七三）

が最も多く取り上げられていることも、戦時中における防人歌の発見、つまりは国策・皇国史観と『万葉集』との関係、歌のイデオロギー化を考える際には、見落とすことができない事実であろう。[13] 実際、吉野裕は、前掲書が御茶の水書房から昭和三十一年（一九五六）に再刊される際、「もう戦争が過ぎて防人歌などを研究しようとする人もいないだろうから」再刊は「止めた方がよい」と断ったことを告白しているのである。[14]

（三）昭和戦後期

昭和二十七年（一九五二）九月に、竹内金治郎「防人歌」『萬葉集講座』第四巻（創元社）が出版された。この著書では、防人の歴史、防人歌数の規定や拙劣歌についての言及があり、また音韻の上から防人歌の特色を考察したものとして意義がある。また昭和二十九年（一九五四）五月に出版された『萬葉集大成10』（平凡社）において、柴生田稔「東歌及び防人の歌」は、防人歌の解説を実施し、また防人歌蒐集を家持の私的なものではなく、折口説をもとに兵部省の公的な制度のものと解釈した。この防人歌蒐集に関しては、第一部第八章で扱うことになる。同じ『萬葉集大成11』に門脇禎二「防人歌の登場」、岸俊男「防人考—東国と西国—」の論考が発表される（昭和三十年（一九五五）三月）。この岸論文は、各国の防人集団には、国造丁（国造）—助丁—主帳丁（帳丁・主帳）—（火長）—上丁（防人）なる関係が成立しており、防人歌は、この序列にしたがって順序正しく配列されていることを指摘

した。そして国造丁はその集団の長、助丁はそれに副う存在、主帳丁は集団内の庶務会計をつかさどる任、上丁は一般兵士、火長はその十人単位であろうとし、それらは大化前代における国造軍の構造が遺制として防人の編成に継承されているのであろうと推測した。この考えは現在定説となっており、この岸論文は、防人歌の考察において現在でも基礎的文献となっている。本書においてもこの岸説を踏襲するが、何点か修正も必要であると考えている。この修正が本書の大きな骨格ともなっており、独自性にも関係するが、この点については、第一部第一章で詳述する。

昭和三十二年（一九五七）十一月には、土橋寛「古代文学における地方と中央」が『国語国文』第二十六巻第十一号に出る。土橋論は、防人歌と律令官人の歌との比較を行い、防人歌に見られる律令官人の歌の定型は、「中央文学との接触交流の結果」であるとの説を提示したものであり、この論は、渡部和雄説や近時の鉄野昌弘説に継承されていくことになる。「中央文学との接触」という新たな問題を提示した功績は大きいと言わなければならない。昭和三十八年（一九六三）五月には、水島義治『万葉集東歌及び防人歌』（天使女子短期大学）が戦後初の防人歌研究の単行本として出版される。これは、「東歌」「防人歌」「東歌・防人歌概説」「用字上から見た東歌及び防人歌」の四章からなっているが、水島は同書出版後も相次いで東歌や防人歌についての論考を提示し、防人歌研究を先導してきたといえるだろう。防人歌研究は昭和三十年代以降、論文も著書も相次いで発表され、防人歌研究はむらなく押し進められていくが、研究方法は大きく分けて四つの方向で進んできたことが分かる。それらは以下の四点である。

ア　防人歌に見られる東国方言・東国語の解明

イ　家持と防人歌との関係の解明

ウ　東歌には見られない防人歌の独自性と防人歌の場の解明

エ　防人・防人歌の歴史的解明

アに関しては、水島義治の業績が大きい。水島は「『尓比多夜麻祢尓波都可奈那』の歌の解釈―とくに東歌・防人歌のみに見える未然形承接の「なな」にふれて―」（『文学・語学』第三十一号、昭和三十九年〔一九六四〕三月）、「防人歌における上代特殊仮名遣の違例」（『語文』第三十三号、昭和四十五年〔一九七〇〕五月）、「東歌及び防人歌に於ける東国方言」（日本大学文理学部〔三島〕『研究年報』第十九号・二十号、昭和四十六年〔一九七一〕二月・十二月）、「『我ろ旅は旅と思ほど』―東歌・防人歌における東国語の『ろ』の問題―」（『解釈』第十八巻第四号、昭和四十七年〔一九七二〕四月）、「『我は離るがへ』―東歌・防人歌における助詞「がへ」の考察―」（『国語国文研究』第五十号、昭和四十八年〔一九七三〕十月）、「古代東国方言成立攷」（日本大学文理学部〔三島〕『研究年報』第二十四号、昭和五十一年〔一九七六〕一月）等を発表し、古代東国方言の実態を解明してきた。これらの成果は、『萬葉集防人歌の国語学的研究』（笠間書院、平成十七年〔二〇〇五〕二月）に結集する。

イについては、尾山篤次郎『大伴家持の研究』（平凡社、昭和三十一年〔一九五六〕四月）、遠藤宏「家持と東国歌」（『国語と国文学』第四十三巻第四号、昭和四十一年〔一九六六〕十月）、吉永登「防人の廃止と大伴家の人々」『万葉―文学と歴史のあいだ―』（創元社、昭和四十二年〔一九六七〕二月）、久米常民「万葉『防人歌』について―大伴家持の『防人歌』集録とその作品―」（愛知県立大学『文学部論集』第十八号、昭和四十二年〔一九六七〕十二月）、吉井巖・山本セツ子「家持と防人たちとの出会い」（『日本文学』第二十巻第十一号、昭和四十六年〔一九七一〕十一月号）等が発表され、大伴家持からの視点で防人歌が論じられるようになる。その大きな問題点として防人歌蒐集の目的が挙げられる。吉永論は、その蒐集を考察する際に、現在までも大きな影響力を持っている論である。すなわち、防人歌蒐集の目的は「防人廃止」という歴史的事実と関連があるとする説である。この防人歌蒐集の目的については、第一部第八章で考察するが、本書では、この吉永論を否定することになるだろう。

また、家持との関連で防人歌が考察されていく方向性は、現在までの防人歌研究の主流となっていくが、防人歌と家持防人関連歌との関係を追究する研究も深められていくことになる。

ウについては、例えば、高崎正秀「万葉集における防人歌―『新東歌』としての防人歌―」(『国文学』第一巻第三号、昭和三十一年(一九五六)九月)が、「防人歌は要するに『新東歌』と称すべきものであり、東歌の抒情的叙事詩から、漸く辺陬の地にも、新らしく純粋抒情詩が芽生へつつあつた」と述べるように、東歌と防人歌を同じ土俵に載せ、同じ東国の歌ということで一括し、また東歌から防人歌への流伝改作・類型的発想として論じられてきた東歌と防人歌とが、独立して考察されはじめたことを意味する。すなわち、防人歌の独自性を東歌との比較から論じる手法であり、東歌には見られない防人歌独自の言葉の解明、防人歌を生み出していく歌の場の解明等がその中心となる。歌の場に関して言えば、吉野裕論を検討し、展開する論が中心となり、これは現在の防人歌研究でも重要な問題点となっている。例えば、高里盛国「防人歌の性格」(『上代文学研究会会報』第十二号、昭和三十七年(一九六二)十一月)、町方和夫「上総国防人歌と大原真人今城の関係」(『古代文学』第六号、昭和四十一年(一九六六)十二月)、南信一『萬葉集駿遠豆―論考と評釈―』(風間書房、昭和四十四年(一九六九)一月)、渡部和雄「東歌と防人歌の間」(『国語と国文学』第四十九巻第八号、昭和四十七年(一九七二)八月)、同じく「防人歌における『父母』」(『北大古代文学会研究論集』第二号、昭和四十七年(一九七二)八月)、同じく「時々の花は咲けども―防人の歌と家持―」(『国語と国文学』第五十巻第九号、昭和四十八年(一九七三)九月)、遠藤宏「防人―その歌の場―」(『万葉集講座第六巻』有精堂出版、昭和四十七年(一九七二)十二月)、身崎寿「防人歌試論」(『萬葉』第八十二号、昭和四十八年(一九七三)十月)、金子武雄『万葉防人の歌―農民兵と悲哀と苦悶―』(公論社、昭和五十一年(一九七六)六月)、鈴木清一『万葉集東歌防人歌新考―万葉集の民衆歌について―』(短歌新聞社、昭和五十五年(一九七五)十一月)、星野五彦『防人歌研究』(教育出版センター、昭和五十三年(一九七八)四月)、同じく『防人歌研究Ⅱ』(教育出版センター、昭和六十年〔一九八五〕九月）、林田正男『万葉防人歌の諸相』（新典社、昭和六十年〔一九八五〕五月）等が挙げられるだろう。

防人歌の独自性を東歌との比較から論じる手法に関して言えば、渡部の一連の論考が大きな意義を持つ。渡部は「東歌は東歌として、防人歌は防人歌として、夫々の特徴的な文学的資質のもとに存在することになる」と述べ、東歌と防人歌との相違を「①尊敬表現　②対象の限定性と不確定性　③横の発想と縦の発想」の三点の視点から考察する。そして、「東歌では『妹』という、一般的、村落的な横の関わりで発想し、防人歌では自分に限定的な『父母』という縦の関わりで発想されている」とし、防人歌においては「防人という国家的役割にそって必然的に神・大君―父母―妻（子）という国家的秩序が作られるのである[15]」と結論付けるのである。また、防人歌の場の問題に関しては、南・身崎・金子説が、吉野裕の場の論を批判・展開し、一国の防人歌を「出郷時」「旅の途次」「難波津」という三箇所の場に分ける論を展開しており、この考え方が現在の防人歌の場の研究において主流になっているといえるだろう。

また、このウに関しては防人歌の捉え方によって大きく二分されるだろう。一つは、防人歌を農民兵の作ととらえ、その民謡性を解明するもので、身崎説がその典型としてあるだろう。身崎は、防人歌を古代人の霊魂観に基づく固有信仰に根ざした羈旅発思歌的発想の歌とみなし、「あくまでも東国農民のものであり、彼らの間で生きつづけたひとつの伝統」とするのである。もう一つは、防人歌の中には上層階級の身分の者の歌も存在するのではないかと考え、全てを一般農民の作とは捉えないものである。後者の論は、以上述べた林田や星野の著書が挙げられるだろう。また渡部の一連の論考は防人歌の場の論を追究するものであるが、渡部は、防人歌の異質性・独自性を家持の影響と捉える点で、他の論とは異なる独自性がある。その論を徹底化すると家持の防人への添削、難波津における家持を中心とした「難波歌壇」の可能性を示唆する論考となり、先述した大正期の武田祐吉説を継承することとなる。この渡部説は、平成期になり、林慶花、さらには近時の鉄野昌弘に受け継がれることとなるが、この点については再検討する必要があるだろう。

現在でも防人歌における論考のほとんどが、一般防人兵士の作であり、一般農民の悲哀を詠むものと捉えることが一般化しており、この点については、詳細に追究する必要がある。まずは、本当に一般農民・一般防人兵士の作なのか、ここを疑うことから始めなければならないのではないだろうか。本書は、この定説を考え直すことからはじめる。そして、本書では、星野・林田説の妥当性、つまり、防人歌は、地方においては上層階級の身分の者の歌を中心に構成されていることを立証していきたいと考えているのである。そのためには、兵部省の研究や軍団兵士の研究等、史学の方面であるエの諸説をも考慮し、論を組み立てなければならないだろう。

(四) 平成期

平成期も以上の四点を中心に防人歌研究は進められていくが、平成期は、特に大伴家持研究から防人歌に言及する論が多く、そのような意味でもイを中心として進められてきた感がある。例えば、村瀬憲夫「大伴家持の『防人歌』」(近畿大学文芸学部論集『文学・芸術・文化』第二巻第二号、平成二年〔一九九〇〕十二月)、市瀬雅之「家持の防人観」(『美夫君志』第四十三号、平成三年〔一九九一〕十月)、同じく市瀬雅之「家持の防人悲別歌の行方」(『中京国文学』第十一号、平成四年〔一九九二〕三月)、松田聡「家持の防人同情歌群」(早稲田大学『国文学研究』第一〇九号、平成五年〔一九九三〕三月)、高橋誠「大伴家持の防人歌受容についての考察」(『中大国文』第三十七号、平成六年〔一九九四〕三月)、松田聡「防人関係長歌の成立」(早稲田大学『国文学研究』第一一四号、平成六年〔一九九四〕十月)、また同じく松田聡「防人歌の蒐集と家持」(『古代研究』第三十号、平成九年〔一九九七〕一月)、針原孝之「家持と防人歌—武蔵国の防人歌構成—」(『古典と民俗学論集—桜井満先生追悼—』おうふう、平成九年〔一九九七〕二月)、今井肇子「大伴家持の防人歌の悲別の情に対する理解」(『国文目白』第三十七号、平成十年〔一九九八〕二月)、山﨑健司

「防人歌群の編纂と家持」（熊本県立大学『国文研究』第四十八号、平成十五年（二〇〇三）一月）等が見受けられる。これらは、防人歌がどのように家持に影響したか、また家持防人関連歌に関与してくるかを考察するものが多く、防人歌から家持防人関連歌への流れを追究するものである。その中で山﨑論は、『万葉集』に見られる防人歌は、家持の編纂・再編した歌群ととらえ、「防人歌群」そのものを家持の文芸的営為と捉えるものとして、他の論と異質である。しかし、本書では、この点について否定的であることは先述した通りである。これらイの論考の中において、松田聡の一連の論考は、家持からだけの視点ではなく、防人歌そのものを分析するという意味においては傑出しており、本書でもたびたび参照し、分析することになるだろう。

またウに関しては、渡部和雄の一連の論考につながる林慶花の一連の論考がある。「天平勝宝七歳防人歌の場」（『日本文学』第五十巻第三号、平成十三年（二〇〇一）三月）、「『大君の命かしこみ』考」（『国語と国文学』第七十八巻第七号、平成十三年（二〇〇一）七月）、「『父・母』の詠まれた防人歌の形成試論」（『上代文学』第八十七号、平成十三年（二〇〇一）十一月）がそれであるが、林は、渡部和雄の「難波歌壇」の可能性を追究し、防人歌で「父・母」が詠み込まれてくる背景に、難波津での大伴家持の防人への指導・教導、防人歌への関与を積極的に認める論を展開している。防人歌の場を一国一集団の展開とする吉野裕論を再評価し、歌の場を難波津に求める論は、非常に魅力的であるが、防人歌全てを家持の影響・教導と考えるのは、無理である（第一部第三章参照）。しかし、この渡部・林説は、本書の場の論において最も大きく関わる論であることも事実である。また、廣岡義隆は、「防人歌の形成―歌の場と、所謂『東国方言』について―」（『三重大学日本語学文学』第十三号、平成十四年（二〇〇二）六月）や、近時の「防人とその家族」（高岡市萬葉歴史館叢書27『万葉の愛』平成二十七年（二〇一五）三月）、「防人の宴―対馬の嶺は下雲有らなふ―」（『三重大学日本語学文学』第二十六号、平成二十七年（二〇一五）六月）において、旅の性格と神事、またその直会からの展開としての送別の宴という流れから、防人歌の場の問題を考察する論を発表している。

さらに、近時、鉄野昌弘「防人歌再考―『公』と『私』―」(『萬葉集研究』第三十三集、平成二十四年(二〇一二)十月)が提示された。鉄野論は、従来の諸説を再検討し、吉野裕の、いわゆる「一国一集団の場」の論や、各国の防人歌を「出郷時」「旅の途次」「難波津」の三箇所に分け考察する現在の場の論を再検討する必要性を強調する。また、防人歌の類句・類歌関係が、国を同じくする集団を超えて、防人歌全体に拡がっており、さらには『万葉集』全体へと拡がっている状況を再考し、これを従来の「『集団歌謡の座』からのみ説明することは難しい」としたのである。そして鉄野は、防人歌に詠まれる「父・母」に関しては、渡部和雄説に共感することを言明し、「『孝』という国家的に督励される道徳に由来するという見通しは、正鵠を射ていよう」、「吉野氏のいう『官公的』な文言だけでなく、『わたくしごと』もまた、中央の側の関与無しにはありえなかったことは確か」とするのである(ただし渡部の「難波歌壇」の有り様については否定的である)。これらの点は、本書の方向性とも一致するものと考える(第一部第三章参照)。また鉄野論では、巻十四「防人歌」の存在や、「昔年防人歌」の存在から、「全くの憶測であるが、『防人歌集』が各軍団に配布されていて、愛唱された歌などもあったかも知れない」、防人歌のほとんどが「既にある歌そのままか、それに手を加えるという仕儀で提出されているのではないか、という疑問を、私は払拭することができない」と結論づけ、それが、歌の内容にみられる分裂性の原因であるという新たな方向性をも示したのである。本書でも武蔵国防人歌の考察において「昔年防人歌」との関連性を考察するが(第二部第五章)、この点で鉄野論に同意する部分も多い。しかし、その場合、巻十四「防人歌」や「昔年防人歌」には見られず、『万葉集』でも特異な「父母思慕の歌」をどう捉えるかが、やはり問題となるだろう。鉄野論は、本人も述べるように、「吉野説と渡部説とを折衷したようなもの」であり、本書の方向性と重なる部分が多いことを言明しておきたい。

さて、防人歌を銘打った研究書も平成に入り、以下のように五冊の著書を見ることができる。阪下圭八『万葉集

東歌・防人歌の心』（新日本出版社、平成十三年（二〇〇一）一月）、水島義治『萬葉集防人歌全注釈』（笠間書院、平成十五年（二〇〇三）二月）、手崎政男『「醜の御楯」考―万葉防人歌の考察―』（笠間書院、平成十七年（二〇〇五）一月）、水島義治『萬葉集防人歌の国語学的研究』（笠間書院、平成十七年（二〇〇五）二月）、同じく水島義治『萬葉集防人歌の研究』（笠間書院、平成二十一年（二〇〇九）四月）である。

手崎論は、大著であるが、この著書の要点を簡潔に二点述べるとすれば、一点目は、吉野論への徹底した批判であり、一国の集団的詠歌の場という発想への批判（渡部・林説への批判）、ならびに官公的な場に対する批判である。二点目は、林田・星野論に見られる防人歌の作者を上層階級とする説に対する徹底した批判である。そのような意味では、手崎論は、本書とは正反対の方向を示しており、水島説と同じ方向性を示すといってよいだろう。以上の防人歌研究を簡略にまとめると、次頁のようになるだろう。

最後に、水島義治『萬葉集防人歌の研究』について詳細に概観しておかなければならない。なぜなら同書は、『萬葉集防人歌全注釈』『萬葉集防人歌の国語学的研究』に続く、水島「防人歌研究三部作」の完結部であり、現在までの防人歌研究の集大成としてその到着点を示し得るものだからである（以下引用の頁数は、水島『萬葉集防人歌の研究』に拠る）。「防人鎮魂の意を込めた本書」（「あとがき」）は、「防人歌の成立・本質・性格等を究明し、その詩と真実の全き理解に資することを意図するもの」（「凡例」）としてある。本書は、「防人歌の概要と研究上の問題点」「防人制度の沿革と概要」「防人たちの国々」「防人たち」「防人歌の成立」「防人歌の蒐集と採録」「防人歌の筆録」「防人歌の歌意の検証・確認」「防人歌の性格」「防人歌における修辞技巧及び類歌」「東歌における防人歌」「防人歌の詩と真実」の全十二章からなる。この章立ては、同書が防人歌の「全き理解に資する」ことをそのまま証するものでもある。水島は、防人歌研究における大きな問題点を以下の四点にまとめている（五七頁）。

一　防人歌は、誰が、何のために、どのようにして、という防人歌蒐集・採録の意図と経緯、『万葉集』巻二十

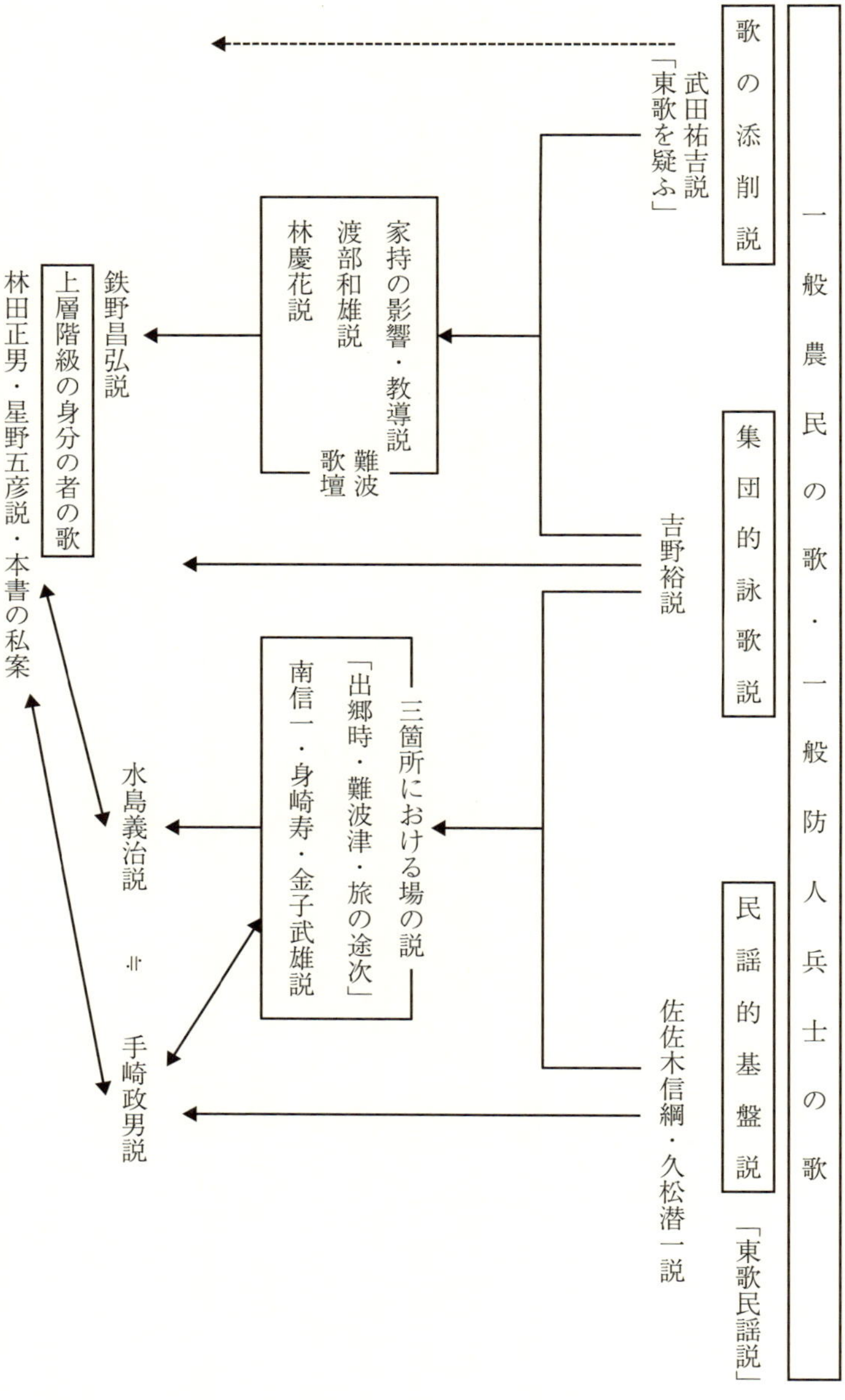
一般農民の歌・一般防人兵士の歌
歌の添削説
集団的詠歌説
民謡的基盤説
「東歌民謡説」
武田祐吉説
「東歌を疑ふ」
吉野裕説
佐佐木信綱・久松潜一説
家持の影響・教導説
渡部和雄説
林慶花説
難波
歌壇
三箇所における場の説
「出郷時・難波津・旅の途次」
南信一・身崎寿・金子武雄説
鉄野昌弘説
上層階級の身分の者の歌
林田正男・星野五彦説・本書の私案
水島義治説
≒
手崎政男説

収載の事情。

二　防人歌が集団的な場の所産であるとしても、その場は如何なるものであったか。即ち防人歌詠出の時点と場所、その場の具体的状況の推定。

三　防人歌が官公的であるとすれば、それは如何なる意味においてであるか。即ち防人歌の官公性の内容。

四　拙劣歌の問題、即ち防人歌選定の基準と拙劣歌として切り捨てられた歌が如何なるものであったか。

つまりこれらの問題は、「不即不離というだけでは充分でないと考えられるほど強い相関性を有している」（二二四頁）「防人歌の本質・性格」と「防人歌の成立」という、防人歌研究においては避けて通れない重要な問題として位置づけられるものである。

これらの問題に対する水島の見解を簡潔にまとめると以下のようになる。

防人歌の蒐集は、家持が兵部省の公務として行ったものであるが（一七頁）、防人歌蒐集は「防人差遣にかかわる正式な公的慣行ではな」く（二九三頁）、「家持の発意に基づくものであり、その採録、そして『万葉集』への収載もすべて家持の意によるものである」。そして「家持を防人歌の蒐集に駆り立てたものは、一言をもってこれを尽くせば、東国の庶民の歌に対する親愛感と愛惜の念であった」（二九五頁）。また、防人歌の本質は、「本来的にも、また、実際にも決して天皇に対する服従と忠誠の『言立て』、拝命誓詞の歌ではなく」（二三頁）、「愛する者との深い別離の悲しみを全身的に訴え」るものである（六三三頁）。そしてその「悲別歌的・相聞的発想」の歌が詠出される場は、集団的な場、すなわち出郷時・旅の途次・難波津の三箇所の場と考えてよく、それは南信一（『万葉集駿遠豆―論考と評釈―』風間書房、昭和四四年〔一九六九〕一月）・身崎寿（「防人歌試論」『萬葉』第八十二号、昭和四十八年〔一九七三〕十月）・金子武雄（『万葉防人の歌―農民兵の悲哀と苦悶―』公論社、昭和五十一年〔一九七六〕六月）と同様である。ただし、渡部和雄（「時々の花は咲けども」『国語と国文学』第五十巻第九号、昭和四十八年〔一九七三）九月）・林慶花の場の論（「『父母』の詠まれた防人歌形成試論」『上代文学』第八十七号、平成十三年（二〇〇一）十一月）、そして私案（拙稿「防人歌『駿河国・上総国歌群』の成立—『進上歌数』との関連から—」『美夫君志』第六十八号、平成十六年（二〇〇四）三月、第二部第一章）のような難波津という場における、いわゆる「難波歌壇」のありようについてはこれを徹底的に批判するのである（水島書、第五章第五節）。

さらに、水島が本書「あとがき」において、

①防人上層階級説　②「上丁」二種説　③「拙劣歌」＝忠誠歌説、その他防人歌の本質にかかわる重大な問題の究明が十分でなかったことは返す返す残念でならない。

と述べ、「序に代えて」でも「未だ明らかでない点が多い」として提示した①②③についても付言しておきたい。

①について水島は、「どうしても『防人歌の作者たちは必ずしも下層の農民兵ばかりではない。』」とする見解について検討しなければならない」（一九三頁）と強調するように、①説にたつ星野五彦・林田正男、また私案を徹底的に批判する。これは「防人はその殆どが班田農民であり、貧民階級に属していた」（四七頁）「彼らにどれほどの教養があると言うのであろうか」（一九八頁）とする水島の結論に全面的に抵触する見解であるからだ。

②の「上丁」については、従来「一般防人兵士」とされ、またこれが現在の定説でもあるが、水島は「上丁以下は平ということになる」（四四頁）としつつも、「はっきりしない」と明言は避けている。この上丁の作者名表記については、第一部第一章で詳細に検討するが、本書では、上丁には二種類の表記があったことを結論付ける。この結論は、①防人上層階級説と密接に結びつく見解となるが、やはり水島説に全面的に抵触することとなるのである。

③は拙劣歌に関する見解である、「拙劣歌は歌の巧拙に対する評価ではなく、家持の詩学に基づく判断である。防人の歌を悲しみの歌として意図する家持により、勇壮な歌は排除された」とする辰巳正明説を指す（「民と天皇—防人の歌はなぜ悲しいのか—」『國學院大學紀要』第三十九号、平成十三年（二〇〇一）三月）。この説に対して水島は

『拙劣歌＝勇壮な歌』とは、かつて見ない新しくかつ大胆な解の表明で、防人歌の本質に深くかかわる看過できない見解と言うべきである（略）しかし残念ながら私には『拙劣歌＝勇壮な歌』説に同ずる勇気がない」（三四四頁）としている。

同書において水島は、私案に対しても、「諾うことができない」と再三述べているが、「防人はその殆どが班田農民であり、貧民階級に属していた」とする水島説と、「防人歌を詠む防人と一般防人とは異なり、防人歌とは地方においては上層階級の身分の者の歌を中心に構成されている」とする私案には大きな溝が横たわっていると言わなければならない。しかし、この溝を埋めるべく防人歌研究は、さらに「防人歌の詩と真実の全き理解」を目指さなければならないだろう。

ここでは、防人歌研究史を四点の観点から分類し概観してきたが、これら四点の防人歌研究は、相互が関係し合い、総合的に複合的に分析されているため厳密に分けることができないのは当然である。しかし、あえて本書の意図することを述べると、歴史的方法によって防人歌を分析し、また左注に示されている役職名・郡名・作者名表記を詳細に分析することにより、東歌には見られない防人歌の独自性を見出し、そこから防人歌の場を解明することにある。そのような意味ではウエが本書では中心となるはずである。

本書は、以上の研究史をふまえつつ、水島が批判した私案を再検討するとともに、防人歌の本質ならびにその作者層、主題を明らかにしなければならない。本書の出発点はここにある。

ⅳ　本書の概要

本書は、二部立で論じる。

第一部「防人歌の作者層と主題」では、防人歌の作者層を追究し、その主題として提示される「父母思慕の歌」

の意義を考察する。

第一章「防人歌作者名表記の方法」は、防人の地位・職分・役職などを示した肩書き名と作者名表記を考察の対象とする。とくに「一般防人兵士」とされるのが現在の定説でもある「上丁」については、再考の余地があり、詳細に分析しなければならない。この作者名表記の考察が本書の骨格でもあり、作者名表記の解明が、防人歌の場の論、ならびに新たな防人歌論に大きく関与してくることを本書では随時立証していく。

第二章「常陸国防人歌における進上歌数の確定」は、常陸国防人歌の進上歌数を確定するものである。常陸国防人歌の進上歌数は、仙覚本系諸本で「十七首」、元暦校本や古葉略類聚鈔などの非仙覚本では「二十七首」となっている。現在の注釈書の多くは「十七首」を採用しているが、澤瀉久孝『注釋』は、二十七首を採用しており、小学館『新編日本古典文学全集』も元暦校本を拠り所にし、十七首を改め二十七首を採用しているが、その根拠は示されていない。本章では、第一部第一章をふまえ、常陸国防人歌の進上歌数を「十七首」と確定する。

第三章「防人歌における『父母思慕の歌』の発想基盤」は、防人歌における主題としても提示される「父母思慕の歌」の意味を解明するものである。防人歌では、羈旅的発想の「妹」「妻」を詠み込む歌が二十四首見られるのと同様、「父母」を思慕する歌も二十三首見られる。これは、他の羈旅歌や、「遣新羅使歌」「昔年防人歌」「東歌」には見られない傾向であり、父母を思慕する歌は、防人歌に特徴的な、非常に特異な発想といえるだろう。したがって、「父母思慕の歌」を解明することこそが、防人歌の本質に迫ることになると考えられる。本章は防人歌における「父母思慕の歌」の発想基盤を追究し、防人歌の本質を解明する手がかりとするものである。

第四章「防人歌における『殿』の諸相」は、「父母思慕の歌」に二首詠み込まれる「殿」の言葉に注目し、当時の東国社会と中央の住居様式の考古学的見地から、「殿」に対する通説の解釈を再検討するものであり、東国社会の「殿」のありようから、防人歌作者層を検討する手がかりを得るものである。

第五章「防人歌における『妹』の発想基盤」は、第一部第三章・第四章で考察する「父母思慕の歌」と同様、防人歌には、羇旅的発想の「妹」「妻」を詠み込む歌も二十四首見られることに注目し、『万葉集』における「妹」「妻」の歌との関連性を考察するものである。本章は、「父母思慕の歌」の考察をもとに、防人歌における「妹」「妻」の発想基盤を追究し、防人歌の主題・本質を、さらに解明する手がかりを探るものである。

第六章「防人歌作者層の検討」は、第一部第一章・第二章の作者名表記の方法や、第三章・第四章の「父母思慕の歌」、ならびに第五章の「妹」を詠み込む歌等の検討から、防人歌の作者層を追究するものである。そして、防人歌とは、従来から言われているように「その殆どは班田農民であり、貧民階級に属していた」(16)ものの作品ではなく、防人集団の中で役職に就く上層階級の身分の者の作品ではないかと結論付ける。毎年千人あまりの防人が交代していた歴史的事実を考え合わせると、防人歌の進上歌数の合計一六六首はその十パーセントにすぎない。この数は防人歌を詠む防人と、一般防人とは異なることを暗に示唆している可能性があり、この上層階級の身分の者とは具体的にどのような身分の者なのかを、歴史的資料から分析し解明する。

第七章「防人歌における『個』の論理」は、『万葉集』における一人称代名詞「あれ」と「われ」との分析から、防人歌における「我」の表出を分析するものである。従来、「あれ」と「われ」は、同じ意味合いとして考えられ解釈されてきた。しかし、「あれ」と「われ」には厳密な区別があることを立証し、その結論を防人歌の解釈にまで広げて考察したい。そして、防人歌においては、歌の作者の意識をも「あれ」と「われ」から考察することが可能になることを結論づける。

第八章「大伴家持防人歌蒐集の目的ならびに意義」は、唐における安禄山の乱前後の東アジアの歴史的状況を概観し、当時の日本・渤海連携の新羅征討計画に象徴される国際的緊張状態へと向かう時代状況と、当時の大伴家持を取り巻く政治的状況から防人歌蒐集の目的を考察する。防人歌蒐集は、家持の内面性の問題であるとともに、当時の内外の政治的状況とも無関係ではないはずである。したがって、当時の内外の政治的状況・歴史的立場と、家持の詩学的立場との両者から防人歌蒐集の目的を考察する。

第二部「防人歌群の歌の場と配列」は、各国の防人歌を歌群として捉え直し、その歌群の配列方法から歌群の意味を探り出し、その意味を実際の歌の場にまで遡及して考察する。吉野裕は、各国の防人歌に見られる歌の類同を各国それぞれが座を同じくする一つの集団的詠歌の結果とし、一国の歌の場が、防人遠征軍への入隊宣誓のような性格を持った官公的言立て的性格から私的抒情へと展開するさまを想定した（iii「防人歌研究史」参照）。この吉野説は現在、詠歌の場は複数あるとする論や官公的性格の希薄な場であるとする論等により批判を受けることが多い。第二部では詠歌の場を「出郷時」「旅の途次」「難波津」の三箇所の場に分け考察する現在の場の論、ならびに吉野説を再考し、防人歌の場の解明を試みる。

第一章「防人歌『駿河国・上総国歌群』の成立」は、従来から作者名表記・配列などが規則的であると指摘され、また収載率が最も高い上総国防人歌を考察の対象とする。その考察において、上総国は偶然とはいえないほどの対応関係が駿河国との間に見出されるが、この対応関係の意味を防人歌群との関連から解明する。この、二国間における対応関係という視点こそは、従来の防人歌の考察において欠けていた重要な視点と言えるであろう。

第二章「下野国防人歌群における配列方法と歌の場」は、従来ほとんど顧みられることがなかった上丁の郡名による配列方法に焦点をあて、下野国防人歌の配列方法を考察するものである。そしてその配列方法が、大宝令以後に普遍的となる「延喜式的古代国郡図式」の「反時計回り」になっている意味を追究するものである。下野国防人歌は、作者名表記による配列方法、郡名による配列方法、さらに歌の場を反映する歌の内容面による配列方法の三種類が見出されるが、それらが密接に結び付きながら防人歌群を形成していることを立証する。

第三章「『布多富我美悪しけ人なりあたゆまひ』―下野国防人歌・四三八二番歌における新解釈―」は、従来から様々に解釈され、いまだ正当な評価がなされていない下野国防人歌の四三八二番歌、「布多富我美悪しけ人なりあたゆまひ我がする時に防人にさす」を詳細に分析し、現在の定説とは異なる新たな解釈を提示する。そして、その新説は、第二部第二章の下野国防人歌群の分析と密接に結び付くことを立証する。

第四章「常陸国防人歌群の成立」は、序列にしたがって順序正しく配列されていない唯一の防人歌である常陸国防人歌に焦点をあて、その理由を考察するものである。それと同時に防人歌全体を通じ、唯一の長歌を含む特異性の意味をも追究していく。本章においても、常陸国と下野国という二国間における対応関係が浮かび上がってくるが、その意味を歌群の構造から解明する。

第五章「武蔵国防人歌群の構成―『昔年防人歌』との比較―」は、妻の歌を含む防人歌で唯一の歌群である武蔵国防人歌の意義を考察するものである。そして、武蔵国防人歌は男性と女性との、いわゆる「唱和」の形態をとっており、これは意図されたものであると考えられ、武蔵国防人歌は現在見られる形式で一つの歌群を構成していた可能性を指摘する。そのように考えれば、従来の説のように「夫婦の唱和」を想定する必要はない。また、武蔵国防人歌は「昔年防人歌」と密接な関わりがあると考えられ、その関わりの意味も視野に入れて検討する。

本書は、大伴家持の防人歌蒐集の目的ならびに意義を追究しつつ、防人歌の本質、ならびにその作者層と主題を解明する。またその本質ならびに防人歌作者層の実態から、防人歌の場を具体的に追究し、最終的には万葉集防人歌群の解明を目指すものである。

注

（1）　村瀬憲夫「万葉集巻十四『防人歌』の編纂」（『万葉学論攷―松田好夫先生追悼論文集―』続群書類従完成会、一九九〇年四月）、市瀬雅之「『防人文学』の基層―巻十三・三三四四～四五の場合―」（『上代文学論究』第五号、一九九九

七年三月）など参照。なお巻十四には「防人歌」の部立て以外にも防人歌が収載されていると推定されている（三四二七・三四八〇・三四八一・三五一五・三五一六・三五二〇・三五二八など）。

（2）本書での『万葉集』の引用は、小学館『新編日本古典文学全集』に拠る。ただし、防人歌の左注の訓読は、伊藤博『萬葉集釋注十』（集英社、一九九八年十二月）に拠る。伊藤博は、従来の訓読では駿河国防人歌、ならびに信濃国防人歌の左注の意味が通じないことから、新訓を提示した。そして、例えば遠江国の左注の「二月の六日、防人部領使遠江の国の史生坂本朝臣人上」までが家持に進上した時の進上者の歌録に記されてあった文章であり、それ以下が家持の文章と捉える（「防人歌群」『万葉集の歌群と配列　下』塙書房、一九九二年三月）。本書は、この伊藤説に従う。

（3）伊藤博『萬葉集釋注十』（集英社、一九九八年十二月）。

（4）山﨑健司『大伴家持の歌群と編纂』「序章」（塙書房、二〇一〇年一月）。

（5）伊藤博「大伴家持と周辺の歌群」『萬葉集の歌群と配列　下』（塙書房、一九九二年三月）。

（6）吉野裕「防人歌の『言立』的性格」『防人歌の基礎構造』（伊藤書店、一九四三年八月。本書では筑摩書房、一九八四年一月に拠る）。

（7）防人歌研究史においては、明治・大正・昭和・平成期の研究史を概観するために、著書等の出版年は元号で示し、西暦を丸括弧内に合わせて示した。したがって、本研究史のみ他章と引用文献の示し方が異なる。

（8）武田祐吉「東歌を疑ふ」『上代國文學の研究』（博文館、一九二一年三月）。

（9）阪下圭八「解説」、吉野裕、注（6）前掲書。

（10）吉野裕「集団的自己の表現と類同性」、注（6）前掲書。

（11）吉野裕「『防人歌』と『防人の歌』」、注（6）前掲書。

（12）山根巴「茂吉の防人歌観」（『相模女子大学紀要』第三十六号、一九七三年一月）。

（13）この防人歌のイデオロギー化については、星野五彦「防人歌と戦争期」『防人歌研究』（教育出版センター、一九七八年四月）、品田悦一「東歌・防人歌論」（『セミナー　万葉の歌人と作品　第十一巻』和泉書院、二〇〇五年五月）に詳しい。

（14）吉野裕「あのころの事―『防人歌の基礎構造』の復刊に寄せて―」、注（6）前掲書。
（15）渡部和雄「東歌と防人歌の間」（『国語と国文学』第四十九巻第八号、一九七二年八月）。
（16）水島義治「防人歌の概要」『萬葉集防人歌の研究』（笠間書院、二〇〇九年四月）。

〔補注〕

防人歌研究史を成すにあたり、星野五彦「防人歌研究史」『防人歌研究』（教育出版センター、一九七八年四月）、野田浩子「東歌・防人歌の人々」（『萬葉集事典』有精堂出版、一九七五年十月）、「東歌・防人歌／後期万葉の男性歌人関係文献目録」（『セミナー　万葉の歌人と作品　第十一巻』和泉書院、二〇〇五年五月）、水島義治「防人歌研究文献目録」『萬葉集防人歌の研究』（笠間書院、二〇〇九年四月）等を参照した。

第一部　防人歌の作者層と主題

第一章　防人歌作者名表記の方法

第一節　はじめに

序論において述べたように、防人歌においては、それぞれの国から集結地である難波津まで防人を引率してきた部領使が、兵部少輔という立場にいた大伴家持に進上した歌であることが明らかであり、例えば「二月の六日、防人部領使遠江の国の史生坂本朝臣人上。進る歌の数十八首。ただし、拙劣の歌十一首有るは取り載せず」などと、国ごとに進上の月日や部領使の官職・位階・氏名および進上歌数・拙劣歌数を明確に示している。そして、この一首一首の左注には、例えば「右の一首は国造丁長下の郡の物部秋持」（遠江・四三二一）、「右の一首は望陀の郡の上丁玉作部国忍」（上総・四三五一）などと、防人の地位・職分・役職などを示した肩書き名と作者名をも記載している。

本章では、防人歌における作者名表記の方法を概観し、作者名表記の意味することを明らかにする。この作者名表記には、防人歌の根幹に関わるものがあるのではないかと考えるのである。

第二節　防人歌作者名表記の意味――「国造丁」「助丁」「主帳丁」――

防人歌の左注には、防人の地位・職分・役職などを示した肩書き名と作者名が、例えば以下のように記されている（傍線役職名）。

・上総国

（四三四七）　国造丁日下部使主三中之父
（四三四八）　国造丁日下部使主三中
（四三四九）　助丁刑部直三野
（四三五〇）　帳丁若麻績部諸人
（四三五一）　望陀郡上丁玉作部国忍
（四三五二）　天羽郡上丁丈部鳥
（四三五三）　朝夷郡上丁丸子連大歳
（四三五四）　長狭郡上丁丈部与呂麻呂
（四三五五）　武射郡上丁丈部山代
（四三五六）　山辺郡上丁物部乎刀良
（四三五七）　市原郡上丁刑部直千国
（四三五八）　周淮郡上丁物部竜
（四三五九）　長柄郡上丁若麻績部羊

・下野国

（四三七三）　火長今奉部与曽布
（四三七四）　火長大田部荒耳
（四三七五）　火長物部真島
（四三七六）　寒川郡上丁川上臣老
（四三七七）　津守宿禰小黒栖
（四三七八）　都賀郡上丁中臣部足国
（四三七九）　足利郡上丁大舎人部禰麻呂
（四三八〇）　梁田郡上丁大田部三成
（四三八一）　河内郡上丁神麻績部島麻呂
（四三八二）　那須郡上丁大伴部広成
（四三八三）　塩屋郡上丁丈部足人

これらの記述から岸俊男は、各国の防人集団には、国造丁（国造）―助丁―主帳丁（帳丁・主帳）―（火長）―上丁（防人）なる関係が成立していたとし、防人歌はこの序列にしたがって順序正しく配列されていることを指摘した。(1) そして国造丁はその集団の長、助丁はそれに副う存在、主帳丁は集団内の庶務会計をつかさどる任、上丁は一般兵士、火長はその十人単位であろうとし、それらは大化前代における国造軍の構造が遺制として防人の編成に継承されているのであろうと推測した。(2) 岸説を受けた直木孝次郎は、

上丁は防人として上番する丁男の意で、防人の呼称をもつものも呼称をもたないものも、ともに一般の防人のことであろう。(3)

としたのである。これは、現在ではほぼ定説となっている見解であるが、その構成および作者名表記が階級・階層的にも異なる身分を示すものなのか、それとも単なる防人集団内における地位の差を示すものなのかは、まだ意見の別れるところである。

そこで、まず上総国冒頭に目を向けると、「国造丁日下部使主三中」と作者名にあり、国造丁という肩書きのために冒頭に配列され、身分的には上総国防人集団の統率者であろうと推測できる。そして、「日下部使主」とあることは、

上総国周准郡大領外従七位上日下部使主山　（正倉院調庸関係銘文(4)　宝亀八年（七七八））

との関連が考えられ、

外従八位下日下部使主荒熊。（略）私穀を陸奥の国の鎮所に献る。外従五位下を授く。
（『続日本紀』神亀元年（七二四）二月、本書における『続日本紀』の引用は、岩波書店『新日本古典文学大系』に拠る）

という記事もあることから、この当該歌の「三中」も、これらの記事に見える人物と同様、上層階級の者であったことが考えられる。有姓者であることもそれを端的に示している（これらの身分の者と歌との関連については、第一

部第三章で改めて論じる)。

また、下総国には冒頭に「海上国造他田日奉直得大理」(四三八四)という作者名が見られるが、正倉院文書には「海上国造他田日奉部直神護」の啓状が残されており、この人物の祖父・父が代々下総国海上郡の国造や郡司として朝廷に仕えていたことが記されている。(5) 丸山裕美子は、

得大理は神護の弟か子か、あるいは神護の兄国足の子であろうか。「トコタリ」という名は兄「クニタリ」と語尾が共通するから、国足・神護の兄弟か国足の子の可能性が高いように思う。(6)

と述べている。このことからも、これらと同族であろうと推測される国造他田日奉直得大理も、地方においては上層階級の身分の者であったと考えられるのである。

林田正男は国造丁・助丁などの作者には多くの有姓者が存在することに注目し、

姓は朝廷から与えられた公的・政治的な地位を示す呼称で無姓・部姓とはその階層に位相があり、ある程度の教養も有していたのである。従って防人たちをすべて全くの無学文盲の農民兵ときめてかかることは間違いである。(7)

と指摘し、国造丁や助丁などは防人集団の役職者であり、その出自は郡司クラスの一族、もしくはこれに準ずる家柄のものではないかと推測した。つまり、国造丁や助丁などは一般防人とは階級的性格を異にするとみるべきなのである。

星野五彦が国造丁は「中央社会から見れば無名の農民であっても、地方のその地にあっては、身分のあったものではあるまいか(8)」とし、加藤静雄が「歌の成立の過程において、東国の豪族、富農階級の存在を考えねばならない(9)」としたことは、防人歌の構成および作者名表記が、階級・階層的にも異なる身分を示すことを指摘したことになる。

このように考えるならば、例えば「国造丁」を「国造の使用人」（小学館『全集』）などと解する意見は受け入れることができず、また、「これらはみな防人に差された一般兵士で、国造丁を長とする防人集団の編成を示す」（小学館『新編全集』）などと、防人歌の防人を同一の階級・階層に属する一般兵士と解し、その視点で歌を眺めることも大きな誤解を招く一因となる。そのような意味で防人歌の作者名表記は、天平勝宝七歳の防人集団の構成を知るうえでは非常に重要な資料となりうるとともに、防人歌の作者層を解明する大きな鍵となるものでもある。

第三節　防人歌作者名表記の意味――「上丁」――

さて、林田正男説のように、国造丁・助丁・主帳丁などが一般兵士ではなく、地方における上層階級の者であるとの説は、現在まだ一般的とはいえないが、ある程度浸透しつつある説といえるであろう。

しかし、「上丁」については、ほとんどの注釈書が「上丁は一般の兵士をいう。この『上』は身分の上下と関係なく、上番（勤務に就く）の意か」（木下正俊『全注』）としている状況である。したがって、現在の一般的な説では、「防人歌」を詠む防人集団の中には、国造丁・助丁・主帳丁のような上層階級の者もいれば、上丁のような一般兵士も存在することになる。はたしてそうであろうか。

そこで、上丁の作者名表記に目を向けると、上丁は必ず一郡に一人しか存在しないことが分かる。例えば先述した上総国では、「望陀郡上丁」「天羽郡上丁」「朝夷郡上丁」「長狭郡上丁」「武射郡上丁」「山辺郡上丁」「市原郡上丁」「周淮郡上丁」「長柄郡上丁」と記述されているが、その郡名は一つも重ならない。確かに、大伴家持が拙劣歌として多くの歌を削除したとはいえ、これは単なる偶然とは考えられない。なぜなら先述した下野国も「寒川郡上丁」「都賀郡上丁」「足利郡上丁」「梁田郡上丁」「河内郡上丁」「那須郡上丁」「塩屋郡上丁」と一郡も重ならない(10)し、この「一郡に必ず一名の上丁しか存在しない」という原則はすべての防人歌について言えるからである。[11]

そのように考えるならば、この上丁という肩書きは、

「望陀郡の上」＋丁　「天羽郡の上」＋丁　「朝夷郡の上」＋丁

であることを示す記述なのではないだろうか。つまり「郡の上」、すなわち「郡防人集団の長」を示している記述だったと考えられるのである。先述した上総国に「朝夷郡上丁丸子連大歳」、下野国に「寒川郡上丁川上臣老」などと、上丁にも有姓者が存在することもそれを証明していることとなる。土橋寛は、

防人歌の作者の中で郡の記してあるものについてみると、その大部分が各郡一名、稀に二名（下總國結城郡だけが二名）で、しかも各郡にばらまかれているという事實が認められ、これは歌を作つているのが各郡の防人の代表者であることを示すものと思われる[12]

と述べているが、これは、私案と密接に結び付く見解であろう。しかし、土橋は「代表者も必ずしも一名に限定されるわけではない」とも述べており、この点は、本書での上丁の解釈と考えを異にするところである。

では、下記の国の上丁はどのように解釈するべきであろうか。

・駿河国

（四三三七）　上丁有度部牛麻呂
（四三三八）　助丁生部道麻呂
（四三三九）　刑部虫麻呂
（四三四〇）　川原虫麻呂
（四三四一）　丈部足麻呂
（四三四二）　坂田部首麻呂

・武蔵国

（四四一三）　上丁那珂郡檜前舎人石前之妻大伴部真足女
（四四一四）　助丁秩父郡大伴部小歳
（四四一五）　主帳荏原郡物部歳徳
（四四一六）　妻椋椅部刀自売
（四四一七）　豊島郡上丁椋椅部荒虫之妻宇遅部黒女
（四四一八）　荏原郡上丁物部広足

（四三四三）　玉作部広目
（四三四四）　商長首麻呂
（四三四五）　春日部麻呂
（四三四六）　丈部稲麻呂

（四四一九）　橘樹郡上丁物部真根
（四四二〇）　妻椋椅部弟女
（四四二一）　都築郡上丁服部於由
（四四二二）　妻服部呰女
（四四二三）　埼玉郡上丁藤原部等母麻呂
（四四二四）　妻物部刀自売

駿河国は最初に上丁・助丁が並ぶのみで、その他には郡名・肩書き名が全く示されていない。また、武蔵国は最初に上丁・助丁・主帳と並び、四四一七からは「豊島郡上丁」のように、先述した「―郡＋上丁」の記述になっている。この記述は、岸俊男の説からすれば当然例外のように考えられ、四三三八の注釈で「前歌の作者の身分上丁より上位と思われるのに後置されているのは例外的だが、武蔵国の四四一四も同類」（『全注』）、「助丁が一国の防人集団において、その長たる国造丁に次ぐ地位にあるとし、防人歌の配列が、この防人の序列に従うものとすれば、駿河国・常陸国及び武蔵国では崩れて居る。上丁が助丁の上に配列されているのである」[13]などと説明されることとなる。また山﨑健司は、駿河国の配列は、家持が拙劣歌を除外する編纂の過程で助丁の前に上丁が切り継がれた結果であると指摘するが[14]、もしそうであるならば、駿河国や武蔵国は配列的にまったく整備されていない記述、もしくは家持の手が加えられた結果となる。また、作者名の表記形式から岸説を取ると以下のような疑問点が浮上してくることとなる。

一　「上丁」と記述される者と、されない者とを同等に扱っていいのであろうか。

二　「―郡＋上丁＋人名」と記述される場合と、「上丁＋―郡＋人名」と記述される場合とを同等に扱っていいのであろうか。

三　「上丁」を正規の壮丁とするならば、むしろ「正丁」とでも称したのではないだろうか。なぜ、例のない「上丁」という言葉を使用したのであろうか。

これらの疑問点に対して、藤原芳男は「『上丁某郡某』・『助丁某郡某』・『主帳某郡某』と『某郡上丁某』との間には截然たる身分上の区別が存する」とし、「上丁某郡某」は「役職にある上丁であり」、「某郡上丁某」は「被管理の立場にある一般の上丁である」[15]とした。また森淳司はこの区別は「上級の丁と、上番の丁とで区別したと思われる」[16]とする。これらの説によると、上丁の記述には二種類の記述があったことになるが、林田正男はこの藤原説に対して、「従うべきだと考える」としながらも、「役職者であれば何故に役職名を記さないか」[17]という疑問も提示している。しかし、この疑問は以下のように考えれば解消するのではないだろうか。

藤原説のように、上丁には「上丁+—郡」の記述と、「—郡+上丁」の記述の二種類があったと考えていいだろう。そして、今問題にしている「上丁+—郡」は、駿河国・武蔵国ともに国の冒頭に位置していること、そして二国とも次に「助丁」の身分が示されていることからも、

「駿河国の上」+丁　　「武蔵国の上」+丁

であることを示す記述なのではないだろうか。つまり、四三三七は「駿河国の上」という役職、四四一三は「武蔵国の上」という役職を示している記述だと考えられるのである。このように考えるならば、例えば武蔵国は「上丁+—郡」「助丁」「主帳丁」「—郡+上丁」と配列されていることになり、岸俊男の説を例外とする必要もない。駿河国・武蔵国においても、序列に従って順序正しく配列されていることとなるのである。

したがって、上丁には以下の二種類の記述が存在すると結論付けられる。

A　「—郡+上丁」—「郡防人集団の長」

B　「上丁+—郡」—「一国防人集団の長」

またそのように考えると、歴史的に国―郡という行政単位が軍の指揮と密接に関わっていたこととも整合することとなる。この私案を渡瀬昌忠は、以下のようにまとめている。

漢字「上」には、「首・卿・大夫・令・長・正」などとともに、「君」つまり最上位者の意味があり（『広雅』釈詁）、その場合は「かみ」と倭訓される。右の（B―東城注）「上丁」は、防人集団内部の最上位者「かみ・長」であろう。防人の一員ではあるが、下層の防人ではない。（略）防人集団内部に、

上丁（かみ・長）―助丁（すけ・副）―主帳（庶務会計）

の順に、三役があったことを示す。それは、

国造丁（国造）―助丁―主帳丁（主帳・帳丁）

という、歴史家岸俊男によって指摘され、大方の認めるところとなっている三役に、準ずるものであろう。「上丁」と「国造丁」との呼称の違いが何によるものかは明らかでない（なお、この国単位の「上丁」とは別に、郡単位の「―郡上丁」が多数あるが、これは各郡内では一名のみであって、その郡の防人集団内部の「かみ・長」を意味する）[18]。

また、この私案を発展させた小林宗治は防人集団の構成を、

上丁（国造丁・国造）―助丁―主帳丁（帳丁・主帳）―（火長）―郡上丁…郡〇

と一種類に整理し、「国造丁・国造」とは「『上丁』の特別な名称―栄爵的名誉職的な称号―として与えられた、もしくは敬意をこめて表記された」ものとした[19]。首肯されるべき意見である。

逆に、水島義治は、私案に対して批判的であるが、その根拠として、

防人歌の人名表記は国によって異なり、かなり複雑であり、①のタイプ（B―東城注）は実際には四四一三（武蔵国歌郡（ママ）の第一首目）一首を数えるに過ぎないのである[20]。

と反論するが、すでに詳述したように、駿河国の四三三七も同様の形式を持っており、二首存在することには大きな意味があると考える。

　では、そのような身分の者を「上丁」と呼ぶことはあるのだろうか。この「上丁」という言葉は、『続日本紀』等、歴史書には正式には表れない。しかし、木簡には以下のように七例が見受けられる(21)（／は改行を意味する）。

・右佐貴瓦山司□進上瓦一千二百枚／男瓦六百枚／女瓦六百枚∥〇載車九両／男瓦両別　百五十枚／女瓦両別百廿枚∥〇◇・上丁山下知麻呂　天平七年十一月卅日史生卜「長福」
（平城京左京二条二坊五坪二条大路濠状遺構（北））

・上丁凡□　（平城京左京二条二坊五坪二条大路濠状遺構（北））

・上丁多米安麻呂　（平城京左京二条二坊五坪二条大路濠状遺構（北））

・二百文／上丁　（平城宮東院地区）

・又上丁七百□〔文ヵ〕　（平城宮東院地区）

・上丁石末□□・〇六月十三日神磯部弓張□□◇　（平城京左京三条二坊一・二・七・八坪　長屋王邸）

・□三人／之中上丁石津連乎黒万　（久宝寺遺跡）

これらが、「上」（その集団の長）を表すかどうかは、この資料からは明確化することはできない。それは、最初の木簡に「右佐貴瓦山司□進上」とあり、「進上」の語が書かれた、いわゆる物品進上状と称されるものであるため、「上」を「たてまつる」の意味と捉える「進上丁」の解釈が成り立つからである(22)。しかし、最後の木簡は、「三人の中の上丁」とあり、その場合は、上を「長」と捉える解釈が成り立つだろう。三人の中の長が石津連乎黒万と考えられるのである(23)。

　さらに、この「上丁」の例とは別に、木簡では、防人の役職名にも出てくる火長に、「十上」をあてる表記が見受けられることにも注目したい。以下の平城京左京二条大路東西溝ＳＤ五三〇〇出土の木簡（「二条大路木簡」[24]）は、衛士において十人の長である火長を「十上」で示した例である。

荊田小床　大伴白万呂　十上布師羊　神□万呂　○日下部［
秦足国　○磯部緒足　秦黒万呂　○□□〔物部カ〕［
・衛門　日下部［　］右　六木作小広　磯部［　］
矢田部□□　鷹取諸石
［　］
十上若桜部吉万呂　若湯大隅　壬生□
左　阿波蘇部止婆　矢田部真刀良　大伴沙万呂
大湯首万呂　日置足人　物部古万呂

「火」とは、軍防令兵士為火条に「凡そ兵士は、十人を一火と為。火別に六の駄馬充てよ。養ひて肥え壮んならしめよ。差し行らむ日には、将て駄に充つること聴せ。若し死失有らば、仍りて即ち立て替へよ」[25]とあり、軍防令備戎具条には「凡そ兵士は、火毎に、紺の布の幕一口、裏着けて。銅の盆、少しきなる釜、得むに随ひて二口。鍬一具、剉碓一具、斧一具、小斧一具、鑿一具、鎌二張、鉗一具。（略）」ともあり、駄馬の養育や戎具配備の規定から、火が兵士の生活・行動上の単位とされていることが分かる。また軍防令休假条には「凡そ防人防に在らば、十日に一日の休假放せ。病せらば皆医薬給へ。火内の一人を遣りて、専ら将養せしめよ」とあり、防人にも「火」の規定が存在するのである。

この火について、松本政春は、大化前代の国造軍の構造を残すとされる防人集団の組織に「火長」の呼称が見られることから、十人単位の集団は、国造軍の編成単位として存在したとしている[26]。また、高橋周は「十人単位の集団編成は令制以前の慣行に由来する可能性が考えられる」とし、以下の秋田城外郭東門辺土取り穴SG一〇三一から出土した木簡と、先述の「十上」の木簡との類似性を指摘する。(27)

・火長他田マ粮万呂　物マ子宅主　大伴マ真秋山　長門マ□万呂　大伴マ真古万呂　尾治マ子徳□万呂
　矢田マ酒万呂　神人マ福万呂　三村マ子舊人　小長谷マ犬万呂

高橋周は、「『十上』とは、十人単位の集団の統率者、すなわち『火長』に相当する意の字句であったのではないか」と述べ、「『十上』とは『十長』に相当する表記として考えてよいと思われる」「おそらく『上』は『カミ』と読み、組織・集団の長の『長』と音で通じる意味があったと考える。組織・集団の長の意で『上』『長』が併用されていた例として氏上の例をあげることができる」と結論づけている。(28)

この見解からも「上」を「その集団の長」と捉えることは、当時の表記からも問題ないと考える。したがって、防人歌においても、国の冒頭のみに記される「一国防人集団の長」を示す「上丁」、「郡防人集団の長」を示す「―郡上丁」は、防人集団内部の表記（または、大宰府までの国ごとの集団内部の表記）と捉えてよいのではないかと考えるのである。(29)

以上、防人歌作者名表記を細かく見てきたが、このように考えると、作者名表記には、国全体の防人集団の役職を示す「国単位表記」と、郡防人集団内部の「かみ・長」を示す「―郡上丁」などの「郡単位表記」との、大きく分けて二種類の記述があったことになるだろう。そのような視点から最後に、各国防人歌の作者名表記を全体的に網羅し、記述しておくこととする。

第四節　各国防人歌の作者名表記

遠江国

（四三二一）	国造丁長下郡物部秋持	国単位表記
（四三二二）	主帳丁麁玉郡若倭部身麻呂	国単位表記
（四三二三）	防人山名郡丈部真麻呂	郡単位表記
（四三二四）	同郡丈部川相	郡単位表記
（四三二五）	佐野郡丈部黒当	郡単位表記
（四三二六）	同郡生玉部足国	郡単位表記
（四三二七）	長下郡物部古麻呂	郡単位表記

相模国

（四三二八）	助丁丈部造人麻呂	国単位表記
（四三二九）	足下郡上丁丹比部国人	郡単位表記
（四三三〇）	鎌倉郡上丁丸子連多麻呂	郡単位表記

駿河国

（四三三七）　上丁有度部牛麻呂　　国単位表記
（四三三八）　助丁生部道麻呂
（四三三九）　刑部虫麻呂
（四三四〇）　川原虫麻呂
（四三四一）　丈部足麻呂
（四三四二）　坂田部首麻呂　　国単位表記？
（四三四三）　玉作部広目
（四三四四）　商長首麻呂
（四三四五）　春日部麻呂
（四三四六）　丈部稲麻呂

上総国

（四三四七）　国造丁日下部使主三中之父
（四三四八）　国造丁日下部使主三中　　国単位表記
（四三四九）　助丁刑部直三野
（四三五〇）　帳丁若麻績部諸人

（四三五一）　望陀郡上丁玉作部国忍
（四三五二）　天羽郡上丁丈部鳥
（四三五三）　朝夷郡上丁丸子連大歳
（四三五四）　長狭郡上丁丈部与呂麻呂
（四三五五）　武射郡上丁丈部山代
（四三五六）　山辺部上丁物部乎刀良
（四三五七）　市原郡上丁刑部直千国
（四三五八）　種淮郡上丁物部竜
（四三五九）　長柄郡上丁若麻績部羊

郡単位表記

常陸国

（四三六三・四三六四）　茨城郡若舎人部広足
（四三六五・四三六六）　信太郡物部道足
（四三六七）　茨城郡占部小竜
（四三六八）　久慈郡丸子部佐壮
（四三六九・四三七〇）　那賀郡上丁大舎人部千文

郡単位表記

（四三七一）　助丁占部広方
（四三七二）　倭文部可良麻呂

国単位表記

下野国

（四三七三）	火長今奉部与曽布	
（四三七四）	火長大田部荒耳	国単位表記
（四三七五）	火長物部真島	
（四三七六）	寒川郡上丁川上臣老	郡単位表記
（四三七七）	津守宿禰小黒栖	国単位表記
（四三七八）	都賀郡上丁中臣部足国	
（四三七九）	足利郡上丁大舎人部禰麻呂	
（四三八〇）	梁田郡上丁大田部三成	郡単位表記
（四三八一）	河内郡上丁神麻績部島麻呂	
（四三八二）	那須郡上丁大伴部広成	
（四三八三）	塩屋郡上丁丈部足人	

下総国

（四三八四）	助丁海上郡海上国造他田日奉直得大理	国単位表記
（四三八五）	葛飾郡私部石島	
（四三八六）	結城郡矢作部真長	郡単位表記
（四三八七）	千葉郡大田部足人	
（四三八八）	占部虫麻呂	国単位表記

（四三八九）	印波郡丈部直大麻呂	郡単位表記
（四三九〇）	猨島郡刑部志加麻呂	
（四三九一）	結城郡忍海部五百麻呂	
（四三九二）	埴生郡大伴部麻与佐	
（四三九三）	結城郡雀部広島	
（四三九四）	相馬郡大伴部子羊	
信濃国		
（四四〇一）	国造小県郡他田舎人大島	国単位表記
（四四〇二）	主帳埴科郡神人部子忍男	
（四四〇三）	小長谷部笠麻呂	国単位表記？
上野国		
（四四〇四）	助丁上毛野牛甘	国単位表記
（四四〇五）	朝倉益人	国単位表記？
（四四〇六）	大伴部節麻呂	
（四四〇七）	他田部子磐前	

武蔵国

（四四一三）	上丁那珂郡檜前舎人石前之妻大伴部真足女	国単位表記
（四四一四）	助丁秩父郡大伴部小歳	
（四四一五）	主帳荏原郡物部歳徳	
（四四一六）	妻椋椅部刀自売	
（四四一七）	豊嶋郡上丁椋椅部荒虫之妻宇遅部黒女	郡単位表記
（四四一八）	荏原郡上丁物部広足	
（四四一九）	橘樹郡上丁物部真根	
（四四二〇）	妻椋椅部弟女	
（四四二一）	都筑郡上丁服部於由	
（四四二二）	妻服部呰女	
（四四二三）	埼玉郡上丁藤原部等母麻呂	
（四四二四）	妻物部刀自売	

以上、作者名表記の方法を考察した結果、一般防人兵士と防人歌を詠む防人とは異なる可能性があることが理解された。本節では、この可能性を進上歌数の意味からさらに確認してみたい。

第五節　進上歌数の意味するもの

進上歌数は防人を引率してきた防人部領使が大伴家持に提出した歌の数のことであり、それぞれの国の最後にそ

の数が記述されている。この進上歌数に関しては、防人交替要員千人から三千人に比べるとその数は非常に少なく、水島義治が、

天平勝宝七歳の交替において、新たに任地に向かった防人は千人に近い数だと思われるが、これらの防人がすべて歌を詠じたものでないことは、進上歌数の合計が一六六首に過ぎないということから無理なく考えられる。(30)

と述べているように、全ての防人が歌を進上したのではないことは従来から指摘されているところである。しかし、この進上歌数が一体どのような数なのか、この数が何を意味しているのか、という点に関しては全く等閑視されている状況であり、この進上歌数が何を意味するのかを問うことは、拙劣歌の考察にも意味があるものと考えられる。

さて、この進上歌数は、「一郡上丁」の考察で導き出された「一郡に必ず一名の上丁しか存在しない」（郡防人集団の長）という原則から逆に、郡の数と関連しているのではないかと予測できてくる。

まず、始めに基本的な表記・配列がなされていた上総国から眺めてみたい。上総国の進上歌数は「上総の国の防人部領使少目従七位下茨田連沙弥麻呂。進る歌の数十九首」と左注にあるように十九首である。上総国の郡数は『延喜式』（本書における『延喜式』の引用は、『新訂増補　国史大系』（吉川弘文館）に拠る）には、「市原　海上　畔蒜　望陀　周淮　天羽　夷灊　埴生　長柄　山邊　武射」と記されており、十一郡存在したことが分かる。この十一に、先述した「国単位表記」の者、すなわち、「国造丁日下部使主三中が父」「国造丁日下部使主三中」「助丁刑部直三野」「帳丁若麻續部諸人」の四名を加えると十五となる。ただし、当時上総国には、『續日本紀』天平十三年（七四一）十二月十日条に「安房国幷上総国」とあるように安房国をも含んでいたことが分かる。したがって、同じく『延喜式』から安房国の郡数を見てみると「平群　安房　朝夷　長狭」とあり、四郡存在したことが分かる。この四と先ほどの十五を足すと十九となり、進上歌数十九首と一致することが分かるのである。

郡名が記述されているのに上丁が記述されていない国の下総国を例にあげると、下総国の進上歌数は、「下総の

国の防人部領使少目従七位下県犬養宿禰浄人。進る歌の数二十二首」とあるように二十二首である。下総国の郡数は『延喜式』によると十一郡存在したことが分かり、下総国には全ての者に上丁が記述されていない、すなわち、「―郡上丁」ではないことが確認できる。したがって、採録された歌の数十一首全てを足すと二十二首となり、これも進上歌数と一致することとなるのである。

以上のような作業をして、作成したのが上の表である。

駿河国と常陸国は説明が必要である。まず、駿河国は郡数が七、駿河国も下総国同様、上丁が記述されていないので、作者十首全てを足すと十七首となる。しかし、合計では二十首としてある。この

国名	進上歌数	郡数	「上丁」以外	合計
遠江	18	13	7	20
相模	8	8	1	9
駿河	20	7（3）	10	20
上総	19	11（4）	4	19
常陸	17	11	8（1）	20
下野	18	9	4	13
下総	22	11	11	22
信濃	12	10	3	13
上野	12	14	4	18
武蔵	20	21	7	28

二十首の進上歌数とその意味については、第二部第一章において詳細に考察する。

また、常陸国では一人の人物で二首の歌を詠んでいる者が三名見られる。その内、二名には上丁が記述されていないので四首すべてを足し、上丁に関しては、一首は郡数で数え、一首だけを「『上丁』以外」という項目の中に（1）と記入しておいた（この常陸国の進上歌数十七首については、第一部第二章において詳細に考察するが、現段階では進上歌数を二十首としておく）。この表を眺めると、完全に一致する国は駿河国・上総国・下総国となり、他の国も非常に進上歌数に近い数字が提示されたことが確認できるのである[31]。

一致しない国には、病気で難波まで来ることができなかった信濃国の防人部領使の例もあり、また、武蔵の国は妻の歌なども混じっていることから、これらは特別なものであり、ある程度は、郡に一人ずつ、つまり「郡防人集団の長である」「上丁」に歌を歌わせたことが確認できるのである。したがって、一般防人兵士と「防人歌を詠む

防人」とは異なっていることが、進上歌数や作者名表記の方法からも立証されることとなるのである。

第六節　おわりに

本章においては、防人歌の作者名表記の方法について考察した。その結果、以下の三点の結論を得た。

一　防人歌作者名表記には「国単位表記」と「郡単位表記」とがあり、配列的には最初に「国単位表記」の者、後に「郡単位表記」の者が記述されている。そして「国単位表記」の者は、基本的には郡名が記述されないものと考えられる。

二　従来「一般防人兵士」とされてきた上丁には以下の二種類の記述が存在すると結論づけられる。

A「―郡＋上丁」―「郡防人集団の長」

B「上丁＋―郡」―「一国防人集団の長」

またそのように考えると、歴史的に国―郡という行政単位が軍の指揮と密接に関わっていたこととも整合する。

三　防人歌の進上歌数は郡数と関連していると考えられ、郡数に「国単位表記」の者の数を足したものが、進上歌数の基本であると考えられる。それは逆に言えば、「一郡から一名の上丁が歌を一首提出する」という原則が基本であったものと推定できる。

以上のことから、防人歌の作者名表記及び配列順序は、従来の説のように、不規則であるとは言えないことが確認され、逆に、整合性を持った記述であるという結論に達した。また、以上の結果から、一般防人兵士と「防人歌を詠む防人」とは異なっていることが予測され、防人歌を詠む防人は、地方においては上層階級の身分の者の可能性が浮上してくるのである。この上層階級の身分の者とは、どのような身分の者なのか、また彼らの役割とは何なのか、この点については、第一部第六章でさらに詳細に考察することとする。

注

(1) 岸俊男「防人考—東国と西国—」（『萬葉集大成11』平凡社、一九五五年三月）、のち『日本古代政治史研究』（塙書房、一九六六年五月）。

(2) 直木孝次郎が、岸説を「推論はまったく合理的で、その大綱は疑問をいれる余地がない」（「防人と舎人」『飛鳥奈良時代の研究』塙書房、一九七五年九月）とする一方、「国造丁は防人集団の長で助丁は副長であるというような同類の防人幹部ではなく」「国造丁は律令国造の分身代務者で防人に本国産土神の恩頼を伝えるべき従軍地方神祇官である」（新野直吉「防人『国造丁』についての考察—律令時代における氏姓国造の遺制に関わって—」『史林』第五十四巻第五号、一九七一年一月）などの説も存在する。

(3) 直木孝次郎、右に同じ。

(4) 松嶋順正編『正倉院寶物銘文集成』（吉川弘文館、一九七八年七月）参照。

(5) 「謹解　申請海上郡大領司仕奉事」『大日本古文書』第二巻（東京大学史料編纂所データベース http://wwwap.hi.u-tokyo.ac.jp/ships/db.html）参照。

(6) 丸山裕美子「中央官制と地方行政」『正倉院文書の世界』（中公新書、二〇一〇年四月）。

(7) 林田正男「防人の出自の諸相」『万葉防人歌の諸相』（新典社、一九八五年五月）。

(8) 星野五彦「防人歌の作者」『防人歌研究』（教育出版センター、一九七八年四月）。

(9) 加藤静雄「東歌の作者層についての一考察」『万葉集東歌論』（桜楓社、一九七六年七月）。

(10) 万葉集の編纂に働いた地理的配列には「延喜式的古代国郡図式」と呼ぶべき順序のあったことが指摘されているが（伊藤博「万葉集における歌謡的歌巻」『万葉集の構造と成立　上』塙書房、一九七四年九月）、それをふまえ渡瀬昌忠は、この根幹にあるものは「反時計回り」の方角順であることを指摘し、『風土記』の郡名配列は大体においてこの「反時計回り」の方角順であることを指摘した（「人麻呂歌集略体歌の地理的配列―時計回り方角順と〈東―西〉〈南―北〉の対比―」『実践国文学』第五十一号、一九九七年三月、のち『渡瀬昌忠著作集　第二巻　人麻呂歌集略体論　下』おうふう、二〇〇二年十月）。下野国防人歌の郡名の配列も大体において「反時計回り」となっており、歌の内容とは別の配列意識があったことは確かである（この配列に関しては、第二部第二章・第三章で詳細に考察する）。

(11) 一つの郡から二名以上の防人が歌を提出している国、例えば常陸国では茨城郡から二名の防人、また下総国では、結城郡から三名の防人が歌を提出しているが、彼らには上丁とは記されていない。したがって、上丁と記されている者とその記述がない者とは別の身分を示していると考えられ、「上丁と遠江のみに見える防人は、多くのかかる呼称を冠せられない人々と共に一般防人兵士」（直木孝次郎、注2前掲論文）とする通説には疑問がある。

(12) 土橋寛「古代文学における地方と中央」（『国語国文』第二十六巻第十一号、一九五七年十一月）。

(13) 水島義治『萬葉集防人歌全注釈』（笠間書院、二〇〇三年二月）四三三八【語釈】。

(14) 山﨑健司「防人歌群の編纂と家持―防人関連歌形成の契機―」（熊本県立大学『国文研究』第四十八号、二〇〇三年一月）、のち『大伴家持の歌群と編纂』（塙書房、二〇一〇年一月）。

(15) 藤原芳男「進上諸国防人歌の序列」（『萬葉』第九十七号、一九七八年六月）。

(16) 森淳司「防人歌の場―武蔵国の場合―」（『万葉の風土・文学―犬養孝博士米寿記念論集―』塙書房、一九九五年七月）。

(17) 注（7）に同じ。

(18) 渡瀬昌忠「新・万葉一枝（七）―防人上丁との歌の交響―」（『水甕』第九十四巻第七号、二〇〇七年七月）、のち『渡瀬昌忠著作集　補巻二　万葉記紀新考』（おうふう、二〇一二年十月）。

(19) 小林宗治「遺筑紫諸国防人等歌―防人集団の肩書きと序列―」（『美夫君志』第六十六号、二〇〇三年三月）。

(20) 水島義治「防人歌研究の概要と研究上の問題点」『萬葉集防人歌の研究』（笠間書院、二〇〇九年四月）。

(21) 本書での木簡の用例は、奈良文化財研究所「木簡画像データベース・木簡字典」（http://jiten.nabunken.go.jp/

index.html）に拠る。

(22) 大阪大学、市大樹先生の私信でのご教示による。

(23) 本木簡の釈文については、「大阪・久宝寺遺跡」（『木簡研究』第二十六号、二〇〇四年十一月）参照。

(24) 「二条大路木簡」の廃棄時期は天平八年（七三六）に集中しており、例示したSD五三〇〇溝は、天平九年初頭頃埋没したと考えられている（寺崎保広「平城京『二条大路木簡』の年代」『日本歴史』第五三一号、一九九二年八月）。

(25) 岩波日本思想大系『律令』（岩波書店、一九七六年十二月）「軍防令第十七」による（以下同じ）。なお、本書での『律令』の引用は、同書に拠る。

(26) 松本政春「軍防令差兵条に関する二、三の考察」（大阪教育大学歴史学研究室『歴史研究』第二十三号、一九八五年九月）。

(27) 高橋周「『十上』考―八世紀の衛士の編成をめぐって―」（笹山晴生編『日本律令制の構造』吉川弘文館、二〇〇三年五月）。なお、木簡の釈読は『木簡研究』第二十九号（二〇〇七年十一月）に拠る。

(28) 右に同じ。

(29) 時代は下るのであるが、秋田城跡において延暦十年（七九一）から十四年（七九五）までの年紀に限られる木簡が出土したが、その中に、以下のような木簡が見られる。

・上総国部領解　申宿直
　合　五　人　火

・[　　　]　申進上御門宿
[　　　]□　火長刑部

これらの木簡は、いわゆる宿直者の報告の解であるが、注目したいのは、秋田城内の重要な門の宿直を上総国の兵士が担当していたこと、各国の部領使が宿直の報告を上申していることである（平川南「上総国部領使関係木簡―秋田市秋田城跡―」『古代地方木簡の研究』吉川弘文館、二〇〇三年二月参照）。つまり、防人らも現地において各国ごとの集団で行動していた可能性もあるのである。

（30）水島義治『校註万葉集　東歌・防人歌—新増補改訂版—』「総説」（笠間書院、一九八五年三月）。

（31）またもし、仮に上丁以外の者（つまり「国単位表記」の者）も含めて「一郡から一名」と捉えたならば、相模国は八郡で八首の進上で一致し、「一郡二名」と捉えたならば、下野国は九郡で十八首、下総国は、十一郡で二十二首の進上となり、郡数と何らかの関係が存在すると予測できるのである。ただし基本は「一郡から一名の上丁が歌を進上」という規則があったものと推定できる。

第二章　常陸国防人歌における進上歌数の確定

第一節　はじめに

防人歌の中の常陸国防人歌は以下のような左注を持っている。

二月の十四日、常陸の国の部領防人使大目正七位上息長真人国島。進る歌の数十七首。ただし拙劣の歌は取り載せず。（四三七二　左注）

この常陸国の進上歌数十七首は、元暦校本・古葉略類聚鈔・広瀬本では二十七首となっている。澤瀉久孝『注釋』は、この二十七首を採用しており、小学館『新編日本古典文学全集』も元暦校本を拠り所にし、十七首を改め二十七首を採用しているが、その根拠は示されていない。

また、木下正俊『全注』は、

進歌数が「十七首」とあるのは仙覚本系諸本で、元暦校本や古葉略類聚鈔などの非仙覚本には「廿七首」となっている。仙覚の誤写かとも思われるが、一応このままにしておく。

とし、十七首を採用しながらも、二十七首の可能性が高いことを示唆している。

さらに水島義治も、

十七首進上して一〇首が採録・収載されているから、拙劣歌として取り捨てられたのは七首ということになる。

取載率は五八・八％である。もし『元暦校本』らにあるように二七首進上したのであれば、取載率は三七・〇％ということになる。相模国は八首進上して三首（取載率三七・五％）、上野国は一二首進上して四首（取載率三三・三％）であるから、『元暦校本』らにある二七首とあるのは強ち筆者の誤記とのみ片付けることはできないようにも考えられる。(1)

と述べ、やはり二十七首の可能性を示唆しているのである。十七首を採用している注釈書、例えば伊藤博『萬葉集釋注』は「常陸は大国であるけれども、進上歌数が二〇首を越えるのは同じ大国の下総のみ。底本等の『十七首』が穏当というべきであろう」（補注）としている。

結局のところ、拙劣歌が残されていない関係上、確定的なことは不明である、というのが現状だと考えられる。本章は、第一部第一章で考察した作者名表記や進上歌数等を拠り所にし、常陸国防人歌の進上歌数を十七首であると結論づけるものである。

第二節　進上歌数と拙劣歌との関係

第一部第一章では、「一郡に必ず一名の上丁しか存在しない」という事実から、逆に「一郡から一名の上丁が歌を一首提出する」というのが原則だったのではないかと考え、そのように考えれば、進上歌数はその国の郡数と関係している可能性が高いことを確認してきた。再び第一章で考察した上総国を例に取り上げる。

1　上総国の郡数は十五郡（安房国を含む）。
2　十五郡の上丁が歌を提出。
3　収載されている上総国の上丁は九名。

4　したがって六郡の上丁の歌が拙劣歌。

この1・2の十五という数に、「国造丁」「助丁」「帳丁」などの役職名が記されている（郡名は記されていない）「国単位表記」の者である前半四首を足すと十九となり、進上歌数十九首と一致することとなる。つまり前半四首に郡名が記されていないのは意味があったこととなるのである。(2)

また3・4の結果から、上総国の拙劣歌は、平群郡・安房郡・夷灊郡・畔蒜郡・海上郡・埴生郡の六郡の上丁であることが理解される。当時、安房国は上総国と統合されており、その歴史的事実とも符合することとなる。したがって、拙劣歌削除前の上総国防人歌の復元を試みると以下のようになる（網掛け部分が拙劣歌として削除されたもの）。

○拙劣歌削除前の上総国防人歌の復元

（四三四七）国造丁日下部使主三中之父
（四三四八）国造丁日下部使主三中
（四三四九）助丁刑部直三野
（四三五〇）帳丁若麻續部諸人
（四三五一）望陀郡上丁玉作部国忍
（四三五二）天羽郡上丁丈部鳥
（四三五三）朝夷郡上丁丸子連大歳
（四三五四）長狭郡上丁丈部与呂麻呂
（四三五五）武射郡上丁丈部山代
（四三五六）山辺郡上丁物部乎刀良
（四三五七）市原郡上丁刑部直千国
（四三五八）周淮郡上丁物部竜
（四三五九）長柄郡上丁若麻續部羊
平群郡上丁
安房群上丁
夷灊郡上丁
畔蒜郡上丁
海上郡上丁
埴生郡上丁

進上歌数十九首

この形式、ならびに第一章での結論から考えると、進上歌数は、以下の基本形が原則であると推察される。

一郡から一名の上丁（郡名が表記される＝郡単位表記）＋役職に就く身分の者（上丁の表記のない者、郡名の表記のない者＝国単位表記）

これをもとに考えると、例えば、下総国の拙劣歌削除前は、以下のように復元することが可能となる。

○拙劣歌削除前の下総国防人歌の復元

（四三八四）助丁海上郡海上国造他田日奉直得大理
結城郡上丁
豊田郡上丁
猨島郡上丁
相馬郡上丁
葛飾郡上丁
千葉郡上丁
印波郡上丁
埴生郡上丁
香取郡上丁
匝瑳郡上丁
海上郡上丁

（四三八五）葛飾郡私部石島
（四三八六）結城郡矢作部真長
（四三八七）千葉郡大田部足人
（四三八八）占部虫麻呂
（四三八九）印波郡丈部直大麻呂
（四三九〇）猨島郡刑部志加麻呂
（四三九一）結城郡忍海部五百麻呂
（四三九二）埴生郡大伴部麻与佐
（四三九三）結城郡雀部広島
（四三九四）相馬郡大伴部子羊

進上歌数二十二首

下総国は上丁の記述がまったくないが、この国も一郡から一首上丁が歌を進上したと考えると、進上歌数二十二首と一致することとなる。全ての郡から歌を一首上丁が提出するという原則、ならびに上丁が表記されない身分の者は、追加で進上するという原則はここでも確認できる。この上丁の表記のない者が、全員役職に就く身分の者なのかどうかは当然検討されなければならないし、またなぜ家持が上丁の歌を全て拙劣歌として削除したのかも現段階では不明である。それは拙劣歌の位置づけとも関わってくる大きな問題である。

拙劣歌に関して吉野裕は、

集団を領するところの集合的感情の根づよさを自証する歌謡であったはずのものが、個人的詩歌の見地からながめられたことによって「拙劣歌」なる烙印を押されたのだ。(3)

とし、集団的感情の根強いものが拙劣歌として取り除かれたとした。また伊藤博は、以下のように推測する。

「拙劣歌」か否かの基準は、抒情が切実であるか否か、つまり、鬱結の情・悽惆の意・悲別の心が発揮されているか否かにあったといえるであろう。悲別や孤愁のあいまいな歌、空元気が空転しているような歌、そんな歌が「拙劣歌」として捨てられたのでないか。(4)

さらに防人歌の大部分が「いわば悲別歌・羇旅発思歌など相聞歌に属する部類の歌どもと同じ傾向を有する歌」であることから、辰巳正明は以下のような新見解を導き出している。

拙劣歌は歌の巧拙に対する評価ではなく、家持の詩学に基づく判断である。防人の歌を悲しみの歌として意図する家持により、勇壮な歌は排除されたのだと思われる。(5)

拙劣歌自体は現在残っておらず、家持が何をもって拙劣歌としたのか、またどのようなものが拙劣歌であったのかは、現状では知ることが全くできないが、『私注』が「拙劣歌なるものは、意味のわからぬものや、民謡の一寸した焼直しなどであったのかも知れない」とし、新村出が「歌としても拙い、言葉遣としても物にならぬ様な激しい訛のものもあつたらう(6)」としたような選別方法というよりも、家持の文芸意識によってその選別が行われたと考えた方がいいだろう。ただし、拙劣歌のような資料が全く残っていないものに、家持の文芸観・文芸意識を探ることも非常に主観的な考察とならざるを得ないことも、また事実である。逆に今見てきた拙劣歌削除前の下総国防人歌の現状は、全ての国において同一の基準に拠る選別方法が行われていないこと、つまり、各国によって異なる選別方法が行われている可能性を示唆しているのである。

　ここで、下総国防人歌において、上丁の歌を全て拙劣歌とした選別方法を推論してみることとする。

　まず、1・2・3・4・5・6・7・8のような歌が家持に進上されたと仮定する。家持は、冒頭1から順次歌を読んでいき、一首一首家持の文芸意識によって歌を選別し、1・2・4・7を『万葉集』に収載したとする。当然その場合は、3・5・6・8の四首が拙劣歌として削除されたことになるだろう。これが従来の防人歌研究における拙劣歌の捉え方だといってよいだろう。

　しかし、以下のような選別方法もあった可能性は否定できないだろう。

〈Ⅰ歌群〉　〈Ⅱ歌群〉

①　⑥

②　⑦

③　⑧

④　⑨

⑤　⑩

すなわち、Ⅰ・Ⅱの二つの歌群が、同じ国の防人歌の中にあった場合（それが歌の内容によるものなのか、Ⅰは「出郷時」、Ⅱは「難波津」など、場の相違によるものかは、様々な可能性が考えられるが）、家持の文芸意識によって、冒頭の①から拙劣歌であるか否かを一首一首判断していくのではなく、Ⅰ歌群とⅡ歌群とを比較検討し、Ⅱ歌群を歌群として優れたものと判断した場合、Ⅰ歌群が全て拙劣歌になる可能性である。仮に、先ほどの二つの歌群が、以下のように配列されていたとする。

〈Ⅰ歌群〉		〈Ⅱ歌群〉	
①	助丁	⑥	―郡
②	―郡上丁	⑦	―郡
③	―郡上丁	⑧	郡名なし
④	―郡上丁	⑨	―郡
⑤	―郡上丁	⑩	―郡

　家持が、Ⅰ歌群よりⅡ歌群を優れたものとして選別した場合、Ⅰ歌群は、全てが拙劣歌として削除されることになるだろう。また、国の中において役職を担っている助丁の歌①のみを残して、Ⅱ歌群の前に配列することもあり得るだろう。その場合は、②〜⑤が一括して拙劣歌と認定されたこととなる。下総国防人歌の作者名表記は、以上の可能性を示唆するものではないだろうか。

　また、武蔵国防人歌は、防人歌で唯一、妻の歌が含まれる国であり、夫婦の問答の形式や悲別歌的性格を色濃く残していると考えられ、巻十四の防人歌の「問答」との関連も指摘される国である。このような構成を持つ歌群の選別方法を考えた場合、その一首一首を家持の文芸意識によって選別していき、夫婦で一組になっている歌群を、夫の歌だけ、または妻の歌だけ拙劣歌として削除し、そのどちらか一方だけ『万葉集』に収載する選別方法を取るであろうか。確かに、現在の防人歌論は、そのように解するものがほとんどであるが、夫婦で一組になっている歌群は、やはり夫婦の歌として二首一組で収載する可能性の方が高いのではないだろうか。この武蔵国防人歌の歌群としての構成については、第二部第五章で詳細に考察することとするが、ここでは、拙劣歌認定の方法として、従来の一首一首の歌を一つ一つ選別していくという方法とは別に、従来全く考慮されていなかった、一つの歌群を一括して拙劣歌として認定する方法もあった可能性を指摘するにとどめておくこととする。

拙劣歌に関しては、今後さらに考察する必要があるが、実際に部領使から家持に提出された一六六首の歌群が、正式な「防人歌」としてあったとまずは考える必要があるだろう。序論でも述べたように、各国部領使が大伴家持に進上した段階の「歌群」を、まずは「防人歌群」であると捉えた場合、『万葉集』収載の防人歌のみによって、防人歌の蒐集意図を考察することは危険性が伴うこととなる。あくまで『万葉集』に収載される際に、家持の文芸意識や選択基準によって八十二首が拙劣歌として削除されたと考えなければならない。従来、『万葉集』に収載されている歌群のみを「正式」な防人歌として考える傾向にあったのではないだろうか。「正式な文書」から抜き書きして作成されたものが、『万葉集』収載の防人歌であり、そしてそれは、あくまでも家持日誌の中に存在する防人歌であると再度確認する必要があるだろう。

第三節　常陸国防人歌の進上方法

では、引き続き常陸国防人歌を検討することとする。第一章でも掲載したが、再度常陸国防人歌の作者名表記を以下に掲載する。

（四三六三・四三六四）茨城郡若舎人部広足
（四三六五・四三六六）信太郡物部道足
（四三六七）茨城郡占部小竜
（四三六八）久慈郡丸子部佐壮
（四三六九・四三七〇）那賀郡上丁大舎人部千文

（四三七一）助丁占部広方
（四三七二）倭文部可良麻呂

二月の十四日、常陸の国の部領防人使大目正七位上息長真人国島。進る歌の数十七首。ただし、拙劣の歌は取り載せず。

まず、四三六三から四三六八までの作者名表記は、例えば、「右の二首は茨城の郡の若舎人部広足」（四三六四左注）などと上丁が記されておらず、四三六九・四三七〇には「右の二首は那賀の郡の上丁大舎人部千文」とあり、「―郡上丁」の表記により記述されている。また四三七一は「助丁」の身分名が示され、最後の長歌四三七二には郡名も役職名も記されず、「右の一首は倭文部可良麻呂」と記されているのみで、確かに、従来から言われているように作者名表記において書式の不統一が目立つ。ただし、この書式は第一章で結論づけた「一郡から一名の上丁が歌を一首提出する」という原則を間接的に立証するようにも見受けられる。なぜなら、茨城郡からは二名の防人が歌を詠んでいるが、彼らには、「上丁」と記されていないからである。つまり、「一郡に必ず一名の上丁しか存在しない」という原則はここでも当てはまることとなる。

そこで、常陸国においても、先述した進上歌数の基本形をもとに考えてみる。すると全ての郡から歌を一首上丁が提出するという原則から十一郡十二首（那賀郡上丁は例外的に二首）、それに上丁の表記されない身分の者六名八首を付け加えると二十首となり、仙覚本系の十七首、非仙覚本系の二十七首とも一致しない。

しかし、常陸国防人歌に掲載されていない郡のみを考慮すると、多珂郡・新治郡・真壁郡・鹿島郡・行方郡・河内郡・筑波郡の七郡となり、これと現常陸国防人歌の十首を足すと十七首となる。つまり、仙覚本系の進上歌数「十七」と一致することとなるのである。

以上のことをふまえ、拙劣歌削除前の常陸国防人歌の復元を試みると以下のようになる。

○拙劣歌削除前の常陸国防人歌の復元

多珂郡上丁（四三六三・四三六四）茨城郡若舎人部広足　二首
新治郡上丁（四三六五・四三六六）信太郡物部道足　二首
真壁郡上丁（四三六七）茨城郡占部小竜
鹿島郡上丁（四三六八）久慈郡丸子部佐壮
行方郡上丁（四三六九・四三七〇）那賀郡上丁大舎人部千文　二首
河内郡上丁（四三七一）助丁占部広方
筑波郡上丁（四三七二）倭文部可良麻呂
進上歌数十七首

この形式から茨城郡・信太郡・久慈郡からは上丁ではない身分のものが歌を提出したことが理解される。この常陸国防人歌は上丁の記述のある者と上丁の記述がない者とが混在しているが、常陸国においては、上丁の代わりに別の身分の者が郡を代表して歌を提出した可能性が考えられるのである。

以上のような考察の結果から、常陸国防人歌の書式は進上歌数が十七首であることを立証する書式を持っていたのであり、そのような意味で、不統一だとは言えず、整合性を持った書式だったことが理解されるのである。またこの形式から元暦校本・古葉略類聚鈔・広瀬本が進上歌数を二十七首としているが、それが誤写であることも立証できるのである。

そして、長歌四三七二の作者名「倭文部可良麻呂」は、直前の四三七一の「助丁」と同様、郡名が記されていないことからも国の中で役職に就く身分、もっと限定的に言うならば「国の上」に準ずる身分だと考えられる。なぜなら、防人歌においては、国の中で役職に就く身分の者（「国単位表記」の者）は、例えば「上丁有度部牛麻呂」

（駿河・四三三七）、「国造丁日下部使主三中」（上総・四三四八）、「助丁丈部造人麻呂」（相模・四三二八）、「火長今奉部与曽布」（下野・四三七三）などのように、郡名を示さない傾向にあるからである。そのように考えるならば、常陸国防人歌は後から序列に従って配列されている、つまり他の国と逆の配列になっている可能性があるのである。

第四節　おわりに

常陸国防人歌は、他の国には見られない特徴を持っており、防人歌群中において特異な存在となっている。従来から指摘されているそれらの特徴をまとめると以下の四点になる。

一　防人歌は、おおむね階級序列にしたがい、身分順に配列されていると考えられるが、常陸国はその原則からはずれている。

二　常陸国は、役職名・身分等を示す作者名表記自体においても書式の不統一がめだつ。

三　三人の防人がそれぞれ一人二首ずつ歌を詠んでおり、これも他の国に例がない。

四　防人歌全体を通じ、唯一の長歌を含む。

これらの特異な特徴を有していることから、「常陸国防人歌はその歌作への綜合判断が要求される[7]」のである。一・二については本章において考察したところであるが、三・四も含めた常陸国防人歌の総合的な解明は、第二部第四章において考察する。そのためにも進上歌数の確定は重要な出発点となるはずである。

本章は、常陸国防人歌の進上歌数を十七首と確定するものである。

注

（1）水島義治『萬葉集防人歌全注釈』（笠間書院、二〇〇三年二月）四三七二【語釈】。
（2）上総国防人歌は、駿河国防人歌との間に整然とした対応関係を示し、それは進上歌数にも影響を与えていると考えるが、その点に関しては、第二部第一章で詳細に考察する。
（3）吉野裕「『拙劣歌』の定位」『防人歌の基礎構造』（筑摩書房、一九八四年一月）。
（4）伊藤博「大伴家持の文芸と意識」『万葉集の表現と方法　下』（塙書房、一九七六年一月）。
（5）辰巳正明「民と天皇—防人の歌はなぜ悲しいのか—」（『國學院大學紀要』第三十九号、二〇〇一年三月）、のち『詩霊論』（笠間書院、二〇〇四年三月）。
（6）新村出「國語に於ける東国方言の位置」『東方言語史叢考』（岩波書店、一九二七年十二月）。
（7）渡部和雄「時々の花は咲けども—防人歌と家持—」（『国語と国文学』第五十巻第九号、一九七三年九月）。

第三章　防人歌における「父母思慕の歌」の発想基盤

第一節　はじめに

防人歌においては、羈旅的発想の「妹」「妻」を詠み込む歌が二十四首見られるのと同様、以下のような「父母思慕の歌」も二十三首見られる。

父母が殿の後のももよ草百代いでませ我が来るまで　（遠江・四三二六）
難波津に装ひ装ひて今日の日や出でて罷らむ見る母なしに　（相模・四三三〇）
水鳥の発ちの急ぎに父母に物言ず来にて今ぞ悔しき　（駿河・四三三七）
母刀自も玉にもがもや戴きてみづらの中に合へ巻かまくも　（下野・四三七七）
天地のいづれの神を祈らばか愛し母にまた言問はむ　（下総・四三九二）

対して東歌では、父母は以下のように詠み込まれてくる。

駿河の海おしへに生ふる浜つづら汝を頼み母に違ひぬ　（14・三三五九）
筑波嶺のをてもこのもに守部据ゑ母い守れども魂そ合ひにける　（14・三三九三）
上野佐野の船橋取り放し親は放くれど我は離るがへ　（14・三四二〇）
汝が母にこられ我は行く青雲の出で来我妹子相見て行かむ　（14・三五一九）

等夜の野に兎狙はりをさをさも寝なへ児故に母にころはえ　（14・三五二九）

東歌では、全五例全てが妻問の障害ないしは監督者として父母が詠まれており、これは、巻十一・十二・十三の父母の様相とも共通する。また、「遣新羅使歌」には「妹」「妻」を詠み込んだ歌が四十四首見られる反面、父母を慕う歌は一首もなく、挽歌に二例見られるのみである（15・三六八八・三六九一）。さらに『万葉集』では、行路死人歌の系譜に属する歌の中に父母が詠み込まれてくるが、これらは第三者がその死者の父母を歌うものである。したがって、自分の父母を思慕する歌は、防人歌に特徴的な、非常に特異な発想といえることが分かり、これは防人歌の大きな主題の一つとして考えてよいだろう。(1)

本章は、防人歌における父母思慕の歌の発想基盤を追究し、防人歌の本質を解明する手がかりとするものである。

第二節　「父母思慕の歌」の分析――丈部の歌を中心に――

防人歌の作者において、最も多い丈部の歌は、十一首を数えることができる。そのうち六首は、父母思慕の歌であり、対して妹を思慕する歌は一首しかない。したがって、父母思慕の歌を解明する手がかりとして、丈部の歌をまずは考察の対象とする。

丈部の父母思慕の歌は以下のようにある。

ア　時々の花は咲けども何すれそ母とふ花の咲き出来ずけむ　（遠江・四三二三　丈部真麻呂）

イ　父母も花にもがもや草枕旅は行くとも捧ごて行かむ　（遠江・四三二五　丈部黒当）

ウ　大君の命恐み磯に触り海原渡る父母を置きて　（相模・四三二八　丈部造人麻呂）

エ　橘の美袁利の里に父を置きて道の長道は行きかてぬかも　（駿河・四三四一　丈部足麻呂）

オ　父母が頭かき撫で幸くあれて言ひし言葉ぜ忘れかねつる　（駿河・四三四六　丈部稲麻呂）

カ　津の国の海の渚に船装ひ立し出も時に母が目もがも　（下野・四三八三　丈部足人）

アは、『日本書紀』孝徳天皇の大化五年（六四九）三月条にある、皇太子中大兄皇子の妃造媛が亡くなった時、野中川原史満が皇太子のために詠んで奉った歌、

本毎に花は咲けどもなにとかもうつくし妹がまた咲き出来ぬ　（紀一一四）

と類想関係にあり、『日本書紀』の「妹」が防人歌では「母」に変えられ詠まれていることが分かる。孝徳紀歌謡は、中国詩との関連が指摘されており、人の不帰を花の再生に対比させる発想は上代においては極めて独自的だとされている[2]（本書での『日本書紀』の引用は、岩波書店『日本古典文学大系』に拠る）。これは、『万葉代匠記』（初稿本）において契沖が「此歌を知てよみかへたるにや」と簡潔に述べているように、作者丈部真麻呂がこの類歌を知っていたであろうことを物語るとともに、意図的に「妹」を「母」に変え、「本毎に」を「時々の」という反復する時間の中で捉え直したことをも意味するだろう。

イの歌については、「ほほゑましいまでに純真無垢な作である[3]」「まだ妻を持たぬ若い男子にとって、父母は限りない愛の対象である。まだ乳の香も失せぬうら若い紅顔の少年の心からなる清純な願いであって、人間の子としての当然の心の叫びなのである[4]」など、作者丈部黒当を若い防人と取る解釈も散見されるが、以下の歌と類想関係にあることに留意しなければならない。

振田向宿禰の、筑紫国に退る時の歌一首

我妹子は釧にあらなむ左手の我が奥の手に巻きて去なましを　（9・一七六六）

（大目秦忌寸八千島が館にて、守大伴宿禰家持に餞する宴の歌二首）

我が背子は玉にもがもな手に巻きて見つつ行かむを置きて行かば惜し　（17・三九九〇）

右、守大伴宿禰家持、正税帳を持ちて、京師に入らむとす。仍りてこの歌を作り、聊かに相別るる嘆きを陳ぶ。四月二十日

これらも別れを悲しみ、離れがたい相手に対して、携行できる物になることを希求する表現となっており、振田向宿禰や大伴宿禰家持という律令官人の歌の「妹」「背子」を「母」に変えて詠んでいることが確認できる。このイの歌がアの歌と発想を同じくすることは明らかであり、二首はともに遠江国出身の丈部によって作られており、同じ歌の場で詠まれたものと想定できる。また、防人歌にはイと同じ発想の以下の歌がある。

母刀自も玉にもがもや戴きてみづらの中に合へ巻かまくも　（下野・四三七七）

この歌も、やはり母を慕う歌となっていることが注目されるのである。

ウの歌は、以下の長歌と発想の型が共通する。

或本、藤原京より寧楽宮に遷る時の歌

大君の　命恐み　にきびにし　家を置き　こもりくの　泊瀬の川に　船浮けて　我が行く川の　川隈の　八十隈落ちず　万度　かへり見しつつ　玉桙の　道行き暮らし　あをによし　奈良の京の　佐保川に　い行き至りて（略）　（1・七九）

ウと七九は、短歌と長歌との相違はあるが、表現の型には共通するものがある。渡瀬昌忠は、この二首の対応関係を以下のように説明している。

「大君の命恐み」と歌い始め、自分の意志に反して、自分の大事に思うものをあとに残して行くことを「にきびにし家を置き」「父母を置きて」と表現し、船による歌い手の苦しい道行きを、前者は（七九—東城注）「泊瀬の川に　船浮けてわが行く」と言い「川隈の八十隈落ちず」「かへり見しつつ」「道行き暮らし」「佐保川にい行き至りて」などと詳述したのに対して、後者は（ウ—東城注）「磯に触り海原渡る」と簡潔に述べる。「大

君の命恐み」二十八例中、これほどの表現の類似は、他に例を見ない。(5)

このような類似や「大君の命恐み」という官命による旅の状況と結びつく語句の使用を考慮すると、ウの作者丈部造人麻呂は、この長歌の作者と同じ官人的発想と文学的素養を持っていたと考えられるのである。

エは、以下の類想関係にある歌の「妹」が、やはり「父」に変えられ詠まれている。

（柿本朝臣人麻呂、妻が死にし後に、泣血哀慟して作る歌二首并せて短歌）

衾道を引手の山に妹を置きて山道を行けば生けりともなし　（2・二一二）

大原の古りにし里に妹を置きて我寝ねかねつ夢に見えつつ　（11・二五八七）

また、エは「父」を単独で詠む『万葉集』中、唯一の例である。「母」との対句において「父」を単体で詠むのも、長歌に九例見られるのみであるが、その例において、山上憶良の「熊凝のためにその志を述ぶる歌に敬和する六首并せて序」は、やはり当該歌と同じ発想を持つものとして注目される。長歌では、

（略）国にあらば　父取り見まし　家にあらば　母取り見まし　世の中は　かくのみならし　犬じもの　道に伏してや　命過ぎなむ　（5・八八六）

と詠み、反歌では、

たらちしの母が目見ずておほほしくいづち向きてか我が別るらむ　（5・八八七）

常知らぬ道の長手をくれくれといかにか行かむ糧はなしに　（5・八八八）

家にありて母が取り見ば慰むる心はあらまし死なば死ぬとも　（5・八八九）

出でて行きし日を数へつつ今日今日と我を待たすらむ父母らはも　（5・八九〇）

一世には二度見えぬ父母を置きてや長く我が別れなむ　（5・八九一）

と詠む。エの「父を置きて」「道の長道」「行きかてぬ」は、憶良の「父母を置きて」（八九一）「道の長手」（八八

八）「いかにか行かむ」（八八八）と密接に結びつく内容である。また「父母を置きて」「父を置きて」と詠むのは、『万葉集』中、この憶良の八九一と防人歌ウ・エのみであり、そのような意味でも憶良との発想の類似は指摘されなければならない。その発想とは、憶良の長歌序に示されている「熊凝が死の間際に老親の生の苦を慮って嘆き悲しんだ」(6)という、二度と孝養を尽くすことができないことを嘆く儒教的父母観であろう。この発想の類似について、渡瀬昌忠は、「『父』を思う防人は、憶良の心象風景の中の熊凝に近い」と述べているが(7)、エの作者である丈部足麻呂は、儒教的徳目から導かれる憶良的発想と文学的素養を持っていたことが確認できるのである。

オにおいては、防人歌の中に発想を同じくする以下の歌がある。

我が母の袖もち撫でて我が故に泣きし心を忘らえぬかも　（上総・四三五六）

これらの例にみられる「撫でる」ことによる対象への愛情表現を示す行為は、『万葉集』九七三番歌には以下のように見られる。

天皇、酒を節度使の卿等に賜ふ御歌一首并せて短歌

（略）天皇朕　珍の御手もち　かき撫でぞ　ねぎたまふ　うち撫でぞ　ねぎたまふ　帰り来む日に　相飲まむ酒ぞ　この豊御酒は　（6・九七三）

また、『日本書紀』雄略二十三年（四七九）四月条には、

百済の文斤王、薨せぬ。天王、昆支王の五の子の中に、第二子にあたる末多王の、幼年くして聡明きを以て、勅して内裏に喚す。親ら頭面を撫でて、誡勅慇懃にして、其の国に王とならしむ。

とあり、百済の文斤王が薨じた際、来日していた昆支王の第二子、末多王の頭を天皇が「撫でる」記事が見受けられる。これらの例のように、天皇が臣下を撫でるという表現には、親子の深い愛情関係にも擬することができる儒教的政治観を見出すことができるのである。これは、辰巳正明が、「撫で賜ふ」という言葉には「『尚書』の『撫

民』『斉民』から理解された民の意識である」と述べたことと密接に結び付くだろう。(8)

また、大伴家持の防人関連歌にも以下の二例が見られる。

　防人が情のために思ひを陳べて作る歌一首并せて短歌

大君の　命恐み　妻別れ　悲しくはあれど　ますらをの　心振り起こし　取り装ひ　門出をすれば　たらちねの　母かき撫で　若草の　妻取り付き（略）　（20・四三九八）

　防人が悲別の情を陳ぶる歌一首并せて短歌

大君の　任けのまにまに　島守に　我が立ち来れば　ははそ葉の　母の命は　み裳の裾　摘み上げかき撫で　ちちの実の　父の命は　たくづのの　白ひげの上ゆ　涙垂り　嘆きのたばく（略）若草の　妻も子どもも　をちこちに　さはに囲み居（略）　（20・四四〇八）

防人となり、出発する息子を母親が撫で、別れを惜しんでいる姿が描写されており、四三九八では、妻と母との別れ、四四〇八では、父母・妻・子との別れが描かれている。これら家持長歌はオ・四三五六より後に作られており、オ・四三五六をもとに家持が防人関連歌を作った可能性があるだろう。

カは、大伴家持の長歌「防人が悲別の心を追ひて痛み作る歌一首」と密接に関係する防人歌と考えられる。

大君の　遠の朝廷と　しらぬひ　筑紫の国は（略）勇みたる　猛き軍士と　ねぎたまひ　任けのまにまに　たらちねの　母が目離れて　若草の　妻をもまかず　あらたまの　月日数みつつ　葦が散る　難波の三津に　大船に　ま櫂しじ貫き　朝なぎに　水手整へ　夕潮に　梶引き折り　率ひて　漕ぎ行く君は　波の間を　い行きさぐくみ　ま幸くも　早く至りて　大君の　命のまにま　ますらをの　心を持ちて　あり巡り　事し終はらば　障まはず　帰り来ませと（略）　（20・四三三一）

この長歌の成句と類似の表現・発想が常陸国・下野国防人歌には散見される。例えば「猛き軍士と」「ま櫂しじ貫き」「障まはず帰り来ませと」は常陸国と類似の表現であり、「任けのまにまに」は下野国と、「筑紫の国は」「難波の三津に」は常陸・下野国両者に対応していく表現である。また、四三三一番歌の「母が目離れて」はカの「母が目もがも」に直接つながっていく表現であろう。この下野国防人歌と家持防人関連歌との関係については、さらに詳細に考察されなければならない（第二部第四章参照）。

以上、丈部の歌を中心に見てきたが、この丈部の歌と同じように、防人歌における父母思慕の歌には、大伴家持をはじめ中央の律令官人的発想が見られ、さらに、律令官人の歌と類想関係にある歌が少なからずあることが確認できる。この類想関係を「防人歌の教養の基盤に、東歌と同様、民謡の座があった[9]」など、従来から言われているような「民謡的発想」「民謡的基盤」と結論付けることはできないだろう。では、この律令官人的発想を基盤としつつも、父母を思慕する歌を詠み込んでくる基盤とは何だろうか。

第三節　「孝」の推奨

この父母思慕の歌について、渡部和雄は、

神と大君と父母と、そして妻（子）との系列が作られたのである。忠と孝とを一本化しようとする歴史的な意識が働いていた。（略）防人という国家的役割にそって必然的に神・大君—父母—妻（子）という国家的秩序が作られるのである。[10]

家持が「大君の命畏み」と「父母」を防人作歌の場に持ち込んだのである。あるいはかかる前提的訓話の下に歌を作らせたか、自ら、防人の歌に添削を施したのである。[11]

と述べ、林慶花は、

管轄下の防人たちに対して、律令制度の思想的基盤として据えられた、「孝」を中心とした家族倫理を広めようとする家持の官人意識が関わっていたのではないか。（略）防人歌への律令官人の介入は儒教の徳目を教導する側面があったことが考えられる。[12]

と述べ、ともに家持の防人への影響・教導を示唆している。しかし、丈部の歌に限ってみても遠江・相模・駿河・下野の四箇国にわたる父母思慕の歌が、すべて家持の影響・教導とは考えにくい。しかし手崎政男の述べるように、ある種の呪的能力をその身に帯する尊貴な存在とされていたと見られる父や母に対して、「花にもがもや」「玉にもがもや」と言うのは（略）父母の尊貴性に対する呪的信仰に因由する特殊の想念がその基底をなすもの[13]と、父母思慕の歌を「呪的信仰」に還元してしまうことも問題である。

そこで、まず、相模国防人歌ウの作者、丈部造人麻呂について、この人物と同郷と考えられる人物が、『続日本紀』霊亀元年（七一五）三月二十五日条の記事に見られることに注目しなければならない。

相模国足上郡の人丈部造智積・君子尺麻呂、並に閭里に表して、身を終ふるまで事勿からしむ。孝行を旌すなり。

天平勝宝七歳より四十年前の人物であるが、この丈部造智積は、「孝行」の人として表彰されており、相模国の丈部造氏は、八世紀の律令制下において、朝廷から公認された孝行の家の者であることが分かる。つまり、防人の丈部造人麻呂はその「孝」の家の系譜に連なる人物の可能性があるのである。

佐伯有清は、丈部造人麻呂には郡名が記されていないが、丈部造智積と同じく足上郡の人であったとみなしてよいとし、相模国の丈部氏について以下のようにまとめている。

相模国には、余綾団大毅の丈部小山、足上郡の主帳代の丈部人上がいた。また同国には、丈部造の氏姓を称する丈部氏、すなわち足上郡の人、丈部造智積、同郡の人と考えられる丈部造人麿らの名がみられる（略）無姓の丈部氏が、余綾軍団の大毅や足上郡の主帳代になっていることから察すると、相模国の丈部造氏の一族の有力者は郡司級の在地豪族であって、その祖先は相模国造の系譜につらなる氏族であったことが考えられる。(14)

このように見てくると、防人である丈部造人麻呂も地方にあっては、有力な家系を持つ上層階級の身分の者であったと考えられ、父母思慕の歌と「孝」との関連性が浮かび上がってくるのである。それは、防人歌エと憶良との関係で導き出されたような儒教的父母観の発想とも結びつく。「父母」を詠み込む背景に、国家的に教導される「孝」が関連しているとの渡部・林説の見通しは、この点では重要な指摘だったことになるだろう。

さて、『続日本紀』霊亀元年の記事のように「孝」の人物を推挙すること、「孝」の倫理を推奨すること、さらには不孝者を厳重に処罰することは、当時、国守としての職務であり、そのことは以下の記事からも端的に伺われる。

乙卯、詔したまはく、「上は曽祖より下は玄孫に至るまでに、奕世孝順なる者には、戸を挙りて復を給ひ、門閭に表旌して義家とす」とのたまふ。（『続日本紀』大宝二年（七〇二）十月二十一日条の「詔」）

凡そ国の守は、年毎に一たび属郡に巡り行いて、風俗を観、百年を問ひ、囚徒を録し、冤枉を理め、詳らかに政刑の得失を察、百姓の患へ苦しぶ所を知り、敦くは五教を喩し、農功を勧め務めしめよ。部内に好学、篤道、孝悌、忠信、清白、異行にして、郷閭に発し聞ゆる者有らば、挙して進めよ。不孝悌にして、礼を悖り、常を乱り、法令に率はざる者有らば、糺して縄せ。（『律令』「戸令」（国守巡行条））

凡そ孝子、順孫、義夫、節婦の、志行国郡に聞えば、太政官に申して奏聞して、其の閭閭に表せよ。同籍は悉くに課役免せ。精誠の通感する者有らば、別に優賞加へよ。（『律令』「賦役令」（孝子順孫条））

これらの記事と防人歌の父母との関係に関して、

もちろん古代の日本にも親子や夫婦の間の自然な愛情は存在していたが（例、万葉集の防人歌）、倫理としての孝義は外来思想として摂取され、律令国家を支える理念として政策的に普及が計られた（例、天平宝字元年に孝経を天下の家に蔵せしめた(15)。

と説明されることが多い。坂本太郎も、防人歌には「父母を慕う赤子のような純情さが」あり、「そこには教えられた中国風の定省色養の孝の思想はみじんもない」と述べ、「親子の間の自然のこまやかな愛情は、中国の孝の思想とは無縁の、日本人固有の心情である(16)」と結論づける。しかし、律令官人の歌と同じ発想・類想関係を持つ丈部の父母思慕の歌を「親子や夫婦の間の自然な愛情」「親子の間の自然のこまやかな愛情」と簡単に言ってしまってよいかは疑問である。

笠井昌昭は、「儒教によって孝思想を教えられるまで、日本には孝の概念はなかった」「孝はけっして人間性にもとづく普遍的な道徳ではない」と述べるとともに、中国における「孝」と古代日本で意識された「孝」との違いについて、以下のように述べている。

儒教そのものが説く孝思想は子にたいして多大な義務を要求するものであり、日本では完全には理解されるところとはならなかったといってもよい。儒教の説く孝とは、第一に生きている父母に従うだけではなく、父母の死後もよくこれに仕えることを説くものだからである(17)。

さらに、武田佐知子は、『律令』孝子順孫条の「義夫・節婦」について、当時の日本においては「義夫については空文化せざるをえず」、「節婦」についても日本の婚姻体系にとって「全く無縁のものであった(18)」と結論づけている。

このように、中国の厳格な「孝」のあり方とは異なる、古代日本の習俗や文化に即して意識されていた「孝」の受容があったはずであり、防人歌においては、東国という地方における「孝」の受容のあり方をも示していると考えられるのである。それは、郡司任用に際して門閥主義の復活をうたう天平勝宝元年（七四九）二月の詔にも表れている。この詔には、郡を立てて以来の譜第の家、重大な家を郡司として選定して世襲させ、争いや訴訟を絶つという目的が認められるが、笠井は、ここには孝悌の道が養われるという意味があり、「孝」をもとにした地方政治の基本理念が見られるとしたのである。(19)

また、『続日本紀』には、孝子に対する詔勅の記事が、以下のように数多く散見される。

和同元年一月十一日　和同七年六月二十八日　霊亀元年九月二十八日　養老元年十一月十七日
神亀元年八月五日　天平元年八月五日　天平三年十二月二十一日　天平七年閏十一月一日
天平十年一月十三日　天平十一年三月二十一日　天平十八年三月七日　天平勝平元年五月二十七日
天平宝字元年四月一日　天平宝字元年五月二十七日

防人歌の天平勝宝七歳前後の天平年間に、多くの「孝」の奨励の記事が見受けられることも、時代背景として考えなくてはならないだろう。

丈部に関して言えば、『万葉集』四四三番歌に、「天平元年己巳に、摂津国の班田の史生丈部竜麻呂自ら経きて死にし時に、判官大伴宿禰三中が作る歌一首并せて短歌」の題詞を持つ長歌ならびに短歌が収載されていることにも留意したい。

天雲の　向伏す国の　もののふと　言はるる人は　天皇の　神の御門に　外の重に　立ち候ひ　内の重に　仕へ奉りて　玉葛　いや遠長く　祖の名も　継ぎ行くものと　母父に　妻に子どもに　語らひて　立ちにし日より　たらちねの　母の命は　斎瓮を　前に据ゑ置きて　片手には　木綿取り持ち　片手には　和たへ奉り　平けく　ま幸くませと　天地の　神を乞ひ禱み（略）　（3・四四三）

ここでも丈部は「もののふと言はるる人」であり、「文武にすぐれた人」として先祖の名誉を継ぎ行くべきだと語られ、また、この長歌では、故郷で丈部竜麻呂の帰りを神に乞い願っている母親に焦点が当てられ詠まれている。

この丈部竜麻呂は、東国出身の衛士として上京した者であることが歌から想像されるが、身分的には、「摂津国の班田の史生」であり、四等官に次ぐ身分を有していたことが確認できるのである。

また、時代は下るのであるが、『日本文徳天皇実録』斉衡二年（八五五）九月条にも「孝子」の人物として丈部の者が見受けられる。

伊豆国大興寺を以て、定額に預く。海印寺別院と為す。大興寺は、孝子丈部富賀満、国家の為に建つるところなり。

この丈部富賀満も、大興寺を国家のために建立することができるほどの在地の豪族であったことが確認できるのである。

このような東国の丈部氏について、佐伯有清は以下のようにまとめている。

在地における丈部氏の中に、郡司およびそれに準ずる豪族が顕著に見いだされる（略）東国における諸国の豪族とおぼしき丈部氏のほとんどが、郡司であること、また武蔵・下総・常陸の郡司である丈部氏の中に、直姓の者がいることは、大化前代に、これら諸氏族の祖先たちが、それぞれの国の国造の一族、ないしはそれに準ずる豪族であったことを物語るものである[20]。

丈部は地方においては、上層階級の身分であり、丈部は当時「孝」の家の氏族としての意識を持っていたのではないだろうか。そのような意味で、丈部は「孝」の家の系譜に属する氏族だったのである。そして防人歌における丈部は、「孝」の本質を理解し、「孝」の倫理を反映させて、防人歌に父母を思慕する歌を詠み込んできたと考えられるのである。

第四節　「父母思慕の歌」の作者層

では、続いて丈部以外の父母思慕の歌の作者にも目を転じてみることとする。

まず、駿河国冒頭の上丁有度部牛麻呂は、

水鳥の発ちの急ぎに父母に物言ず来にて今ぞ悔しき　（駿河・四三三七）

という父母思慕の歌を詠む。天平十年（七三八）の「駿河国正税帳」（正倉院文書）には、「安部団少毅従八位上有度部黒背」という人物が「防人部領」「俘囚部領」として見られる。[21] 駿河国において軍団の上位者として位置づけられている有度部氏が存在したことが分かり、駿河国の防人集団の長と考えられる当該歌の作者有度部牛麻呂との関連性が指摘できるのである。

また、同じく駿河国の助丁生部道麻呂は、

畳薦牟良自が磯の離磯の母を離れて行くが悲しさ　（駿河・四三三八）

の歌を詠む。この作者の生部は、壬生部・生壬部・生王部とも記述されるが、同じく天平十年の「駿河国正税帳」には「郡司少領外従八位上壬生直信陀理」という人物を確認できる。この壬生直信陀理は、天平宝字四年（七六〇）の記載を持つ平城宮発掘調査出土の木簡に、

駿河国駿河郡古家郷戸主春日部与麻呂調煮堅魚捌斤伍両

郡司大領外正六位□〔上カ〕生部直□□〔信陀〕理

とも見え、駿河国正税帳から二十二年後には、郡司大領に昇進していることが確認できる。[22] この人物は、同じ駿河国の人物でもあり、やはり助丁生部道麻呂と関連があると考えていいだろう。また、遠江国佐野郡の生壬部足国も、

以下の父母思慕の歌を詠む。

父母が殿の後方のももよ草百代いでませ我が来るまで　（遠江・四三二六）

そして、やはり天平十年の「駿河国正税帳」には、「遠江国磐田郡散事」として「生部牛麻呂」という人物を見出すことができるのである。

次に上総国の二首目、国造丁日下部使主三中は以下の歌を詠む。

たらちねの母を別れてまこと我旅の仮廬に安く寝むかも　（上総・四三四八）

この作者は、「国造丁」という肩書きを持ち、上総国の防人集団の長と考えられるが、宝亀八年（七七八）の正倉院調庸関係銘文に、「上総国周准郡大領外従七位上日下部使主山」とある人物との関連性が指摘でき、[23]この人物も郡大領という身分の者であることが分かる。林田正男は、この「日下部使主山」の事例から、国造丁日下部使主「三中の父が上総国の某郡の現職の郡司である可能性は強い」と結論付けている。[24]また甲斐国に関してではあるが、『続日本紀』神亀元年（七二四）二月条に、

外正八位上壬生直国依、外正八位下日下部使主荒熊、（略）私の穀を陸奥国の鎮所に献る。並に外従五位下を授く

という記事を見ることができ、甲斐国においても、日下部氏が郡司層の身分を有していた可能性が指摘されているのである。[25]

次に、信濃国の冒頭、国造小県郡の他田舎人大島は、以下の父母思慕の歌を詠む。

韓衣裾に取りつき泣く子らを置きてそ来ぬや母なしにして　（信濃・四四〇一）

この作者も「国造」という肩書きを持ち、正倉院調布墨書銘の天平勝宝四年（七五二）に、「信濃国筑摩郡大領正七位上他田舎人国麿」とある、やはり郡大領の人物との関連性が指摘できる。[26]また『日本霊異記』下巻に、以下

の話が載せられていることにも留意しなければならないだろう。

他田舎人蝦夷は、信濃国小県郡跡目の里の人なりき。多く財宝に富み、銭・稲を出挙せり。蝦夷、法花経を二遍写し奉り、遍毎に会を設けて、講読すること既に了りぬ。

（「重き斤もて人の物を取り、又法花経を写して、以て現に善悪の報を得し縁第二十二」）

同じ信濃国小県郡に属する富裕層の他田舎人蝦夷が、国造の他田舎人大島と無関係であるとは考えられない。

このように、父母思慕の歌を詠む作者と関連があると考えられる人物が、ともに地方においてある程度の身分を有する人物であることが確認されるのである。これは、父母思慕の歌の作者に、以下のように姓を有する作者が見受けられることとも関連するだろう。

丈部造人麻呂（相模・四三二八）　丸子連多麻呂（相模・四三三〇）

川上臣老（下野・四三七六）　津守宿禰小黒栖（下野・四三七七）

この姓に対して、林田正男は、

姓は朝廷から与えられた公的・政治的な地位を示す呼称で無姓・部姓とはその階層に位相があり、ある程度の教養も有していたのである。従って防人たちをすべて全くの無学文盲の農民兵ときめてかかることは間違いである。(27)

と述べており、今までの作者の考察と密接に結び付く見解であることに着目したい。

このように見てきた場合、『続日本紀』宝亀三年（七七一）十二月六日条に、

武蔵国入間郡の人矢田部黒麻呂、父母に事へて至りて孝なり。生けるときは色養を尽し、死にては哀毀を極む。斎食すること十六年、始終闕けず。その戸徭を免して孝行を旌す。

とある、死後も父母に仕える東国における孝行の家の者の存在にも改めて注目しなければならないだろう。武蔵国

の矢田部黒麻呂が、孝により表彰され、また斎食すること十六年とあることから、この人物が喪に服しはじめたのは、十六年前、つまり天平勝宝七歳であることが分かる。また同じ武蔵国において、八世紀半ば頃の火葬蔵骨器として用いられた土師器坏に「孝酒」の墨書がなされた遺物が出土している。(28) 火葬は、儒教の死生観と祖先祭祀とは思想的に相いれない葬法であることから、門田誠一は、「孝酒」墨書土器を、東国地方における地域独自の習俗・文化に即して顕現した奈良時代の孝を背景とする葬送習俗として位置づけている。(29)

この時代は、このような「孝」の思想が地方においても宣揚されていた時代であるとともに、東国という地方独自の文化に即して「孝」が顕現していた時代でもあった可能性が指摘できるのである。それとともに、「孝」を理解できる人物が東国においても多く存在していたことを立証することにもなるだろう。

以上、防人歌における父母思慕の歌の作者層について考察してきたが、その作者と関連性が指摘できる人物は、地方においてある程度の身分を有する上層階級の身分の者であった。このような者は、国府や郡家等において中央の律令官人との交流を持ち、律令官人的発想の歌を数多く摂取していたに相違ない。そして、地方におけるこれら上層階級の身分の者は、中央の律令官人以上に、律令国家を支える理念としての「孝」を地方において具現化し、地方独自の「孝」を顕現していたものと考えられるのである。防人歌における父母思慕の歌は、律令制社会における「孝」の普及化・理念化と無関係ではないはずである。(30)

第五節　おわりに

防人歌においては、父母思慕の歌という、防人歌に特徴的な発想を見出すことができる。この発想の基盤は、律令制社会の儒教倫理としての「孝」の本質に貫かれていると考えられる。これらの歌の作者は、当時「孝」の家の氏族としての意識を持っており、「孝」の家の系譜に属する氏族だった丈部氏を筆頭に、「孝」の本質を理解した上で、父母を思慕する歌を詠み込んでいるのではないだろうか。しかし、そこに渡部和雄や林慶花が述べるような家持の影響・教導を考える必要はないだろう。ほとんどの国にわたって見られる二十三首の父母思慕の歌すべてを、家持の教導と考えるのは無理であり、逆に「孝」の本質を理解できる人物を防人歌の作者層と認定する必要があるのではないだろうか。この考えは、防人歌を詠む防人を「一般防人兵士」と考え、「防人はその殆どが班田農民であり、貧民階級に属していた」「彼らにどれほどの教養があると言うのであろうか[31]」とする考えと相反する結論となる。

これらの点を考慮するならば、防人歌は、五教倫理などを教育された、防人の中でも上層階級の身分の者の歌を中心に構成されていることを、まずは考える必要があるのである。

注

（1）防人歌の父母思慕の歌に関しては、従来から指摘があり、例えば、以下のような先行研究がある。渡部和雄「防人歌における『父母』」（『北大古代文学会研究論集』第二号、一九七二年八月）。佐佐木幸綱「防人歌抄」（『万葉集を学ぶ　第八集』有斐閣、一九七八年十二月）、林慶花「『父・母』の詠まれた防人歌の形成試論」（『上代文学』第八十七号、二〇〇一年十一月）。

（2）内田賢徳「孝徳紀挽歌二首の構成と発想―庾信詩との関連を中心に―」（『萬葉』第一三八号、一九九一年三月）。

（3）佐佐木信綱「評釈万葉集」『佐佐木信綱全集』第七巻（六興出版社、一九五四年九月）。

（4）上村悦子『万葉集入門』（講談社学術文庫、一九八一年二月）。

（5）渡瀬昌忠「新・万葉一枝（十七）―防人歌の『大君の命恐み』―」（『水甕』第九十五巻第五号、二〇〇八年五月）、のち『渡瀬昌忠著作集　補巻二　万葉記紀新考』（おうふう、二〇一二年十月）。

（6）辰巳正明「孝悌―熊凝悼亡歌序―」『万葉集と中国文学』（笠間書院、一九八七年二月）。
（7）渡瀬昌忠「新・万葉一枝（十二）―『父』を思う防人歌―」（『水甕』第九十四巻第十一号、二〇〇七年十一月）、のち注（5）前掲書。
（8）辰巳正明「民と天皇―防人の歌はなぜ悲しいのか―」（『國學院大學紀要』第三十九号、二〇〇一年三月）、のち『詩霊論』（笠間書院、二〇〇四年三月）。
（9）伊藤博『萬葉集釋注十』（集英社、一九九八年十二月）四三二三の注。
（10）渡部和雄「東歌と防人歌の間」（『国語と国文学』第四十九巻第八号、一九七二年八月）。なお、この見解に対して、鉄野昌弘も「『孝』という国家的に督励される道徳に由来するという見通しは、正鵠を射ていよう」と述べている（「防人歌再考―『公』と『私』―」『萬葉集研究』第三十三集、二〇一二年十月）。
（11）渡部和雄、注（1）前掲論文。
（12）林慶花、注（1）前掲論文。
（13）手崎政男「防人たちの心に去来し続けた思い」（『醜の御楯』考―万葉防人歌の考察―』（笠間書院、二〇〇五年一月）。
（14）佐伯有清「丈部氏および丈部の基礎的研究」（佐伯有清編『日本古代史論考』吉川弘文館、一九八〇年十一月）。
（15）岩波日本思想大系『律令』（一九七六年十二月）「賦役令」（孝子順孫条）の補注。
（16）坂本太郎「飛鳥・奈良時代の倫理思想―とくに親子の間の倫理思想について―」『古典と歴史』（吉川弘文館、一九七二年六月）。
（17）笠井昌昭「『続日本紀』にあらわれた孝の宣揚」『古代日本の精神風土』（ぺりかん社、一九八九年二月）。
（18）武田佐知子「律令国家による儒教的家族道徳規範の導入」（竹内理三編『古代天皇制と社会構造』校倉書房、一九八〇年三月）。
（19）注（17）に同じ。
（20）注（14）に同じ。

（21）「駿河国正税帳」『大日本古文書』第二巻（東京大学史料編纂所データベース　http://wwwap.hi.u-tokyo.ac.jp/ships/db.html）参照、以下同じ。

（22）奈良文化財研究所「木簡画像データベース・木簡字典」（http://jiten.nabunken.go.jp/index.html）に拠る。

（23）松嶋順正編『正倉院宝物銘文集成』（吉川弘文館、一九七八年七月）参照。

（24）林田正男「防人制度の実態と歌の発想」『万葉防人歌の諸相』（新典社、一九八五年五月）。

（25）関晃「甲斐国造と日下部」（『甲斐史学』丸山国雄会長還暦記念特集号、一九六五年十月）。

（26）注（23）に同じ。

（27）林田正男「防人歌の人と場」、注（24）前掲書。

（28）府中市教育委員会・府中市遺跡調査会編『武蔵国府関連遺跡調査報告21―高倉・美好町地域の調査5―』（府中市教育委員会・府中市遺跡調査会、一九九九年二月）。

（29）門田誠一「『孝酒』墨書土器の史的環境―武蔵国府関連遺跡出土資料の検討―」（佛教大学『文学部論集』第九十四号、二〇一〇年三月）。

（30）当然、私案においても、東国の一般庶民にまで「孝」の儒教倫理が浸透していたとは考えていない。坂本太郎が述べるように、中国の孝の思想の「形式や義務は知識人にはうけいれられても、庶民にはなかなか行きわたらなかった」であろう（注16に同じ）。そのような意味でも「孝」の普及化・理念化を反映させることができたのは、上層階級の者であったろう。

（31）水島義治「防人歌の概要」『萬葉集防人歌の研究』（笠間書院、二〇〇九年四月）。

〔補注〕

近時、廣岡義隆は、防人歌における「父母思慕の歌」について、再会を保証するものではない生き別れであるところの「不意の離別」という、防人の置かれた極限状態そのものが、「第一義的に妻や父母を歌うことに向かわせたものである」とし、「今一つの要素として、国府での別れの席に妻や父母が参加していたということが介在している」とした（「防人とその家族」高岡市萬葉歴史館叢書27『万葉の愛』二〇一五年三月)。廣岡説は、送別の宴という歌の場を重視した論を展開しているが、歌の場については第二部で考察する。

第四章　防人歌における「殿」の諸相

第一節　はじめに

第一部第三章においては、防人歌における「父母思慕の歌」について考察し、「孝」の本質を理解できる人物を防人歌の作者層と認定する必要性を強調し、防人歌は、五教倫理などを教育された、防人の中でも上層階級の身分の者の歌を中心に構成されている可能性を導き出した。本章では、「父母思慕の歌」に詠み込まれる「殿」という言葉から、防人歌作者層をさらに検討することとする。防人歌には、以下の二例において、「殿」という言葉が詠み込まれてくる。

① 父母が殿の後のももよ草百代いでませ我が来るまで　（遠江・四三二六　生壬部足国）

② 真木柱ほめて造れる殿のごといませ母刀自面変はりせず　（駿河・四三四二　坂田部首麻呂）

これらの「殿」に対して、現在では、以下のように解するのが一般的である。

「殿」は高貴な人の邸宅。御殿。ただし農民の住居—国司や郡司、あるいは豪族や富裕な人たちの住居ならいざ知らず、一般農民は竪穴住居に住んで居た。—が「殿」などと呼ばれるものであろう筈はないから、この「殿」は「家の美称」（全註釈）、「父母をほめ讃え、その居宅を美化していう。」（「全集本」「全注」）と考えるべきであろう。(1)

この説によるならば、防人歌における「殿」は、単なる比喩的なものとして歌に詠まれてくるのみであり、そこに防人としての実感は、見いだせないこととなる。つまり、御殿としての「殿」は、「観念の上で、空想的に構築し」(2)たものだということになる。仮に防人の実感だったとしても、それは「大規模な殿舎の建築に従事した経験のある者か」(3)と捉えられるのである。確かに②には「殿のごと」とあり、これは比喩的表現と捉えられるが、①は「父母が殿の後」と具体的に「殿」のありようを描写しており、序詞中の言葉ではあるが、この歌を素直に読む限り、父母は「殿」に住んでいたことになるだろう。そして、いくら美化しているとはいえ、竪穴住居を「殿」と呼ぶことはないはずである。

本章は、当時の東国社会と中央の住居様式の考古学的見地から、現在の通説を再検討するものであり、東国社会の「殿」のありようから、防人歌における「殿」の諸相を明らかにするものである。

第二節　東国社会における竪穴住居と掘立柱建物との共存

さて、現在の一般的な「殿」の見解に対して異を唱え、防人が父母や母を「殿」に住んでいるように表現してくるのは、これらの歌を詠んだ防人の実感であり、その「殿」のありようを考古学的見地からも立証できることを述べたのは渡瀬昌忠である。渡瀬は、②に関して「防人は母のために『殿』を建てて孝養を尽していたのではなかろうか」と述べ、①に関して「防人の父母は実際に『殿』に住んでいたのであろう」「その『殿の後方』の裏口から作者らは出入りして孝養を尽していた」と述べる。(4)そして、その痕跡を武蔵国の多摩郡、山王上遺跡（東京都日野市）で発掘された住居跡に見出し、以下のように結論づけている。

北側にカマドの設置された竪穴住居跡が、南北に四メートルほどの間隔をおいて、二軒並んでいる。その南側の一軒の東には、約五メートルの間隔を置いて、〈二間（一間は約二メートル）×三間〉の掘立柱建物跡が一棟ある。その柱の直径は約二五センチで「真木柱」と呼びうるものであり、それを垂直に一〇本立てて造られた建物は、梁間二間、桁行三間で、小さいながらりっぱな「殿」である。（略）私は、「伏せ廬」に住む者から見て「殿」に住む者が「父母」または「母刀自」である、という場合もありえたのではないか（「殿」を建てたのが父母自身かその子息かは別として）、と考える。(5)

この渡瀬説は、竪穴住居と掘立柱建物の配置のありようから、「殿の後」の意味を実際の住居跡の痕跡から探ろうとする鋭い論である。そして、この渡瀬が推論した竪穴住居と掘立柱建物群との共存こそが、実は当時の東国の一般的な集落の形態だったのである。

井上尚明は、古代東国社会の代表的な景観として「竪穴住居群に掘立柱建物が点在する集落の姿」を挙げ、以下のようにまとめている。

7世紀後半以降東国社会に波及した掘立柱建物は、官衙などで採用されただけではなく集落の住居様式としても浸透し、古墳時代以来の竪穴住居に対して数では少数ながら位置関係や規模の面で優位性を持っていた。しかし、竪穴という様式は放棄せず、新たな住居様式とともに並立して建設し続けたのである。(6)

竪穴住居と掘立柱建物が共存する集落としては、例えば、東京都木曽森野遺跡や神奈川県草山遺跡、栃木県多功南原遺跡が存在する。以下は八世紀前半に営まれた集落である木曽森野遺跡（東京都町田市）である（次頁図参照、B1～B11掘立柱建物跡、H1～H18竪穴住居跡(7)）。

木曽森野遺跡における掘立物建物は、二間×二間が六棟、三間×二間が四棟、三間×三間が一棟という内訳であるが、前田光雄は、竪穴住居は「若干時間的な差は認められるもののほぼ同時期の所産と推測される。掘立柱建物跡もこれらの集落の営みと共に、機能的側面に即して構築されていったものと思われる(8)」と述べ、竪穴住居と掘立

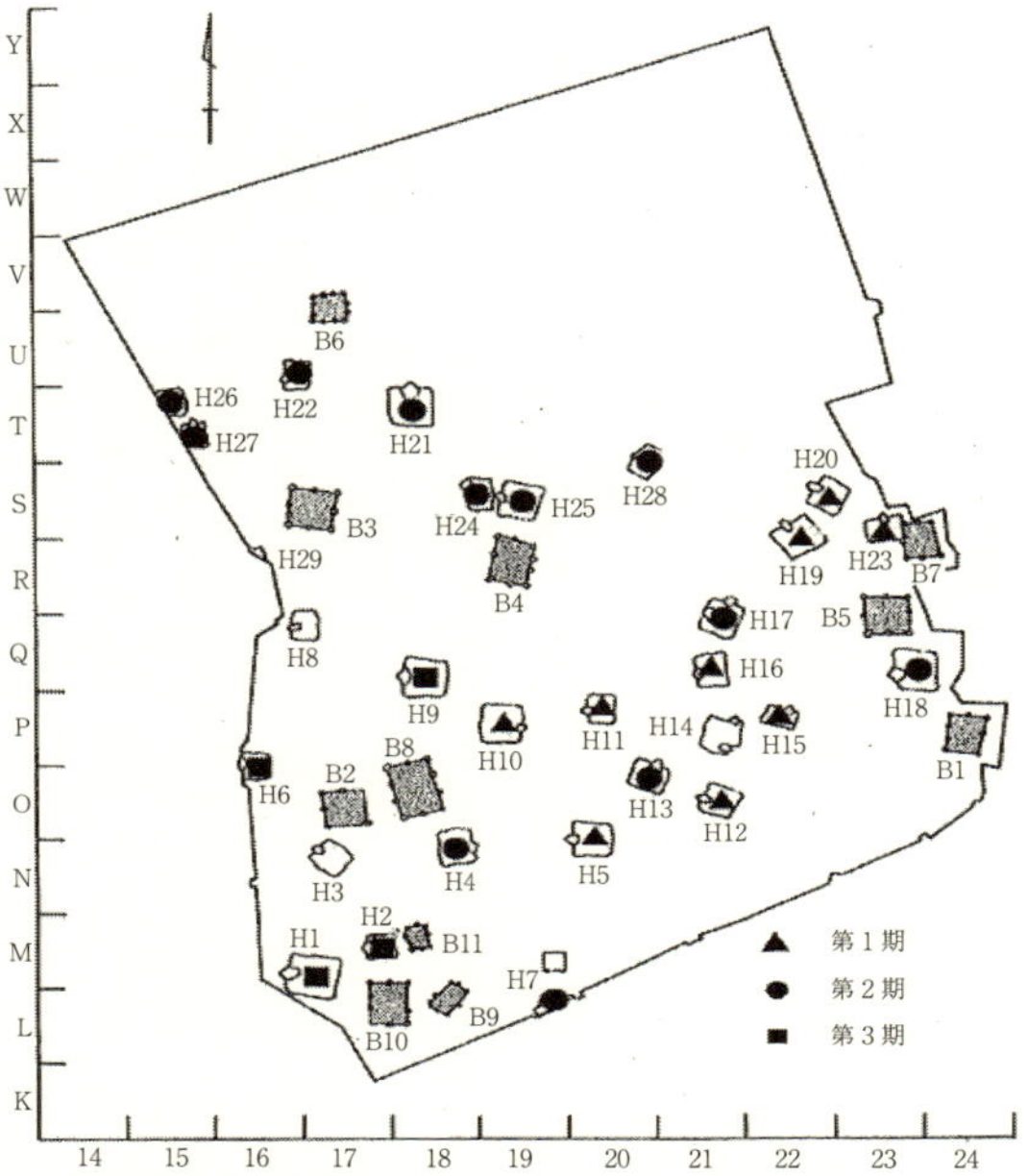

竪穴住居と掘立柱建物との共存（井上尚明論文より）

柱建物との組で構成されるグループが数ヶ所存在していると報告している。それをもとに井上尚明は、「掘立柱建物は、竪穴住居との位置関係や規模などから居住施設と考えるのが妥当であり」「竪穴住居との組み合わせが基本単位となっている」「1時期に7～10軒の竪穴住居に3棟以上の掘立柱建物を伴う集落として捉えられるであろう」とし、「竪穴住居に対する掘立柱建物の規模は大きな傾向にあり、集落内における規模的な優位性を示している」と述べている。[9] この掘立柱建物群の優位性に関して井上は、「律令国家の地方支配の拠点である郡家と、支配される集落の接点に相当する『郡家と集落のはざま』にある遺跡[10]」として位置付けており、そこに「郷家」などが含まれる可能性を指摘しているのである。[11]

つまり、当該防人歌①②は、当時の東国社会における竪穴住居と掘立柱建物との共存の中で、掘立柱建物を「殿」と呼んでいると見るべきではないのか。そして、その「殿」は東国社会の集落において、ある程度の優位性を持っていた。これはすなわち掘立柱建物に住む人々の優位性を表していると考えられ、①②における「父母」の集落内における優位性をも示しているのである。それは、以下の東歌における「殿」においても同様である。

都武賀野に鈴が音聞こゆ可牟思太の殿の仲郎し鳥狩すらしも　（14・三四三八）

稲搗けばかかる我が手を今夜もか殿の若子が取りて嘆かむ　（14・三四五九）

水島義治『全注』は、三四三八に関して、「当時庶民は竪穴住居に住んでいたが、郡司やその他豪族・富有の者は高床の家に住んでいた」とし、「そこはかとなき羨望と憧憬、そして讃美に似た思いとが交錯した庶民の眼が感じられる歌」と結論付けている。また、三四五九の「殿の若子」に関しても「貴人の邸宅。御殿、お屋敷。転じて邸宅の主人。高貴な人の意にも。（略）郡司階層、その他の豪族の若い息子を言ったもの」と述べているが、防人歌①②における「殿」も、これら東歌における「殿」と同等のものと捉える必要があったのではないだろうか。

そこで、防人歌において「殿」を詠み込む作者について改めて検討してみると、第一部第三章で考察したように、やはり①の作者には生壬部足国という生壬部が見出されるのである。同じく第三章で論じたように、正倉院文書における天平十年の「駿河国正税帳」[12]に見出される「郡司少領外従八位上壬生直信陀理」という人物や、駿河国防人歌における助丁生部道麻呂と関連があると考えていいだろう。生部道麻呂も助丁という役職を持っていることからも、防人集団の中で、ある程度上層階級に属する者だったと考えられるのである。

また、同じく天平十年の「駿河国正税帳」には、「遠江国磐田郡散事」として「生部牛麻呂」という人物を見出すこともでき、この人物は同じ遠江国出身である①の作者、生壬部足国との関連性が指摘できる。また、「佐益郡散事丈部塩麻呂」という人物も記述されており、これは同じく遠江国の防人である「佐野郡の丈部黒当」（四三二五）との関連が指摘できるのである。この役職名である「郡散事」に関しては、「駿河国正税帳」には、以下のような記述も見出される。

官符遠江国使磐田郡散事大湯坐部小国上

三郡別二度各一日食為単陸日上（略）

当国使安倍郡散事常臣子赤麻呂上

三郡別五度各一日食為単壱拾伍日上

「遠江国磐田郡散事」の他にも「安倍郡散事」という役職も見られるが、令に見られる郡司の成員は大領・少領・主政・主帳であり、ここに見られるような散事は規定されていない。しかし、令はあくまでも成文化されたものであり、現実には「郡における散事」の存在があったことが確認できるのである。(13)この「郡散事」に関しては、第一部第六章で詳細に検討するが、米田雄介や野村忠夫は「郡散事」を「上級富裕農民層で郡司の主政・主帳に任用される階層」としていることに注目しておきたい。(14)このように、郡内において、国司と郡司との間を取り持ち、郡の中では地位・実力を有していた「郡散事」のような上級富裕農民層が存在していたことが確認されるのである。

このように考えるならば、防人歌①②に関して、佐佐木信綱が、「序詞の用法なども頗る手に入つてをり、『殿の』などいうたのは、よい家の息子であらうか」(『評釈万葉集』)と述べ、渡瀬昌忠が「自分の父母や母が『殿』に住んでいるように表現している防人は、地方豪族の子弟層であろうと想像される」(15)と述べる説は十分に首肯されるものである。

第三節　中央における「殿」

最後に、中央の律令官人にとっての「殿」についても検討してみることとする。

畿内においては、「山城国では7世紀後半まで竪穴住居が残っているが、ほとんどの地域では7世紀代には掘立柱建物に移行している」(16)。「7世紀に出現する集落では既に掘立柱建物だけで構成される場合もあり、6世紀から継続する集落でも7世紀に入ると竪穴住居は減少し、多くの地域で前半代には姿を消す」(17)。したがって、律令官人にとっての住居様式は掘立柱建物群であったと想定される。全てが掘立柱建物である都で生活する中央官人・都人にとっては、「殿」と言えば、威厳のある建物群であったろう。それは、「海神の神殿」として、「海神の神の宮の内の重の妙なる殿に携はり二人入り居て」（9・一七四〇）、「海神の殿の甍に飛び翔るすがるのごとき」（16・三七九一）と詠まれ、また、「橘の下照る庭に殿立てて酒みづきいます」（18・四〇五九）場でもあり、「橘の殿の橘ひた照りにして」（18・四〇六四）と詠まれる繁栄を示す貴族の宴の場を示すものでもあった。

さらには、皇子の殯宮としても詠まれ、このような殯宮は、「鹿じものい這ひ伏しつつぬばたまの夕に至れば大殿を振り放け見つつ鶉なすい這ひもとほり」（2・一九九）、「つれもなき城上の宮に大殿を仕へ奉りて殿隠り隠りいませば」（13・三三二六）など、「大殿」と称されることも多い。

そのような都人にとっては、地方の郡家や、まして郷長の住居などは、とうてい「殿」と称することができない、みすぼらしい住居と目に映ったことであろう。したがって、家持は、地方における史生の住居を「殿」を使うことによって、逆に揶揄する以下のような歌を詠むのである。

　　先妻夫君の喚ぶ使ひを待たずして自ら来る時に作る歌一首

左夫流児が斎きし殿に鈴掛けぬ駅馬下れり里もとどろに　（18・四一一〇）

　　同じ月一七日に、大伴宿禰家持作る。

越中の国の史生である尾張少咋が、左夫流児という遊行女婦の女性に心を奪われた際、都にいる本妻が駅馬を借りて下ってきたことを揶揄した歌であり、大伴家持の「史生尾張少咋を教へ喩す歌」の最後の歌である。その「殿」について『全注』は、「左夫流子が同居する少咋の宿舎をからかったもの」と述べている。

しかし、たとえ都人にとって揶揄の対象である史生の住居であっても、地方の官人や一般庶民にあっては、威厳をもたらすとともに羨望の対象でもあったであろう。また、竪穴住居に住む者にとっては、たとえどのように小さな掘立柱建物であっても、十分に「殿」でありえたであろうし、当時の東国社会にあって、その「殿」は集落の代表的な景観として防人たちに実感されていたのである。そして、そのような殿に住む者は、当時の東国社会の集落の中では上級富裕農民層だったのであり、その集落の中で、ある程度の地位を有していた者だったのである。

このように防人歌における「殿」においては、中央と地方との住居様式の相違を念頭において読まれなければならないのであり、防人歌における「殿」の諸相から、当時の東国社会における住居様式が明らかにされるのである。

第四節　おわりに

本章は、防人歌に見られる二つの「殿」を考察の対象とし、そこに七世紀中頃から八世紀までの東国社会に特徴的な竪穴住居と掘立柱建物との共存という住居様式を見出すことができた。渡瀬昌忠説は、現在明らかになりつつある考古学的成果からも実証されるのであり、このような考古学的見地をもとに、防人歌の「殿」のありようを読み取らなければならないのである。そして、当時の東国社会においては、「殿」は掘立柱建物として、まだ多くの人の住居様式でもあった竪穴住居からの優位性を持っていた。そして、それはそのまま「殿」を詠みこむ防人歌作者層の東国社会での優位性をも語っていたのである。

つまり、防人歌の「殿」の諸相は、当時の東国社会の住居様式や作者層をも忠実に写し取っていたと言えるのである。

注

(1) 水島義治『萬葉集防人歌全注釈』四三二六【語釈】(笠間書院、二〇〇三年二月)。

(2) 水島義治、前掲書四三四二【鑑賞・考究・参考】。

（3）伊藤博『萬葉集釋注十』四三四二注（集英社、一九九八年十二月）。

（4）渡瀬昌忠「新・万葉一枝（十）―『殿のごといませ母刀自』―」（『水甕』第九十四巻第十号、二〇〇七年十月）、のち『渡瀬昌忠著作集　補巻二　万葉記紀新考』（おうふう、二〇一二年十月）。

（5）右に同じ。

（6）井上尚明「古代東国集落の特質」『古代東国社会の成立と展開』（総合研究大学院大学文化科学研究科日本歴史研究専攻博士論文、二〇一二年）。

（7）本図は、注（6）に拠る。なお、第1期は、8世紀第1四半期前半、第2期は、8世紀第1四半期から第2四半期にかけて、第3期は、8世紀第2四半期と考えられている（前田光雄「奈良時代の集落及び遺物について」『東京都町田市　木曽森野遺跡　歴史時代編』町田木曽森野地区遺跡調査会、一九八九年三月）。

（8）前田光雄、右に同じ。

（9）注（6）に同じ。

（10）井上尚明、注（6）前掲書「序章」。

（11）井上尚明「郷家の構造と性格」（『律令国家の地方末端支配機構をめぐって』奈良国立文化財研究所埋蔵文化財センター、一九九八年三月）。

（12）「駿河国正税帳」『大日本古文書』第二巻（東京大学史料編纂所データベース　http://wwwap.hi.u-tokyo.ac.jp/ships/db.html）参照、以下同じ。

（13）天平十年（七三八）の「駿河国正税帳」をはじめとして、天平宝字元年（七五七）の「越前国使等解」、天平神護二年（七六六）の「越前国足羽郡少領阿須波臣東麻呂解」、延暦二年（七八三）の「伊勢国計会帳」などに見られる。

（14）米田雄介「八世紀の在地とその支配形態」『郡司の研究』（法政大学出版局、一九七六年三月）、野村忠夫「いわゆる郡散事（仕）について」（『政治経済史学』第一五四号、一九七九年三月）。

（15）渡瀬昌忠「新・万葉一枝（十五）―『父母が殿の後方』の住居跡―」（『水甕』第九十五巻第六号、二〇〇八年六月）、のち注（4）前掲書。

(16) 広瀬和雄「畿内の古代集落」(国立歴史民俗博物館『研究報告』第二十二集、一九八九年三月)。
(17) 注(10)に同じ。

第五章　防人歌における「妹」の発想基盤

第一節　はじめに

第一部第三章においては、防人歌における大きな主題の一つとして考えられる父母思慕の歌について考察したが、自分の父母を思慕する歌は、防人歌に特徴的な、非常に特異な発想といえることが分かり、この発想は、律令制社会の儒教倫理としての「孝」の本質に貫かれているのではないかと結論付けた。そこから「孝」の本質を理解できる人物を防人歌の作者層と認定する必要性を強調したのである。

しかし、防人歌においては、父母思慕の歌と同様、羈旅的発想の「妹」「妻」を詠み込む歌も二十四首見られ、『万葉集』における「妹」「妻」の歌との関連性は、改めて注目されなければならないだろう。本章は、父母思慕の歌の考察をもとに、防人歌における妹・妻の発想基盤を追究し、防人歌の主題・本質を、さらに解明する手がかりを探ることとする。

第二節　防人歌における「妻」の発想

まず妻についてであるが、防人歌においては妹を詠む歌二十首に対して、妻を詠む歌は以下の四首が見られる。

Ａ　我が妻はいたく恋ひらし飲む水に影さへ見えてよに忘られず　（遠江・四三二二）
Ｂ　我が妻も絵に描き取らむ暇もが旅行く我は見つつ偲はむ　（遠江・四三二七）
Ｃ　我ろ旅は旅と思ほど家にして子持ち瘦すらむ我が妻かなしも　（駿河・四三四三）
Ｄ　行こ先に波なとゑらひ後には子をと妻をと置きてとも来ぬ　（下総・四三八五）

そしてこれら四首中、Ｃ・Ｄの二首には、妻とともに子が詠まれており、この点については改めて留意しなければならない。『万葉集』中、妻の用例は一七六例見られるが、妻と子の両者を詠む歌には、例えば以下のような例がある。

天平元年己巳に、摂津国の班田の史生丈部竜麻呂自ら経きて死にし時に、判官大伴宿禰三中が作る歌一首幷せて短歌

天雲の　向伏す国の　もののふと　言はるる人は　天皇の　神の御門に　外の重に　立ち候ひ　内の重に　仕へ奉りて　玉葛　いや遠長く　祖の名も　継ぎ行くものと　母父に　妻に子どもに　語らひて　立ちにし日より　たらちねの　母の命は　斎瓮を　前に据ゑ置きて　片手には　木綿取り持ち　片手には　和たへ奉り　平けく　ま幸くませと　天地の　神を乞ひ禱み（略）　（3・四四三）

惑へる情を反さしむる歌一首幷せて序

父母を　見れば尊し　妻子見れば　めぐし愛し　世の中は　かくぞ理　もち鳥の　かからはしもよ　行くへ知らねば　うけ沓を　脱き棄るごとく　踏み脱きて　行くちふ人は　岩木より　生り出し人か（略）　（5・八〇〇　憶良）

貧窮問答の歌一首幷せて短歌

（略）伏せ廬の　曲げ廬の内に　直土に　藁解き敷きて　父母は　枕の方に　妻子どもは　足の方に　囲み居

て　憂へ吟ひ　かまどには　火気吹き立てず　甑には　蜘蛛の巣かきて　飯炊く　ことも忘れて　ぬえ鳥の
のどよひ居るに　いとのきて　短き物を　端切ると　言へるがごとく　しもと取る　里長が声は　寝屋処まで
来立ち呼ばひぬ　かくばかり　すべなきものか　世の中の道　（5・八九二　憶良）

足柄の坂に過るに、死人を見て作る歌一首

小垣内の　麻を引き干し　妹なねが　作り着せけむ　白たへの　紐をも解かず　一重結ふ　帯を三重結ひ　苦
しきに　仕へ奉りて　今だにも　国に罷りて　父母も　妻をも見むと　思ひつつ　行きけむ君は　鶏が鳴く
東の国の　恐きや　神のみ坂に　和たへの　衣寒らに　ぬばたまの　髪は乱れて　国問へど　国をも告らず
家問へど　家をも言わず（略）　（9・一八〇〇）

（備後国の神島の浜にして、調使首、屍を見て作る歌一首并せて短歌）

母父も妻も子どもも高々に来むと待つらむ人の悲しさ　（13・三三四〇）

（筑前国の志賀の白水郎が歌十首）

荒雄らは妻子が産業をば思はずろ年の八年を待てど来まさず　（16・三八六五　憶良）

史生尾張少咋を教へ喩す歌一首并せて短歌

大汝　少彦名の　神代より　言ひ継ぎけらく　父母を　見れば貴く　妻子見れば　かなしくめぐし　うつせみ
の　世の理と　かくさまに　言ひけるものを　世の人の　立つる言立て（略）　（18・四一〇六　家持）

『万葉集』における妻・子は、行路死人歌の系譜に属する歌の中に多く詠まれていることが分かり、これは、父母思慕の歌の様相とも共通する。実際、これらの例においても、妻・子とともに父母が一緒に詠まれていることが確認できるのである。また、巻十五「遣新羅使歌」の中では、妹を詠む歌四十四首に対して、妻を詠む歌は四首しかなく、そのうち三首がやはり挽歌に見られる用例であり（15・三六二五・三六九一・三六九二）、これも「遣新羅使歌」に見られる父母思慕の歌と同様である。このように、羈旅的発想の歌において自分の妻を思慕することも、やはり防人歌に特徴的な発想と言えるであろう。

ここで、家持の防人関連歌においても、以下のように父母・妻・子をともに詠む発想が見られることは指摘されなければならない。

防人が悲別の心を追ひて痛み作る歌一首幷せて短歌

大君の　遠の朝廷と　しらぬひ　筑紫の国は　敵守る　おさへの城そと　聞こし食す　四方の国には　人さはに　満ちてはあれど（略）たらちねの　母が目離れて　若草の　妻をもまかず　あらたまの　月日数みつつ（略）　（20・四三三一）

防人が情のために思ひを陳べて作る歌一首幷せて短歌

大君の　命恐み　妻別れ　悲しくはあれど　ますらをの　心振り起し　取り装ひ　門出をすれば　たらちねの母かき撫で　若草の　妻取り付き（略）　（20・四三九八）

防人が悲別の情を陳ぶる歌一首幷せて短歌

大君の　任けのまにまに　島守に　我が立ち来れば　ははそ葉の　母の命は　み裳の裾　摘み上げかき撫でちちの実の　父の命は　たくづのの　白ひげの上ゆ　涙垂り　嘆きのたばく（略）若草の　妻も子どもも　をちこちに　さはに囲み居（略）　（20・四四〇八）

この家持防人関連歌に関して、松田聡は、以下のように述べている。

妻を思慕すること自体は相聞歌的抒情から導き出され得るものだとしても、父母や子を歌うというのは律令的「家」意識の表れと見るほかはなく、やはり、父母・妻子を同時に歌うということには律令的発想を下地にした必然性があるとすべきだろう。[1]

また、父母・妻・子を詠む憶良の八〇〇番歌が、儒教的倫理観に基づくものであることは明らかであるが、これは家持の四一〇六番歌についても同様である。これらの歌の関係について、松田聡は、

家持の『教喩史生尾張少咋歌』（四一〇六〜四一〇九）は憶良の『令反惑情歌』（八〇〇〜八〇一）に倣って国守の立場から史生を教え喩すものであるが、国守としての意識はこのように憶良から継承してきたものなのであった。（略）憶良のこの歌が行路死人歌の発想に基づく文芸作品であることを考えると、行路死人歌の発想から文芸作品を創造するという態度も、憶良から学んだものである可能性が高いと言えよう。[2]

と述べている。

このように見てきた場合、防人歌における妻・子の様相に、憶良歌との関係が垣間見られることも事実である。特にCは羈旅歌における「強固な発想の類同としての『家』『妻』[3]」を詠む構造を持ち、「これほど切実に、家なる妻を描いてゐるのは稀である」（武田祐吉『全註釋』）歌であると同時に、自分の旅の苦しさよりも、家でとり残され、家の生業に苦しむ妻や子の境遇を嘆く歌ともなっており、故郷に置いてきた「妻や子を嘆かせることを嘆く」という、『万葉集』中、稀有な発想の歌ともなっている。この発想には、憶良の三八六五番歌と内容的に密接なつながりが認められる。憶良は「みずからの主題の中で白水郎荒雄の死を捉えたことにより、そこに儒教的な篤道を見出したのである[4]」が、その憶良歌との関連性から、当該歌Cに儒教的倫理観を見て取ることも許されるであろう。憶良歌に詠み込まれる妻・子は、「家族構成員の一員として、現実の生活にまみれ翻弄され続ける妻子であ[5]」り、「憶良のよんだ『子等』の歌の世界は」「防人歌と非常に近いものだといえるであろう[6]」。

第三節　防人歌における「妹」の発想

さて、続いて防人歌における妹の用例二十例についてであるが、例えば、以下のような歌が見受けられる。

E　我妹子と二人我が見しうち寄する駿河の嶺らは恋しくめあるか　（駿河・四三四五）
F　旅衣八重着重ねて寝ぬれどもなほ肌寒し妹にしあらねば　（上総・四三五一）
G　家風は日に日に吹けど我妹子が家言持ちて来る人もなし　（上総・四三五三）
H　立ち鴨の立ちの騒きに相見てし妹が心は忘れせぬかも　（上総・四三五四）
I　防人に発たむ騒きに家の妹が業るべきことを言はず来ぬかも　（常陸・四三六四）
J　常陸さし行かむ雁もが我が恋を記して付けて妹に知らせむ　（常陸・四三六六）
K　我が面の忘れもしだは筑波嶺を振り放け見つつ妹は偲はね　（常陸・四三六七）
L　旅とへど真旅になりぬ家の妹が着せし衣に垢付きにかり　（下総・四三八八）
M　難波道を行きて来までと我妹子が付けし紐が緒絶えにけるかも　（上野・四四〇四）
N　足柄のみ坂に立して袖振らば家なる妹はさやに見もかも　（武蔵・四四二三）

これら防人歌における妹を詠む歌においても、律令官人における羈旅歌の発想と同じく、「『家＝故郷』『旅＝異郷』とを対比して行路のかなしみを述べる」という「古代の行路をなげく歌には鉄則的ともいうべき発想ないし形式がある」(7)ことが確認できる。G・I・Lは、その典型的な例であるが、Gにおいては、『万葉集』中、他に用例のない「家風」「家言」を歌句として使用しており、これが、作者丸子連大歳の造語であるか、一般通用の語句であるかは明確ではないが、ことさらに「家」を強調し、旅の嘆きを詠む発想は、万葉の伝統につながるものと言ってよいであろう。

Ｉにおいては、やはり「家の妹」を想起して詠む歌であるが、この「家の妹」という歌句は、家に残してきた妻のことを指すと考えてよいだろう。そして、当該歌は、以下の歌と類句・類想関係にある。

（柿本朝臣人麻呂歌が三首）
玉衣のさゐさゐしづみ家の妹に物言はず来にて思ひかねつも　（4・五〇三）
水鳥の立たむ装ひに妹のらに物言はず来にて思ひかねつも　（14・三五二八）

また、Ｈや、駿河国冒頭の上丁有度部牛麻呂の詠んだ、

水鳥の発ちの急ぎに父母に物言ず来にて今ぞ悔しき　（駿河・四三三七）

という父母思慕の歌も、当該歌と同様の発想を持っていると言えるであろう。ただし、当該歌は「業るべきことを」言わなかったという後悔を歌うという点では、やはり憶良の三八六五番歌と密接に結び付いていると言えるのである。

Ｌは、以下の「遣新羅使歌」と類想関係にある。

我が旅は久しくあらしこの我が着る妹が衣の垢付く見れば　（15・三六六七）

Ｌは、この「遣新羅使歌」の「我が旅は久しくあらし」の感慨を、『万葉集』には他に用例のない「真旅」という独自の言葉で表現し、妻であることを明確に示す「家の妹」と対比させて詠んでいることが分かる。また、字余りを解消させるために「いへのいもが」を「いへのもが」と詠んでいるが、同じ五音である「わぎもこが」などとしなかったのは、やはり「家」を強調するためであったと考えられるのである。ここにも、律令官人の歌における「古代の行路をなげく歌には鉄則的ともいうべき発想」である家と旅との対比を、独自の表現によって強調する防人歌の特徴が見受けられるのである。

続いて他の歌についても眺めてみると、Eにおいては、故郷において、妹と「二人で一緒に眺めた」「駿河の嶺」が、難波津の地において想起されている。それは、高橋虫麻呂が「富士の山を詠む歌」において、

なまよみの　甲斐の国　うち寄する　駿河の国と　こちごちの　国のみ中ゆ　出で立てる　富士の高嶺は（略）　（3・三一九）

と詠んだように、故郷のシンボルとしての富士山が幻視されているのであろう。この虫麻呂の富士山への讃美表現と重なり合う「うち寄する駿河」という歌句を使用していることには、やはり留意しなければならない。(8)また、柿本人麻呂の「泣血哀慟歌」には、以下の表現が見受けられる。

うつそみと　思ひし時に　携はり　我が二人見し　出で立ちの　百足る槻の木　こちごちに　枝させるごと　春の葉の　茂きがごとく　思へりし　妹にはあれど　頼めりし　妹にはあれど（略）　（2・二一三）

亡くなった妻との思い出として、「二人で一緒に眺めた」生命力のある槻の木が詠まれており、当該歌においても「二人で一緒に眺めた」富士の山が、自分と故郷の妹とを固く結びつけるものとして想起されているのである。

Fは、以下の歌と類句・類想関係にある。

（京職藤原大夫、大伴郎女に贈る歌三首）

蒸し衾なごやが下に臥せれども妹とし寝ねば肌し寒しも　（4・五二四）

柔らかく寝心地のよい「蒸し衾」と、幾重にも重ねて寒さを忍んでいる「旅衣」という相違はあるが、ともに一人寝の「肌寒」さが詠まれ、妹の不在の悲しみを表現している。そしてこの発想は「昔年防人歌」の以下の歌とも通底するものである。

笹が葉のさやぐ霜夜に七重着る衣に増せる児ろが肌はも　（20・四四三一）

Jにおいては、以下の二点に注目しなければならない。まず、一点目は、蘇武の雁信の故事に基づいて詠まれて

いるという点である。「雁の使」は、『漢書』「蘇武伝」や『十八史略』「西漢」に伝わる故事であるが、前漢の武将である蘇武が、使いに赴いた匈奴で囚われの身となった際に、雁の足に手紙を付けて故国に便りをしたという故事のことである。これをもとにした歌が、『万葉集』には以下のように見られる。

　遠江守桜井王、天皇に奉る歌一首
九月のその初雁の便りにも思ふ心は聞こえ来ぬかも　（8・一六一四）
　泉川の辺にして作る歌一首
春草を馬咋山ゆ越え来なる雁の使ひは宿り過ぐなり　（9・一七〇八　人麻呂歌集）
（引津の亭に船泊まりして作る歌七首）
天飛ぶや雁を使ひに得てしかも奈良の都に言告げ遣らむ　（15・三六七六）

　これらの歌とJとは、発想を同じくすると言ってよいだろう。水島義治は、Jの作者、物部道足に関して「『漢書』の『雁信の故事』を知っているような教養ある階層であったとは、どうしても考えられない」とし、当該歌を「蘇武の雁信の故事とは関係のない、全くの実景・実情（実感）である」[9]とするが、「実景・実情」によって、「雁に恋を記す」という発想が生まれるとは、やはり考えられず、仮に『漢書』の故事は知らなかったとしても、律令官人の歌に見られる「雁の使」の発想を踏まえ、当該歌が作られたと考えるのが自然ではないだろうか。澤瀉久孝『注釋』が、

　防人の作に支那の故事を思つた事を疑ふ説もあるが、「雁の使」の語は人麻呂集の作（九・一七〇八）にもあり、
　巻十五（三六七六）にもあつて、ここもさうした故事を意識して作つたものと見てよいであらう。

と述べる通りであろう。当該歌には、やはりこの故事が反映されており、物部道足は、ある程度教養のある、上層階級の身分の者だった可能性が考えられるのである。[10]

さらにもう一点、自分の思いを「記す」行為が示されている点にも注目しなければならない。この「記して付けて」という語句に関して、木下正俊『全注』は、以下のように述べる。

中央に限らず地方からも、特に関東から墨書土器の類が、必ずしも国府や国分寺などの政治的遺跡と限らず一般の集落からもかなりに出土しており、防人などの中にも或る程度基本的な漢字が書ける者があったのではないかと言われている。

これらのことを鑑みても、Jに関して星野五彦が、「この様な知識階級者たちによって用いられた漢書の語句や故事を防人の歌にみることも、防人が単なる農民でないことを示すものではないであろうか」(11)と述べることは、首肯される意見である。

Kにおいては、東歌や防人歌に、以下のような類句・類想関係の歌が見える。

我が面の忘れむしだは国溢り嶺に立つ雲を見つつ偲はせ　（14・三五一五）

面形の忘れむしだは大野ろにたなびく雲を見つつ偲はむ　（14・三五二〇）

我が行きの息づくしかば足柄の峰這ほ雲を見とと偲はね　（武蔵・四四二一）

伊藤博『釋注』は、当該歌に関して、「民謡または先行防人歌として広く行なわれていた歌の型を借りて、このように詠じたものと見える」と述べ、この「民謡として広く行なわれていた」とする説は、多くの注釈書に指摘のあるところである。確かに、巻十四と防人歌に類想関係の歌が見られることから、そのように解してよい部分もあるだろう。しかし、東歌における「国溢り嶺に立つ雲」「大野ろにたなびく雲」などのような一般的な場所の提示が、防人歌においては「筑波嶺」「足柄の峰這ほ雲」などと明確な地名によって示されていること、さらに、結句において、「イモハなど無くもがなの句を入れ」て（土屋文明『私注』）、「妹は偲はね」と明確に妹を示し強調していることは注目されなければならない。

Nにおいても、「足柄のみ坂」という地名と「家なる妹」とが明確に対比されており、招魂の行為として隔たった者の間で行われた袖振りの風習が詠まれている。『万葉集』には短歌に十七例、長歌に五例、「袖振り」の用例が見受けられるが、防人歌には他にも以下のような例が収載されている。

白波の寄そる浜辺に別れなばいともすべなみ八度袖振る　（下野・四三七九）

これは、陸続きの故郷と絶縁してしまう嘆きを詠む、難波津での別れの歌であるが(12)、これらの袖振りの意味について、辰巳和弘は、

坂東の人々にとって、足柄坂や碓氷坂は異郷との接点、すなわち境界であった。そこで行われる袖振りは、ただ妻の夢に己が姿を現したいという思い以上に、無事にふるさとの妻のもとへ戻りたいという願望に満ちた、深い望郷のほとばしりとして、峠神に手向けられる呪性に満ちた儀礼なのである。袖振りが行路安全を願う、祈りの呪術と見なされる所以である(13)。

とまとめている。また東歌の中にも、防人などに課せられ、西へ旅行く夫を見送った時の歌とされる以下の歌が収載されている。

日の暮れに碓氷の山を越ゆる日は背なのが袖もさやに振らしつ　（14・三四〇二）

この歌は、以下の防人歌と相補関係にあるものである。

日な曇り碓井の坂を越えしだに妹が恋しく忘らえぬかも　（上野・四四〇七）

このように、防人歌の用例においても「足柄のみ坂」「碓氷の坂」という地名と妹とが、明確に対比されて詠まれているのである。

神野志隆光は、羈旅歌には「家妻に対する恋しさの主情的表出を中心とする」タイプと、「地名をよみこむ」タイプの二つがあることを指摘し、前者に旅人と家人との呪術的共感関係があることを指摘した(14)。K・Nには「筑波

嶺」「足柄」という地名が詠まれているが、防人歌においては、二十例中、E・J・K・M・Nなど、八例において妹と地名とがともに詠まれている。そしてその地名も旅の途次の地名ではなく、故郷東国の地名が多く詠まれており、この点においても、防人歌における特徴を見出すことができるのである。ただし、八例中六例は、常陸国防人歌に見られる例であり、この常陸国防人歌における妹と地名との関係については、また改めて考察しなければならない(15)。

これらの例のように、防人歌における妹を詠む歌においては、羈旅歌における律令官人の妹を詠む歌と類句・類想関係にあるものが多く、その点では東歌に見られる妹の発想とは異なっていると見るべきであろう。防人歌と東歌における妹の発想の相違について、渡部和雄は「東歌は、その対象が何時でも非限定的であり、不確定的である」のに対し、防人歌においては「全体的にも妹は作者に一対一に対応するものとして妻の方に傾斜している(16)」と述べている。

また、鉄野昌弘は、「吉野氏のいう『官公的』な文言だけではなく」、悲別歌的・羈旅発思歌的傾向に見られる『わたくしごと』もまた、中央の側の関与無しにはありえなかったことは確かであろう(17)」と述べているが、妹と別れていく悲しみを律令官人と同じ発想において詠むことについては、改めて注目する必要があるだろう。さらに辰巳正明は、防人歌の拙劣歌の考察において「拙劣歌は歌の巧拙に対する評価ではなく、家持の詩学に基づく判断である。防人の歌を悲しみの歌として意図する家持により、勇壮な歌は排除されたのだと思われる」「それゆえに、家持みずからも防人の悲しみの側のみから三組の長歌を詠んだのだと考えられる(18)」と述べ、防人歌における悲しみの表出と家持の文芸意識・詩学意識との関係を考察しているが、防人歌に表出される悲しみと、家持の考える悲しみの意識とに共通する接点があったことは、防人歌の妹を考える上では重要な視点となるだろう。

以上、防人歌における妹・妻について概観してきたが、防人歌における妹を詠む歌においても、律令官人の羈旅歌と発想を同じくし、律令官人の妹を詠む歌と類句・類想関係にある歌が少なからずあることが確認できた。そして、その発想を独自の言葉で強調する防人歌の方法を見出すことができたのである。

第四節　おわりに

防人歌においては、父母思慕の歌という、防人歌に特徴的な発想を見出すことができる。この発想の基盤は、律令制社会の儒教倫理としての「孝」の本質に貫かれていると考えられる。この考えは、防人歌を詠む防人を「一般防人兵士」と考え、「防人はその殆どが班田農民であり、貧民階級に属していた」「彼らにどれほどの教養があると言うのであろうか[19]」とする考えと相反する結論となる。この結論は、防人歌における妹を詠む歌についても、確認される。防人歌における妹は、羈旅歌における律令官人の妹を詠む歌と発想を同じくし、かつ類句・類想関係にあるものが多く見受けられ、またそれをさらに独自の言葉で強調する防人歌の方法を見出すことができた。この点において、東歌に見られる妹の発想とは異なっていると見るべきであろう。

これらの点を考慮するならば、防人歌の作者は、地方においてある程度の身分を有する上層階級の身分の者と考えられ、このような者は、国府や郡家等において中央の律令官人との交流を持ち、律令官人的発想の歌を数多く摂取していたに相違ない。したがって、防人歌は、東国民衆の中にある伝統ではなく、律令官人との接触、中央とのつながりの中から生み出されていったと捉える鉄野昌弘説の視点は首肯されるものである。つまり、律令官人的発想の歌を数多く摂取できる作者層を想定すること、この点にこそ防人歌の発想基盤があるとするべきであろう。防人歌における妹の発想基盤の考察からも、以上の点が確認できるのである。

最後に、父母思慕の歌、ならびに妹・妻の歌との関連から防人歌を眺めてみると、以下の図のように遠江・相模・駿河・下野・信濃という上国は父母を詠む歌が多く、上総・常陸・下総・上野・武蔵という大国は妹を詠む歌が多いという傾向が見られる。[20] これが何を意味するのかは今のところ不明であるが、「五教倫理」の浸透度の差とも考えられ、国ごとの規則性が見出せることも指摘しておきたい。

国名	歌数	父・母	妹(妻)	国の等級
遠江	七	三	三	上国
●相模	三	二	〇	上国
〇駿河	一〇	七	二	上国
△上総	一二	二	四	大国
▲常陸	一〇	〇	六	大国
●下野	一一	四	〇	上国
下総	一一	三	四	大国
〇信濃	三	二	〇	上国
▲上野	四	〇	三	大国
▲武蔵	六	〇	二	大国

●「父母」の歌のみ　〇「父母」の歌が多い
▲「妹」の歌のみ　△「妹」の歌が多い

注

(1) 松田聡「家持の防人同情歌—行路死人歌の系譜—」(早稲田大学『国文学研究』第一〇九号、一九九三年三月)。
(2) 右に同じ。
(3) 神野志隆光「行路死人歌の周辺」(『論集上代文学』第四冊、笠間書院、一九七三年十二月)。
(4) 辰巳正明「篤道—筑前国志賀白水郎—」『万葉集と中国文学』(笠間書院、一九八七年二月)。
(5) 村瀬憲夫「憶良作品にみえる父母・子・妻」(和歌文学論集編集委員会編『うたの発生と万葉和歌』風間書房、一九九三年十月)。
(6) 阪下圭八「山上憶良における『子等』の問題」『和歌史のなかの万葉集』(笠間書院、二〇一二年七月)。
(7) 伊藤博「奈良朝初期歌人たちの方法」『萬葉集の表現と方法　下』(塙書房、一九七六年十月)。
(8) 渡瀬昌忠は、Eにおいて「うち寄する駿河」と歌う背景には「『(神神が常世ノ波ヲ)うち寄する駿河』『常世の波、打ち寄する駿河』といった国ほめ詞章があったものと思われる」と分析している(「新・万葉一枝(十四)—枕詞『うち寄《え》する(駿河)』—」『水甕』第九巻第五号、二〇〇八年五月、のち『渡瀬昌忠著作集　補巻二　万葉記紀新考』おうふう、二〇一二年十月)。

(9) 水島義治『萬葉集防人歌全注釈』（笠間書院、二〇〇三年二月）四三六六【鑑賞・考究・参考】。

(10) 澤瀉久孝『萬葉集注釋』は、当該歌の作者、物部道足の注釈において以下のように記している。

風土記に「古老曰、難波長柄豊前大宮馭宇天皇（孝徳）之世、癸丑年、小山上物部河内、大山上物部會津等、請二摠領高向大夫一、分二筑波茨城郡七百戸一、置二信太郡一」とある。その物部は小山上、大山上などの位を持つだけの家柄の人であるが、今の物部は他の多くの防人と同じく部民としての物部だと思はれるから、両者の関係ははつきりしない。

第一部第三章・第四章・本章で述べてきたことを鑑みると、小山上、大山上などの位を持つ物部との関係を考えてもよいであろう。

(11) 星野五彦「防人歌の作者」『防人歌研究』（教育出版センター、一九七八年四月）。

(12) 下野国防人歌における難波津での別れの歌群と、その配列方法に関しては、第二部第二章・第三章参照。

(13) 辰巳和弘「領巾と袖の民俗」（上野誠・大石泰夫編『万葉民俗学を学ぶ人のために』世界思想社、二〇〇三年十月）。

(14) 注（3）に同じ。

(15) 常陸国防人歌群における歌の内容と、その配列方法に関しては、第二部第四章参照。

(16) 渡部和雄「東歌と防人歌の間」（『国語と国文学』第四十九巻第八号、一九七二年八月）。

(17) 鉄野昌弘「防人歌再考―『公』と『私』―」（『萬葉集研究』第三十三集、二〇一二年十月）。

(18) 辰巳正明「民と天皇―防人の歌はなぜ悲しいのか―」（『國學院大學紀要』第三十九号、二〇〇一年三月）、のち『詩霊論』（笠間書院、二〇〇四年三月）。

(19) 水島義治「防人歌の概要」『萬葉集防人歌の研究』（笠間書院、二〇〇九年四月）。

(20) 吉野裕『防人歌の基礎構造』（筑摩書房、一九八四年一月）にも、「妹」を詠む国と「父母」を詠む国の区別があることは既に指摘がある。吉野はそのことから「一国を一集団として成立するところの集団歌謡の座」という場の問題を想起した。場の問題は第二部で考察する。

第六章　防人歌作者層の検討

第一節　はじめに

第一部第一章において、上丁の記述方法を考察し、上丁は「郡防人集団の長」や「一国防人集団の長」を示している可能性を指摘した。また、第一部第三章においては、防人歌の「父母思慕の歌」を検討し、そこには「孝」の思想の反映を見て取ることができた。これらの結論から上丁などの身分の防人は、五教倫理などを教育された防人の中でも上層階級の身分の者であるとしたのである。

しかし、「郡防人集団の長」「上層階級の身分の者」という言い方は、「一般の防人」という言い方と同じく、あいまいであることには変わりはない。私案は、星野五彦の「中央会社からみれば無名の農民であったとしても、地方のその地にあっては、身分のあった者ではあるまいか(1)」という説や、林田正男の「防人歌といえば目に一丁字なき草莽の民である農民兵の歌、と十把一からげに論ずることは危険性を伴う(2)」という説を積極的に認めたに過ぎない。したがって、本章は「郡防人集団の長」と位置付けた上丁の身分を具体的に絞り込むことを目的とする。

さて、松田聡は故郷の父母を詠む歌を行路死人歌との関連から説き、

Ⅰ類の父母（故郷の父母—東城注）を歌うものに防人歌を除いては庶民の作と目されるものが一首もないということを指摘したい。（略）すべて律令官人のカテゴリーに属することがはっきりしている。(3)

と述べている。つまり第一部第三章で考察した「孝」の思想や、「五教倫理」「律令官人のカテゴリー」というものの中で、この防人歌も詠出されたと考える必要性があるのである。ここに、作者層検討への大きな手掛かりがある。

第二節　「五教倫理」の教育形態

ここで、「五教倫理」「律令官人のカテゴリー」をキーワードとして、以下論をすすめることとする。

さて、地方における「五教倫理」教育機関は「国学」であるが、この国学に関して『律令』には以下のような規定がなされている。

凡そ大学の生には、五位以上の子孫、及び東西の史部の子を取りて為よ。若し八位以上の子、情に願はば聴せ。国学の生には、郡司の子弟を取りて為よ。並に年十三以上、十六以下にして聡令ならむ者を取りて為よ。

（『律令』「学令」〈大学生条〉）

これによると、地方における国学に入学を許可されていた者は郡司子弟のみであることが分かり、

凡そ経は、周易、尚書、周礼、儀礼、礼記、毛詩、春秋左氏伝をば、各一経と為よ。孝経、論語は、学者兼ねて習へ。

（『律令』「学令」〈経周易尚書条〉）

とあるように国学に入学したものは「五教倫理」を教育されたことが確認される。

また、第一部第三章でも触れたが、

凡そ国の守は、年毎に一たび属郡に巡り行いて、風俗を観、百年を問ひ、囚徒を録し、冤枉を理め、詳らかに政刑の得失を察、百姓の患へ苦しぶ所を知り、敦くは五教を喩し、農功を勧め務めしめよ。部内に好学、篤道、孝悌、忠信、清白、異行にして、郷閭に発し聞ゆる者有らば、挙して進めよ。不孝悌にして、礼を悖り、常を

乱り、法令に率はざる者有らば、糺して縄せ。
（『律令』「戸令」〈国守巡行条〉）

とあり、国守は農民に対して、あつく五教を諭し、農功をすすめる役目を担っていたことも確認される。ただ、五教が農民家族の精神生活に呼応しえたものかどうかは、疑問がもたれているところであるが[4]、それを指導する立場である国司・郡司以下の在地の有力者には「五教倫理」がある程度教育されており、また中央の律令官人以上に律令国家を支える理念を具現化していたものと考えられる。

ここで、地方一般の中で国学入学を許可されていた郡司子弟という身分の者が大きく浮かび上がってくることとなる。したがって、林田正男が「主帳」に関して「東国にも『国学』出身者が相当数いたわけであり、防人の中にも国学出身者もいたとみるべきである」と述べたことは、非常に重要な指摘となる[5]。

郡司子弟は兵衛出仕、国学入学という律令制下の出身法上の特権を持ち、律令官人に連なることで、郡領任用を実現し、また在地支配における権威を付与する役割を果たしていたということが従来から言われている[6]。また、郡司子弟は在地にとどまり、在地においてさまざまな方面に活動していたことも指摘されている。そこで郡司子弟の活動に目を移すと非常に興味深いことが分かってくる。

・太政官符

一聴運九箇使粁米事

貢綿使粁四百六十斛

使粁六十斛　　史生粁卅斛

書生二人粁廿斛

郡司十人粁三百斛

郡司子弟十人粁五十斛　（『類聚三代格』巻六公粮事〈『新訂増補　国史大系』（吉川弘文館）に拠る、以下同じ〉）

・凡官物運京応差鋼領者。米三百石已上。差国司史生已上勝任者充。不満此数。差郡司及子弟。幷百姓殷富家口重大者。自余雑物亦准此数。

（『延喜式』巻二十三民部下鋼領条）

・国造奏神寿詞

（略）右国造賜負幸物。還国潔斎一年。訖即国司率国造諸祝部幷子弟等入朝。

（『延喜式』巻三神祇三臨時祭寿詞条）

・凡朝使到国。国司不得送迎。各著当色候侍国府。但接堺郡司率騎馬子弟四人送迎。服色如常。

（『延喜式』巻五十雑式朝使到国条）

これらの資料から平野友彦は郡司子弟の仕事を以下の三点にまとめている。(7)

一　貢調、貢綿使としての就務。
二　出雲国の例であるが、国造の神賀詞上奏への随行。
三　朝使送迎。

これら三点から、郡司子弟が一つの政治的地位を示す呼称として機能していたことが確認される。つまり、郡司子弟は官人制機構の基底部にある諸ポストに任用される資格を持つ者であり、そのような意味では、そうした権利を持たない一般百姓とは明らかに区別される存在であったことが把握されるのである。

この郡司子弟に関して平野友彦は、

郡司が郡内の百姓を組織編成する場合に「郡司子弟」がその中核となったと思えること。（略）郡司が騎兵を率いて儀礼に従う場合、郡司―「郡司子弟」―騎兵という組織で行なわれると推測できるのである。(8)

と述べ、郡司子弟は郡司と農民との間を取り持つ役割を担っていたことを指摘している。また、中村順昭は、

郡司子弟が郡衙で一つの地位となったものと思われる。ただし、（略）郡司子弟は国郡レベルの地位であり、その上番が考課に結びつくわけでもなく、課役の免除等の特権にあずからない「白丁」である。[9]

と述べている。つまり、郡司子弟は中央政府の規定に組み込まれた段階では一般の「白丁」と変わらず[10]、一般百姓とともに中央等に赴かなければならなかった身分であったと考えられるが、国郡においてはある特権的な地位を有していた者であり、一般百姓を組織編成する場合にその中核を担っていた者と考えられる。そして、これは時代が少しくだるのであるが、健児制の成立と非常に深く関わっていると考えられるのである。逆に、健児制の有り様は郡内における郡司子弟の地位を予測させることにもなる。

『類聚三代格』巻十八健児事には「太政官符、応差健児事」として、

宜差健児以充守衛。宜簡老郡司子弟。作番令守。

とあり、『続日本紀』には子弟に関する以下の記事を見る。

勅したまはく、「如聞らく、国を治むる要は、人を簡ふに如かず。人を簡ひ能に任せば、民安く国富む」とき く。（略）父兄誡あらずは、斯に何を以てか子弟を導かむ。官吏、行はずは、此に何を、以てか士民を教へむ。若し、仁義礼智信の善を修め習ひ、貪嗔痴淫盗の悪を戒しめ慎み、兼ねて前の二色の所を読む者有らば、挙してこれを視て、品に随ひて昇げ進めよ。

（天平宝字三年〔七五九〕六月丙辰条）

従四位下藤原恵美朝臣朝狩を東海道節度使とす。正五位上田中朝臣多太麻呂を副、判官四人、録事四人。その管れる遠江・駿河・伊豆・甲斐・相模・安房・上総・下総・常陸・上野・武蔵・下野等の十二国、船一百五十一隻、兵士一万五千七百人、子弟七十八人、水手七千五百廿人を検定す。

（天平宝字五年〔七六一〕十一月丁酉条）

伊勢・近江・美濃・越前等四国の郡司の子弟と百姓との年卌已下廿已上にして弓・馬を練り習へる者を簡ひ点して、健児とす。

（天平宝字六年〔七六二〕二月辛酉条）

また、延暦二年（七八三）六月六日条には、

宜仰坂東八国簡取所有散位子。郡司子弟。及浮宕等類。身堪軍仕者隨国大小。一千已下。五百已上。専習用兵之道。並備身装。

ともある。つまり、郡司子弟の役割は国兵士制を根幹とする健児制度に目を向けてみることで意味がはっきりしてくる。国兵士制こそ「一般百姓からの徴発による兵員組織」という基本的部分を軍団兵士制から継承したのであるという指摘が村岡薫によってなされたが(11)、この健児制との比較は十分なされていいのではないだろうか。

この健児制における郡司子弟について平野友彦は、

当時一般諸国に共通してみられる政治課題は、公民百姓からの徴発を円滑に行なうことであったと言える。（略）公民百姓の徴発を円滑化するのに有効なものとして、郡司子弟を兵員対象とした健児制が案出されたと言えるのである。(12)

と述べている。この意見を健児制成立以前にまで考慮するのも可能ではなかろうか。つまり、中央政府が、一般百姓を防人として徴発し、また、太宰府まで行軍することを円滑化するために、郡司子弟をともに徴発したと考えられるのである。国郡において地位・実力を有していたからこそ、中央政府は一般百姓の徴発において郡司子弟を利用したことも考えられるのである。

また、井上満郎は時代的に非常に興味深い意見を提出している。井上は、

吉備真備、この人こそ健児制を実施するのにふさわしい人であった。第十次より以前にも霊亀二年より十九年間にわたって唐でその諸制度を学んでおり、健児制についてはこれをつぶさに見知っていた。（略）天平勝宝

六年帰国直後に大陸との交通をあずかる大宰大弐の職につき、同八年には大弐として大陸に備える目的で怡土城を専当して築いている[13]。

と述べており、天平勝宝七歳の防人にはこの吉備真備の意見が強く反映されていることも考慮される必要があるのである。

では、このような郡司子弟層を、健児制が実施される前の天平勝宝七歳の防人にも適応することが可能なのか、という疑問が生じる。これに関しては、以下の『続日本紀』に見られる「子弟」が関与してくるだろう。

従五位上臺忌寸少麻呂言さく、「居に因りて氏を命すること、従来恒例なり。是を以て、河内忌寸は邑に因りて氏を被れり。その類一ならず。請はくは、少麻呂諸の子弟を率ゐて、臺の氏を改め換へて、岡本の姓を蒙り賜はらむことを」とまうす。これを許す。（養老元年〔七一七〕九月癸卯条）

天皇重閣の中門に御しまして、猟騎を観そなはす。一品已下無位の豪富の家に至るまでと、左右京・五畿内・近江らの国の郡司幷せて子弟・兵士・庶民の勇健にして装飾に堪ふる者とは、悉く猟騎の事に奉せしむ。（神亀元年〔七二四〕五月癸亥条）

このように、子弟という用語は、同族結集を表現するものとして健児制成立以前から、さらには律令制制定後も様々な資料に見出すことができるが、これらの子弟に関して、野田嶺志は以下のようにまとめている。

律令前の社会における豪族の同族結集が、八世紀以降も天皇の存立基礎として存続しつづけている（略）大王の軍事的基礎としての豪族の武力、「子弟軍」は、律令体制の成立によって、律令軍事制度に公式にはその地位と役割を奪われたわけだが、それが八世紀の王権を守衛する武力としてのみ存続しつづけている[14]

以上、郡司子弟について述べてきたが、この郡司子弟こそ「郡防人集団の長」になり得る者であり、防人歌において上丁と呼ばれる身分の者の一部ではないかと考えるのである。王権を守衛する武力としての郡司子弟の有り様は、防人として律令国家を支える軍事制度とも密接に結び付く様相でもある。郡司子弟の役割とは、一般百姓の徴発、または、彼等を率いていく指導者の役割を担っていたものと推察されるのである。難波まで防人を率いるのは国司であると令には定められているが、郡司子弟は、その国司と一般百姓の間を取り持つ役目を担っていたのではないだろうか。そして、「白丁」という意味では一般百姓と変わりはないが、『延喜式』において「郡司子弟幷百姓」と区別されて記述されているように、この防人歌においても、一般防人と区別するために上丁という名称が用いられたと考えるのである。

第三節　部姓の「郡司子弟」

さて、さらに防人歌の作者名を眺めてみることとする。すると部姓のものが非常に多いことが確認されてくる。そこで、郡司子弟という身分のものに部姓のものが存在するのかという疑問点がさらに提出されなければならない。

しかし、八世紀になると部姓のものも郡内で実力を持ち始め、譜第郡司＝国造氏族に対する才用主義としての新興郡司が出現し始めたことは、様々な問題を含むところだが指摘されている。(15) また、部姓の郡司が畿内周辺には少なく、東海道・東山道において、その数が多いことも指摘されており、(16)『寧楽遺文』をみても部姓の郡大領・少領・主帳が多数存在していたことが確認できるのである。(17)

また、正倉院文書に見出される天平十年（七三八）の「駿河国正税帳」を眺めてみると、(18) そこに以下のような記述が見出される。

官符遠江国使磐田郡散事大湯坐部小国上

三郡別二度各一日食為単陸日上（略）

当国使安倍郡散事常臣子赤呂上

三郡別五度各一日食為単壱拾伍日上

第一部第四章でも少し触れたところであるが、ここに「郡散事」という役職が見られることに注目したい。令に見られる郡司の成員は大領・少領・主政・主帳であり、ここに見られるような散事は規定されていない。しかし、令はあくまでも成文化されたものであり、現実には「郡における散事」の存在があったことが確認されるのである。「郡散事」という言葉は資料的に二十例弱見られるのであるが(19)、それらは伊勢・遠江・相模・甲斐・越前の五国の一部の郡に見られ、主に美濃以東の国々に限られている。この資料は駿河国内を通過した官人、および彼らにたいして支給された食料の量を書き上げたものであるが、他国の官人だけではなく自国の官人でも数郡にわたって文書を逓送したものに食料を支給し、それをも記していることが分かる。最初の散事は遠江国より官符をもたらした同国の官人であり、これは「磐田郡散事」と記述されており、次の散事は遠江国よりもたらされた官符を持って、次の者に伝えた駿河国の官人で、これは「安倍郡散事」と記述されている。そして、磐田郡散事に記述されている「三郡別二度各一日食為単陸日」とは、遠江国磐田郡散事が駿河国内の三郡を経て、各郡ごとに一日の食を給されたこと、その使いを二度行っていることを示している。

二十例弱見られる、この郡散事は、ほとんどが部姓の者であり、二・三有姓の者が存在する。この有り様は防人歌の作者層と同じように見受けられるのである。郡散事に関しては、まだ、史学の方面でも揺れがあるようであり、あまり資料としては確定的なものとはいえないが、茨木一茂は、

郡散事は郡司の子弟・一族縁者に限られたようで、郡散事の存在が実証されるのも美濃以東の東国（駿河・遠江・相模・甲斐）に多く、それは八世紀の初頭から存在が明証され、国司などの公的な仕事に大領（少領）を助ける散事の存在(20)

と述べており、ここにも郡司子弟の有り様を見出すことができるのである。米田雄介や野村忠夫は「郡散事」を「上級富裕農民層で郡司の主政・主帳に任用される階層」とし[21]、身分的にはまだ確定されていないようである。しかし、この郡散事の例からも分かるように、郡内において、国司と郡司との間を取り持ち、郡の中では地位・実力を有していた上級富裕農民層が存在し、その中には郡司子弟というものが大きな存在としてあったことが確認されるのである。

以上、郡司子弟について述べてきたが、郡司子弟は中央政府にとってみれば百姓を徴発する際に大きな役割を果たしてくれる者だったのではないかと結論付けた。それは軍団の中でも、あるいは、このような郡司子弟というものが、ある種のリーダー的存在として、大きな役割を担っていたのではないかと推察するのである。

直木孝次郎は軍団について、

> 軍団は二十郷に一つおかれるのが基準であったものと考える。（略）もっとも大きな大郡でも「廿里以下十六里以上」であるから、一郡一軍団以上になることはない[22]。

と述べている。先述したように一郡には必ず一人の上丁しか見受けられない。上丁は、この軍団の有り様とも関連付けられるのである。

以上のことから上丁、つまり「郡防人集団の長」になり得る身分の者として、郡司子弟層の可能性もあることを確認してきた。そのような意味において、彼らは律令官人の最末端に位置するものであり、「律令官人のカテゴリー」に属する身分の者だったと考えられるのである。

したがって、松田聡が「故郷の父母を歌うものに防人歌を除いては庶民の作と目されるものが一首もない」と指摘したのは、非常に示唆に富むものである。ただし、「防人歌を除いて」と例外とする必要はなく、第三章の考察をも鑑みるならば、防人歌も中央政府によって、ある役割を付与されていた郡司子弟という、律令官人の最末端に位置する者の歌も含まれている可能性があるのである。

第四節　おわりに

本章は、「郡防人集団の長」や「一国防人集団の長」を示していると推定した上丁について考察し、以下の三点の結論を得た。

一　上丁は身分的には国学入学を許可される特権階級であり、一般百姓とは区別される郡司子弟の可能性がある。

二　郡司子弟は郡レベルの地位であり、郡内では有力な地位として実力を持っているが、課役の免除等にあずからない「白丁」である。

三　郡司子弟は一般百姓の防人への徴発を円滑化し、その郡内の防人を統率する役目を担っていたと推察される。そして、それは健児制へとつながるものであったと考えられるのである。

以上により、地方においては上層階級の者であると捉えていた上丁の身分を、具体的に「郡司子弟」層に絞り込むことが可能となり、防人歌は、官人的発想と文学的素養と、また律令官人の素質を兼ね備えた者の歌が含まれている可能性を指摘できるのである。

注

（1）星野五彦「防人歌の作者」『防人歌研究』（教育出版センター、一九七八年四月）。

（2）林田正男「防人制度の実態と歌の発想」『万葉防人歌の諸相』（新典社、一九八五年五月）。

（3）松田聡「家持の防人同情歌—行路死人歌の系譜—」（早稲田大学『国文学研究』第一〇九集、一九九三年三月）。

（4）例えば、坂本太郎「飛鳥・奈良時代の倫理思想―とくに親子の間の倫理思想について―」『古典と歴史』（吉川弘文館、一九七二年六月）、武田佐知子「律令国家による儒教的家族道徳規範の導入」（竹内理三編『古代天皇制と社会構造』校倉書房、一九八〇年三月）参照。
（5）林田正男「防人の出自の諸相」、注（2）前掲書。
（6）今泉隆雄「八世紀郡領の任用と出自」（『史学雑誌』第八巻第十二号、一九七二年十二月）。
（7）平野友彦「郡司子弟小論」（佐伯有清編『日本古代政治史論考』吉川弘文館、一九八三年九月）。
（8）右に同じ。
（9）中村順昭「律令制下の国郡衛の職員構成」（黛弘道編『古代王権と祭儀』吉川弘文館、一九九〇年十一月）。
（10）この「白丁」については、無位で課役を負担する者を指す用語で、一般公民を指す場合が多い。しかし、決してそれに限られるわけではなく、主政・主帳であった者を白丁と称している場合（『続日本紀』養老二年〔七一八〕四月癸酉条）、郡領や軍毅に任じられる者を白丁と称している場合もある（天平宝字元年〔七五七〕正月甲寅条）。つまり郡司子弟のように無位で課役負担者を白丁と称していることが分かる（寺内浩「健児の差点対象について」『続日本紀研究』第三七四号、二〇〇八年六月参照）。
（11）村岡薫「延暦十一年、諸国軍団兵士制停廃の一考察」『民衆史の課題と方向』（三一書房、一九七八年十月）。
（12）平野友彦「健児制成立の背景とその役割」（佐伯有清編『日本古代史論考』吉川弘文館、一九八〇年十一月）。
（13）井上満郎「奈良時代の健児」（『日本歴史』第二七六号、一九七一年五月）。
（14）野田嶺志「古代王権の軍事的基礎について」（『史苑』第五十巻第二号、一九九〇年五月）、のち『日本古代軍事構造の研究』（塙書房、二〇一〇年六月）。
（15）郡司に関する研究については米沢康「郡司関係文献日銀」（『続日本紀研究』第八巻第十二号、一九六一年十二月）、「続郡司関係文献目録」（『続日本紀研究』第一三八・一三九号合併号、一九六八年四月）参照。
（16）直木孝次郎「大化前代における畿内の社会構造」『日本古代国家の成立』（青木書店、一九五八年十一月）。
（17）注（5）に同じ。

（18）「駿河国正税帳」『大日本古文書』第二巻（東京大学史料編纂所データベース　http://wwwap.hi.u-tokyo.ac.jp/ships/db.html）参照。

（19）天平十年（七三八）の「駿河国正税帳」をはじめ、天平宝字元年（七五七）の「越前国使等解」、天平神護二年（七六六）の「越前国足羽郡少領阿須波臣束麻呂解」、延暦二年（七八三）の「伊勢国計会帳」などに見られる。

（20）茨木一茂「散事考」（『続日本紀研究』第六巻第四号、一九五九年四月）。

（21）米田雄介「八世紀の在地とその支配形態」『郡司の研究』（法政大学出版局、一九七六年三月）、野村忠夫「いわゆる郡散事（仕）について」（『政治経済史学』第一五四号、一九七九年三月）。

（22）直木孝次郎「律令兵制についての二、三の考察」『飛鳥奈良時代の研究』（塙書房、一九七五年九月）。

第七章　防人歌における「個」の論理

第一節　はじめに

遠藤宏は、防人歌の半数近くに「われ」が使用されていることに注目し、防人歌においては「われ」の主張が強いことを示すとしている。そして、その理由を、防人集団は、形の上でこそ集団であったが、内実は、内部的な結束力を持たない単なる徴発兵の寄せ集めにすぎず、個人の集まりであったことにあるとし、以下のようにまとめている。

防人達は、防人となる以前は、個我意識の低い、共同体の一成員であった。そのような彼等は突然、集団から引き離され、拠り所を持たない不安定な個人とならざるを得なかったのである。集団から離された彼等が再び防人集団という集団の一員となっても、その集団はもとの生活共同体とは異質のものであった。地縁的にも血縁的にも別々な、お互いに見知らぬ人間の集合であった。従って彼等は、放り出されたままの形で「個人」たらざるを得なかったのである。(1)

しかし、はたして本当にそのように言えるのであろうか。前章まで検討したように、防人歌の作者層は一般的な農民兵士ではない可能性がある。中央においては無名であったとしても、地方においてはある程度の身分を有していた可能性を指摘してきた。そのような身分の者に対して、「防人となる以前は、個我意識の低い、共同体の一成員であった」と単純に言ってしまってよいかどうかは問われなければならないだろう。また、遠藤説を考える場合、集団的発想の強いと思われる東歌の約三分の一の歌にも「我」が使用されていることは、まずは説明されなければならないだろう。

本章では、『万葉集』に見られる「われ」を再検討し、その結果を防人歌にも照らし合わせ、前章までの防人歌作者層とどのように関連しているのか、この点を中心に考察することとする。

第二節　「あれ」と「われ」に関する諸説

まず、上代の第一人称代名詞には「あ」「あれ」「わ」「われ」が見受けられることに注目しなければならないだろう。「あ」「わ」と「れ」を伴った「あれ」「われ」に関しては以下のような相違がある。

（1）「あ」「わ」は単独では用いられず、必ず助詞を伴うのに対し、「あれ」「われ」は単独でも用いられる。

（2）「あ」「わ」の伴う助詞は「が」が最も多いのに対し、「あれ」「われ」は「が」を絶対に伴わない。

ただ、本章では、「あ」「わ」を「あれ」「われ」と同義のものとして扱い、統一して「あれ」「われ」と記述することとする。

「あれ」と「われ」に関する主要な説をまとめると以下の三点になる。

A　意味的には同じで「あれ」が古く、「われ」が新しいとする説。

B　意味的には同じで「われ」が古く、「あれ」が新しいとする説。

C　「あれ」と「われ」には意味的に差があるとする説。

本章では、「あれ」と「われ」の使用方法を考察する一手段として、まず一首の歌に「あれ」と「われ」を共存させる歌を考察することとする。なぜなら、以下の二点の疑問点を提出させることとなるからである。

（ア）　A・B説を考慮するならば、なぜ一首の中に新しい形と古い形を共存させているのだろうか。

（イ）　C説を考慮するならば、「あれ」と「われ」とはどのような意味的差があるのだろうか。

「あれ」と「われ」に関する説は、国語学の方面で様々に考察されているところである。ただ、この「あれ」と「われ」を厳密に区別し、歌の解釈にまで及ぼしている注釈書類や論文はまだあまり見受けられない。[2] したがって、まず、この「あれ」と「われ」の説をもう一度まとめ直し、眺めてみることとする。

・A説

山田孝雄は以下のように述べる。

> 「あ」「あれ」と「わ」「われ」との関係を顧みるに、この二語、意義全く同じきが如し。而按ずるに、その區別は新古の點に存するが如し。即、「あ」「あれ」は古き形にして「わ」「われ」は新らしき形にあらざるか。
>
> 何を以ていふとならば「あ」は
>
> 「あぎ」　「あご」　「あせ」
>
> などの熟語を有すれども、「わ」はこの期にては一もさる熟語を有せず。[3]

この説は、現在では最も有力な説であり、定説といってよいものと思われる。ただ、ではなぜ「あれ」に代わり「われ」が発生したのか、なぜW音を付加させる必要があったのか、という点になると従来まったく論じられていない。また、西宮一民や岡部政裕も指摘するように、[4]『古事記』の歌謡に「我鳥《ワドリ》」という言葉があり、「われ」も「あぎ」などと同様に熟語を持っていたことが確認できる。これらの意見を合理的に説明する説はまだ提示されていない状況である。

・B説

山口佳紀は、Aの山田説を考察した後、「まことに整然たる議論であるが、右をそのまま発生の新旧として理解することが許されるかどうか疑問である」とし、

仮りに、ワ系が先に、続いてア系が発生したとする。その場合、まずア系の方が勢力を伸長し、後にワ系がこれにとって代わるというようなことは、全くあり得ないことであろうか。（略）一般論的に見て、子音脱落ということは考えやすいが、子音が新たに付着するというようなことは考えにくい。（略）ＣＶ構造を基本とする言語においては、最も脱落しやすいのは語頭子音である。(5)

と述べている。山口論は、子音挿入という従来の解釈に対して疑問を呈し、日本語においては、かつて語頭子音の脱落という現象が行われたという推定のもとに、この「あれ」と「われ」の問題も取り上げているのである。

この説は、現在ではほとんど支持されていない状況である。それは、中古になると「あれ」は全く現れず、全て「われ」だけになってしまうという難点があるからである。Ａ説が有力視されるのも、中古になると「われ」しか現れないという事実があるからである。ただし、アルタイ言語学の方面では、Ａ説よりもＢ説の方が有力視されている。例えばＲ・Ａミラーは、アルタイ諸語の比較検討から山田説を批判し、このＢ「われ」から「あれ」という過程を導き出している。

ａとａｒｅがｗａとｗａｒｅに先行するという山田の総体的な結論を承認することは、とてもできなくなる。比較の証拠はそれとは正に反対の方向を示している。そしてまた、古代日本語文献の下で、この逆の結論と矛盾するものは何もない。（略）古代日本語の内部で、ｗａ、ｗａｒｅの方を古いもとの形式の組とし、ａ、ａｒｅを後の二次的な発展形として扱うことが正当化されるのである。(6)

「あれ」と「われ」に関する、これらＡ・Ｂ説は、いわば通時的な見解を示すものであるといえる。それに対して、Ｃ説は、共時的な見解を示すものである。つまり、どちらが古いか、新しいかは別として、『万葉集』の中に

「あれ」と「われ」が共存するという事実から、意味的に差があるのではないかとする説である。

・C説

菊澤季生は、

かくて、ア、アレとワ、ワレの両者の差別には、愛情の痛切なのとさうでないものといふ點以外に、後者はひとまろけにする、つまり複數的意味を持つものであり、従つてこれに反する前者は孤立的な單數的意味を持つ事が考へ得られる。(7)

と述べ、

ア・アレ―単数的、孤独的

ワ・ワレ―複数的、一般的

と結論付けた。この説を発展・展開した岡部政裕は、

（1）一般的な叙述では「われ」を用いる（改まった言い方をする時は「われ」を用いる―書きことば）

（2）独白・会話の中では「あれ」を用いる（くだけた言い方をする時は「あれ」を用いる―話しことば）

（3）感情が昂ぶった場面では「あれ」を用いる（改まった言い方をする余裕がない時は「あれ」を用いる―話しことば、あるいは、それに近いことば）

ア・アレ―古い形で、ややくだけた言い方（話しことば的）

ワ・ワレ―新しい形で、改まった言い方（書きことば的）

と結論付けたのである。(8)

渡瀬昌忠は以上のC説を積極的に歌意に反映させた訳出を試みており、(9)以下のようにまとめている。

「われ」はワレワレ・オレタチで、複数的・集団的・公的・外向き・立て前であるのに対して、「あれ」はワタ

クシ・オレで、単数的・個人的・私的・内向き・本音である。[10]

当然のことながら、このC説に対して、また、A説の方面からの批判もある。[11]

先述したようにA・B説は通時的な見解であり、C説は共時的な見解である。逆に言えば、この通時的な見解と共時的な見解はレベルの異なる問題であり、今求められるのは、このレベルの異なる二つの見解を統一的に述べる見解ということである。[12]その前段階として、以下一首中に「あれ」と「われ」を共存させる歌を考察していくこととする。

第三節　短歌における「あれ」と「われ」の共存

『万葉集』には、一首の中に「あれ」と「われ」が共存する例が二十一首見られる（仮名書き例に限る、以下1～21）。

まず、短歌から見ていく。

1　白たへのあが（安我）下衣失はず持てれわが（和我）背子直に会ふまでに　（15・三七五一）

岡部政裕は「あが」「わが」に付く体言を考察し、「あが」だけに付く体言を「アガ体言」、「わが」だけに付く体言を「ワガ体言」と名付けた。[13]同じく「あが」だけに付く用言を「アガ用言」、「わが」だけに付く用言を「ワガ用言」と名付けた。本章でもこの用語に従いたい。[14]

さて、岡部説によると「背子」は「ワガ体言」である。「背子」の用例は三十五例、「背」の用例は九例あり、それらは全て「わが」に付いていることが確認される。『時代別国語大辞典　上代編』の「あ」の項にも、

アガとワガと、それぞれ接する語に差があり、主・君・皇神・愛者・児・身・胸・面・恋・馬・為には常にア

ガがつき、背子・大君・妹・母・名・命・世・家・屋戸・門・里・船・故などにはワガがつく、という使い分けが見られる。

とある。非常に例の多い「妹子」に付く場合は全て「わぎもこ」となっており（二十二例。「わがいもこ」は一例、四四〇五）、「あぎもこ」は一例もない。したがって、「ワガ体言」には、「妹」↔「背」の対立があったこととなり、これは無関係であるとは思われない。これら「妹」「背」の語は使用頻度も高く、使用状況も様々である。つまり、歌の中では非常に一般的に使用された語であると言える。

それに対して、菊澤季生も指摘しているように、「愛情の切なる」ときの「奥妻」（一九七八）や「子」（九〇四・四二二〇）は「あが」を使用しているのである。[15] つまり、一般的な語と特別な語という差が認められるのである。ここで特別というのは、非常に「孤的」な心情に関係するのではないか、ということである。A・B説の立場では、これらは結局は当代の慣用句に基づくものであるとされる。つまり、「『愛情の切なる否と』の別によって使い分けられていたとすれば、（略）アガセコ・アギモコの例が在してよいのではあるまいか」という批判へとつながるのである。[16] 確かに、連体格にたつ「あが」「わが」は、下の名詞と密接に結びつき、その結び付きが強いために、慣用句的に使用されるものが多いと考えられる。しかし、逆に言えば、「あが」としかつながらない必然性、「わが」としかつながらない必然性があったとも言えるのである。

さて、その点をふまえて、「あが」に付く体言と「わが」に付く体言を眺めてみると、「あが」に付く体言は、「わが」に付く体言に比べると、その用例数が少ないことが確認される。例えば、岡部が「アガ体言」として挙げた「片恋」「衣」「下衣」「下延」は用例数が一例のみのものである。一例のみの用例は慎重に扱わなければならないが、逆に一例のみしかない特別な意味合いで使用された可能性は否定できないと思われるのである。

1の「下衣」も「アガ体言」であり、仮名書きの例は当該歌一例のみである。仮名書き以外の用例も二例しか見出せず（一三二五・三八〇九）、やはり、特別な意味合いを持った語だったと考えられるのである。したがって、当該歌では、「あが下衣」と歌うのは特別な「孤的」な心情の発露であり、「わが背子」と歌うのは、一般的な言い方だったということになるだろう。

2　白たへのあが（阿我）衣手を取り持ちて斎へわが（和我）背子直に逢ふまでに　（15・三七七八）

「衣手」は「わが」にも付く例が見られる。

ぬばたまの妹が乾すべくあらなくにわが（和我）衣手を濡れていかにせむ　（15・三七一二）

菊澤季生は、この区別について「これは結局、その時の気持ちに依るのである」と述べている。[17]この意見はかなり恣意的であるが、三七一二は、遣新羅使の歌で「竹敷の浦に船泊まりする時に、各心緒を陳べて作る歌十八首」と題された歌の中の一首であり、男性の歌であることも関係しよう。この歌の場合は、そのような「公的」な場も関係してくるのかもしれない。つまり、「私的」な立場で歌うのか、「公的」な立場で歌うのかの区別ともいえよう。

3　わが（和我）背子をあが（安我）松原よ見渡せば海人娘子ども玉藻刈る見ゆ　（17・三八九〇）

この歌は「わが背子をあが」までが「待つ」と「松」とを導き出す序であるとされるものである。とするならば、語句の調子から言って、「わが背子をわが」とした方がよいのではないかと思われる。沢瀉久孝『萬葉集注釋』は、そのため「ワガセコと云つてアガ松原とうけてゐるのはやはりアガ松原が地名である為だと思はれる」と述べている。しかし、ここは、やはり「待つ」という行為が「孤的」な行為として認識されたものと考えられ、「あが待つ」は、「孤的」な心情の発露として詠まれたものであると考えられるのである。「待つ」というのは「アガ用言」であり、『万葉集』には当該歌以外に五例「あが待つ」という用例が見られる（三九五七・三九六〇・四〇一一・四〇一三・四二一六）。以下4・5の例も同様に考えられる。

4　わが（和我）宿の松の葉見つつあれ（安礼）待たむはや帰りませ恋ひ死なぬとに　（15・三七四七）

5　わが（和我）宿の花橘を花ごめに玉にそあが（安我）貫く待たば苦しみ　（17・三九九八）

6　愛しとあが（阿我）思ふ君はいや日異に来ませわが（和我）背子絶ゆる日なしに　（20・四五〇四）

6の「思ふ」は「あが」にも「わが」にも付く用言であるが、「わが」に付くのは七例のみで、そのうち二例は東歌の用例である（三五〇七・三五五二）。それに対して、「あが」に付くのは二十例見られ、これも「思ふ」という行為を「孤的」な心情の発露として詠むものだからと推察される。

以上のことを踏まえ、今の段階では、一般と特別という関係から、

あれ―「孤」としての「私」の発露

われ―一般的な「私」の表出

と定義付けておく。

以下、右以外に「あれ」と「われ」が共存する短歌の用例をすべて挙げる。

7　わが（和我）旅は久しくあらしこのあが（安我）着る妹が衣の垢付く見れば　（15・三六六七）

8　わが（和賀）背子に恋ひすべながり葦垣の外に嘆かふあれ（安礼）し悲しも　（17・三九七五）

9　あれ（安礼）なしとなわびわが（和我）背子ほととぎす鳴かむ五月は玉を貫かさね　（17・三九九七）

10　わが（和我）妻も絵に描き取らむ暇もが旅行くあれ（阿礼）は見つつ偲はむ　（遠江・四三二七）

11　天地の神に幣置き斎ひつついませわが（和我）背なあれ（阿礼）をし思はば　（昔年防人歌・四四二六）

第四節　主格にたつ「あれ」と「われ」

さて、先述したように、「あが」や「わが」が連体格として使用される場合、下の名詞との結び付きが強いため

に慣用句的なものが多くなると考えられる。そこで、「あれ」と「われ」両者を含む長歌を眺める前に、主格にたつ「あれ」と「われ」を調査してみる。まず、「あれ」と「われ」が主格に立ち、どのような述語をとりうるかを眺めてみると以下のようになる。比較的両者の数が多いものを中心に並べてみる。

a　【行く・来】

「あれ」（三四九六・三九五七・四二九八・四三一七・四三七二・四四〇八）〔6〕

「われ」（二六三三・三四四三・三五八八・三六三六・三七〇二・三七〇六・三七一〇・四〇〇六・四〇四一・四三三四・四三七〇・四三七二・四三七四・四四〇八・四四三五）〔15〕

b　【恋ふ】

「あれ」（三四七七・三五〇八・三五六〇・三五六六・三六三三・三六五二・三六八三・三六九〇・三七一八・三七四二・三七四四・三七四九・三〇三一・三九三一・三九三六・三九三八・三九七〇・四一二二・四三九一）〔19〕

「われ」（八五八・八六二）〔2〕

c　【思ふ】

「あれ」（八五二・三四八二・三四七〇・三五四二・三五八八・三六二七・三六五〇・三七二九・三七四〇・三七五五・三七七五・三七八九・三九四七・四〇〇五・四〇〇九・四二九九・四三〇一・四四二六・四四五一・四五〇四）〔20〕

「われ」（二四二・三三九二・三五〇七・三五五二・三六七九・四〇四九・四四七八）〔7〕

d　【待つ】

「あれ」（三四〇六・三六八二・三七四七・三八九〇・三九五七・三九六〇・四〇一一・四〇一三・四一一六）〔9〕

「われ」（八九五・三四五五）〔2〕

e【廬す】

「あれ」〔0〕

「われ」（三五九三・三六〇六・四三四八）〔3〕

このように並べてみると、偏りがみられることが確認される。例えば、a「行く・来」は「われ」を主格に取ることが多く、b「恋ふ」は「あれ」を主格に取ることが圧倒的に多いことが分かる。もし、完全に「あれ」だけにしか付かない（「アガ体言」・「アガ用言」）、完全に「われ」だけにしか付かない（「ワガ体言」・「ワガ用言」）という相補分布がなされていた場合、それは、意味的には同じものとして把握される。しかし、このように「あれ」にも「われ」にも使用されるということ、そして、それに偏りがあるということは意味的に差があると考えた方が妥当だと考えられるのである。

また、この調査の結果からは、C説の妥当性が確認される。すなわち、「行く・来」や「廬す」という集団的・複数的に考えられる可能性があるものには「われ」、「恋ふ」「思ふ」「待つ」という「私」を強調する、つまり、自分の「孤」の心情を表す場合には「あれ」が多用されていることが分かる。では、この点に着目し、これらの例の中の少数派、つまり多く「われ」が付いているものに「あれ」が、多く「あれ」が付いているものに「われ」がついているものの用例を検討してみる。

まず、a「行く・来」であるが、「行く・来」は、ほとんどが「われ」で詠まれるのに対し、「あれ」で詠まれるものは六首しかない。例えば、

橘の古婆の放髪が思ふなむ心愛しいであれ（安礼）は行かな　（14・三四九六）

これは、放り髪の童女に対して「さあ、私は会いに行こう」という歌意であり、「あれ」は相聞的発想における、

他でもない特別な「私」、「孤」なのである。

霜の上に霰たばしりいや増しにあれ（安礼）は参ゐ来む年の緒長く　（20・四二九八）

これは大伴一族が家持宅に年賀のために集まった時に大伴千室が詠んだものだが、これも私的・個人的にこれからも参上いたしますと詠んだものであり、「われわれは」と集団的意識の中で詠んだものとは考えられない。

また、先述した短歌10は遠江国防人歌であるが、羈旅歌の類型的表現の「旅行くわれは」が「旅行くあれは」となっている。これも「妻」との対比の中で詠まれ、妻を思う「孤的」な心情の発露と考えるべきであろう。

b「恋ふ」は、以下の二首以外はすべて「あれ」に付く。

若鮎釣る松浦の川の川波のなみにし思はばわれ（和礼）恋ひめやも　（5・八五八）

人皆の見らむ松浦の玉島を見ずてやわれ（和礼）は恋ひつつ居らむ　（5・八六二）

ただ、この二首はともに「松浦河に遊ぶの序」を伴った歌群に含まれるもので、八五八の題詞には「娘等の更に報ふる歌三首」とあることに注意しなければならない。つまり、八五八の歌は「娘等」すべてを代弁して詠んでいるものであると考えられ、「私たちはこんなに恋いしく思いましょうか」という集団意識の表出と考えられ、八六二もそのような集団的な場を想定しなければならないだろう。

c「思ふ」は七首が「われ」に付く。ただ、七首とも羈旅歌であり、これらは、集団意識において、旅人一行を代弁しているものと考えられる。例えば、次の二首が挙げられる。

大船にま楫しじ貫き時待つとわれ（和礼）は思へど月そ経にける　（15・三六七九）

おろかにそわれ（和礼）は思ひし乎布の浦の荒磯の巡り見れど飽かずけり　（18・四〇四九）

第五節　長歌における「あれ」と「われ」の共存

では、続いて「あれ」「われ」の両者を含む長歌を眺めていきたい。

12　風交じり　雨降る夜の　雨交じり　雪降る夜は　すべもなく　寒くしあれば（略）あれ（安礼）を除きて人はあらじと　誇ろへど（略）われ（和礼）よりも　貧しき人の　父母は　飢ゑ寒ゆらむ　妻子どもは　乞ふ乞ふ泣くらむ（略）天地は　広しといへど　あが（安我）ためは　狭くやなりぬる　日月は　明しといへど　あが（安我）ためは　照りや給はぬ　人皆か　あのみや然る　わくらばに　人とはあるを　人並に　あれ（安礼）もなれるを（略）　（5・八九二）

貧窮問答歌であるが、この歌には、「あれ」と「われ」の対比が見受けられる。最初の「あれ」に関して岡部政裕は、

> 「あれを除きて人はあらじ」と誇ろへど寒くしあれば、と括弧を付けて考えるべき所である。括弧内は、貧者の心中で思ったこと、あるいは独白である。[18]

と述べている。岡部説において「独白・会話の中では『あれ』を用いる」と結論付けた理由がここに見られる。独白や会話というものは、「孤的」な心情の発露であり、感情の高ぶり見せる。したがって、「あれ」が用いられたと考えられるのである。しかし、その後の「われ」は父母・妻子を含むものとして用いられており、集団意識「私たち」として把握される。貧窮問答歌の、その後の二つの「あが」も「私」の心情の高ぶりを表し、その心情がそのまま歌となって詠まれたものと把握されるのである。先述した短歌9「あれ（安礼）なしとなわびわが（和我）背子」も一種の会話体と考えられ、「あれ」は他でもない特別な「私」なのである。

集団意識においては「われ」、会話文では「あれ」が表出する長歌は、例えば以下のような例が見受けられる。

13　天離る　鄙治めにと　大君の　任けのまにまに　出でて来し　われ（和礼）を送ると（略）馬留め　別れし時に　ま幸くて　あれ（安礼）帰り来む　平けく　斎ひて待てと　語らひて　来し日の極み（略）

（17・三九五七）

「大君の任けのまにまに」という集団意識の中では「われ」、「語ら」う会話文の部分では「あれ」が表出していることが確認される。

14　（略）さ夜更けて　行くへを知らに　あが（安我）心　明石の浦に（略）家島は　雲居に見えぬ　あが（安我）思へる　心和ぐやと早く来て　見むと思ひて　大船を　漕ぎわが（和我）行けば（略）　（15・三六二七）

先述したように「思ふ」に付くのは、ほとんどが「あれ」であり、「思ふ」というのは「孤的」な心情の発露である。それは「心」につながっていく最初の「あが」にも適用される考えだと思われる。それに対して「大船を漕ぎわが行」くというのは集団的な意識であり、この場では複数的に「大船をわれわれが漕いで行くと」と訳出できるところである。この当該歌は、集団意識と個の意識の対立が非常にはっきりと見受けられる歌である。

15　大君の　任けのまにまに　島守に　わが（和我）立ち来れば　ははそ葉の　母の命は　み裳の裾　摘み上げかき撫で　ちちの実の　父の命は（略）島伝ひ　い漕ぎ渡りて　あり巡り　わが（和我）来るまでに（略）住吉の　あが（安我）皇神に　幣奉り　祈り申して（略）朝開き　わは（和波）漕ぎ出ぬと　家に告げこそ

（20・四四〇八）

大伴家持の「防人が悲別の情を陳ぶる歌一首」と題された防人関連歌であるが、「大君の任けのまにまに」という集団的な意識及び「行く」という行為から、最初に「わが立ち来れば」と詠まれている。また、この場合も複数的な「われわれが出立してくると」という意味合いを含んでいると考えられ、それは次の「わが来るまでに」「わは漕ぎ出ぬ」も同様に考えられる。ただ、「あが皇神に幣奉り祈り申して」は、神（皇神）に対する「私」の祈願を表わしている。神に対する祈願は「孤的」な心情の発露と認められる。したがって、「あが」が表出されたものと考えられるのである。それは、例えば次の長歌にも認められる。

16　あをによし　奈良を来離れ　天離る　鄙にはあれど　わが（和賀）背子を　見つつし居れば（略）　群鳥の朝立ち去なば　後れたる　あれ（阿礼）や悲しき　旅に行く　君かも恋ひむ（略）　礪波山　手向の神に　幣奉り　あが（安我）乞ひ禱まく（略）　（17・四〇〇八）

以上のように眺めてくると、羇旅的な歌の中には「あれ」と「われ」の両者が現れる歌が多いことが確認されるのである。先述した短歌7もその典型といえよう。

以下、「あれ」と「われ」が共存する長歌の用例17～20を挙げる。

17　世の人の　貴び願ふ　七種の　宝もわれは　なにせむに　わが（和我）中の　生まれ出でたる　白玉の　あが子古日は（略）　たまきはる　命絶えぬれ　立ち踊り　足すり叫び　伏し仰ぎ　胸打ち嘆き　手に持てるあが（安我）子飛ばしつ　世の中の道　（5・九〇四）

18　大君の　命恐み　あしひきの　山野障らず　天離る　鄙も治むる　ますらをや　なにか物思ふ　あをによし奈良道来通ふ　玉梓の　使ひ絶えめや　隠り恋ひ　息づき渡り　下思に　嘆かふわが（和賀）背　いにしへゆ言ひ継ぎ来らし　世の中は　数なきものぞ　慰むる　こともあらむと　里人の　あれ（安礼）に告ぐらく　山傍には　桜花散り　貌鳥の　間なくしば鳴く（略）　（17・三九七三）

19　大君の　遠の朝廷そ　み雪降る　越と名に負へる　天離る　鄙にしあれば　山高み　川とほしろし　野を広み　草こそ繁き（略）鷹はしも　あまたあれども　矢形尾の　あが（安我）大黒に　白塗の　鈴取り付けて（略）ちはやぶる　神の社に　照る鏡　倭文に取り添へ　乞ひ禱みて　あが（安我）待つ時に　娘子らが　夢に

告ぐらく（略）遠くあらば　七日のをちは　過ぎやめも　来なむわが（和我）背子　ねもころに　な恋ひそよとそ　いまに告げつる　（17・四〇一一）

20　大君の　任きのまにまに　取り持ちて　仕ふる国の　年の内の　事かたね持ち　玉鉾の　道に出で立ち　岩根踏み　山越え野行き　都辺に　参ゐしわが（和我）背を（略）鶴が鳴く　奈呉江の菅の　ねもころに　思ひ結ぼれ　嘆きつつ　あが（安我）待つ君が　事終はり　帰り罷りて（略）　（18・四一一六）

第六節　遣新羅使歌における「あれ」と「われ」

さて、以上のように、羈旅的な歌の中には「あれ」と「われ」の両者が現れる歌が多いことを確認してきた。つまり、これは逆に言えば、旅という集団的な場において、「妹」を詠んだり、神に祈願するという「孤的」な心情が発露されやすいことがあると考えられるのである。これは、羈旅歌が「家」や「故郷」や「妹」を詠む発想を持つものであるという従来の見解と一致するものでもある（第一部第五章参照）。

渡瀬昌忠は、『萬葉集全注　巻第七』において、「あれ」と「われ」の対立を厳密に反映させ、訳出している。例えば、羈旅歌での類型表現「海人とか見らむ旅行くわれを」については「『吾れ』は旅人の一行の自称」とし、以下のように述べている。

> 「海人とか見らむ」と嘆くことは、「旅行く吾」が旅人・都人・まれびととして遇されないことを嘆き、そのように待遇することを相手に求める表現でもあったのである。おそらく、それは宴席での戯れ歌として広まっていった類型表現であろう。[19]

つまり、この「われ」を「孤的」な心情とは受け取っておらず、旅人一行の集団意識、官人・都人一行の集団意識としてとらえているのである。今までの用例結果は、この説の妥当性を示唆するものである。したがって、従来から様々に解かれてきている羈旅歌における「われ」は、「妹」と対比されるような「孤的」な心情を表わすものだけではなかった可能性もあるのである。

そこで、一字一音表記で書かれ、かつまとまりを持った羈旅歌の用例として、遣新羅使歌を眺めてみる。以下アは「あれ」の用例二十六首のうち三首、イは「われ」の用例十五首のうちの三首である。

ア　我妹子が下にも着よと贈りたる衣の紐をあれ（安礼）解かめやも　（15・三五八五）
　　ひさかたの天照る月は見つれどもあが（安我）思ふ妹に会はぬころかも　（15・三六五〇）
　　天地の神を乞ひつつあれ（安礼）待たむはや来ませ君待たば苦しも　（15・三六八二）

イ　大伴の三津に船乗り漕ぎ出てはいづれの島に廬りせむわれ（和礼）　（15・三五九三）
　　月読の光を清み神島の磯廻の浦ゆ船出すわれ（和礼）は　（15・三五九九）
　　竹藪の浦廻の黄葉われ（和礼）行きて帰り来るまで散りこすなゆめ　（15・三七〇二）

「あれ」が「孤的」な心情を表わし、「われ」が集団意識を表すことが端的に見てとれる。また、非常に興味深いことは、それと対応するかのように、「あれ」と詠まれる歌には「妹」「君」が詠み込まれ、「われ」と詠まれる歌には地名が詠み込まれていることが分かる。これは単なる偶然ではない。遣新羅使歌における主格にたつ「あれ」と「われ」、それと「妹」「君」、ならびに地名との関係を示すと以下のようになる。

「あれ」（三五八〇・三五八三・三五八五・三五八八・三五八九・三五九〇・三六二七・三六三三・三六五〇・三六五二・三六六七・三六八二・三六八三・三六九〇・三七一八・三七二九・三七三一・三七四〇・三七四二・三七四四・三七四六・三七四九・三七五五・三七五九・三七七五・三七八五）〔26〕

「われ」（三五九三・三五九九・三六〇六・三六〇七・三六一四・三六一七・三七三六・三七五七・三六七九・三七〇

二・三七〇六・三七〇七・三七一〇・三七八二・三七八三）〔15〕

＊――線は地名が詠み込まれる歌
＊〰線は「妹」「君」が詠み込まれる歌

「あれ」は「妹」「君」と密接に結び付き、「われ」は地名と密接に結び付いていることが確認できるのである。神野志隆光は、羈旅歌には「家妻に対する恋しさの主情的表出を中心とする」タイプと、「地名をよみこむ」タイプの二つがあることを指摘し、前者に旅人と家人との呪術的共感関係があることを認めた。(20) 羈旅歌におけるこの二つのタイプは「あれ」と「われ」の対比とも重なり合ってくることが、これらの用例から見てとれるのである。

以上により「あれ」と「われ」は、厳密な区別があったと推察され、C説の妥当性が確認されるのである。

第七節　防人歌における「あれ」と「われ」

さて、最後に、防人歌について眺めてみる。長歌21は常陸国防人歌であり、防人歌唯一の長歌である。

21　足柄の　み坂賜り　顧みず　あれ（阿例）は越え行く　荒し男も　立しやはばかる　不破の関　越えてわは（和波）行く　馬の爪　筑紫の崎に　留まり居て　あれ（阿例）は斎はむ　諸は　幸くと申す　帰り来までに

（常陸・四三七二）

「行く」に付くのは、ほとんどが「われ」であり、「行く」という行為が集団意識、または複数的な行為と認識されていたのではないかと先述した。しかし、ここでは「あれは越え行く」となっている。ただし、この場合は、「足柄のみ坂賜はり」ともあり、足柄の神に祈願する場であることが確認される。神に祈願するという行為が「孤的」な心情の発露であることも先ほど述べた。足柄という場は、「足柄峠を越えれば完全に異郷である」(21) という地

でもある。したがって、

足柄のみ坂に立して袖振らば家なる妹はさやに見もかも　（武蔵・四四二三）

ともあり、「妹」を「思ひ」、「家」を確認する場でもあったことが確認される。三つ目の「あれは斎はむ」も神への祈願の「場」であり、両者はともに斎いの場における「孤的」な心情の発露として、「あれ」が表出されたと考えられるのである。

それに対して、「越えてわは行く」は「行く」という行為に焦点が置かれている。また、当時の三関の一つとして数えられる不破の関には、兵士が常に常備されているほどの厳重さを保っていたこともあり[22]、この場では「われわれは越えていくのだ」と、集団意識・複数的に詠まれたものと把握されるのである。また、当該歌には「諸は幸くと申す」という句もあり、この部分は様々な解釈があり、定まっていないが、「家族」を意識していることは認められるところである[23]。つまり、当該歌は以下のような構成を持っていたと考えられるのである。

足柄のみ坂賜り顧みずあれは越え行く　↓「孤的」意識の表出……「妹」を意識する表現

荒し男も立しやはばかる不破の関越えてわは行く　↓集団意識の表出

馬の爪筑紫の崎に留まり居てあれは斎はむ　↓「孤的」意識の表出……「妹」を意識する表現

諸は幸くと申す帰り来までに　↓「父母家族」を意識する表現

つまり、この歌も一首の中に「孤的」意識と集団意識の両者を詠み込む形式を持っていたのである。

常陸国防人歌は、前半（四三六五・四三六六・四三六七）では「あれ」を詠み込み、後半（四三六八・四三七〇）では「われ」を詠み込む。それと対応するかのように、前半には役職名を持たない者、および上丁、つまり「郡単位表記」の者が並び、後半には国の中で役職に就く助丁、ならびに郡名なしの「国単位表記」の者が並ぶ。つまり、役職名を持たない者は「孤的」な発想で歌を詠み、役職に就く者は、その国の防人を代弁するかのように集団意識で歌を詠んでいることが分かるのである。常陸国防人歌最後の歌である21「国単位表記」の者は、「あれ」と「われ」の両者を儀礼歌の長歌の中に取り込んでくる。したがって、この長歌21は、常陸国防人歌を統合化する役目を担っていたのではないかと考えられるのである（常陸国防人歌群については、第二部第四章で考察する）。

この常陸国防人歌と同日に進上された下野国防人歌の冒頭三首は以下のようになっている。

今日よりは顧みなくて大君の醜のみ楯と出で立つわれ（和例）は　（下野・四三七三）

右の一首は火長今奉部与曽布のなり

天地の神を祈りてさつ矢貫き筑紫の島をさして行くわれ（和例）は　（下野・四三七四）

右の一首は火長大田部荒耳のなり

松の木の並みたる見れば家人のわれ（和例）を見送ると立たりしもころ　（下野・四三七五）

右の一首は火長物部真人のなり

この三首は、全員が「火長」という、国の中で役職に就いているものであることが確認され、三首とも歌の中に「われ」を詠み込んでくるのである（下野国防人歌群については、第二部第二章・第三章で考察する）。

「あれ」と「われ」は表現上の立場において「孤」の心情を発露させるか、集団意識を表出させるかの差異があったのではないかと述べてきたが、防人歌においては、それが作者の立場・身分をも忠実に反映しているのではないだろうか。大伴家持が防人関連歌の長歌で「あれ」と「われ」を使い分けるのは、表現上の立場の差異を端的に示すものであったと考えられるが、防人歌においては、表現上の立場は、作者の立場・身分をも端的に示していたものと考えられるのである。

そのように考えた場合、本章冒頭に述べた遠藤説は、再考を強いられるだろう。すなわち、「地縁的にも血縁的にも別々な、お互いに見知らぬ人間の集合であった」「彼等は、放り出されたままの形で『個人』たらざるを得なかった」ことはなく、防人集団という一つの集団の中で、防人は自分の役職・身分・立場にしたがい、その役職・身分・立場にふさわしい歌を詠み込んでいることになるだろう。そして、特に「国単位表記」の者は、一国の防人集団を代弁するような、その国の防人を代表して「われわれ」を詠み込んでいるものと結論づけられるのである。

第八節　おわりに

本章をまとめると以下の四点になる。

一　「あれ」と「われ」は、以下のような厳密な区別があると考えられる。
あれ―「孤」としての「私」の発露、「孤的」意識の表出
われ―一般的な「私」の表出、集団意識の表出

二　羇旅歌では右に述べたような意味で「あれ」と「われ」が使い分けられている。それは、旅という「公的」な場において、「妹」や「家」を対象とする羇旅歌の発想により、「孤的」な心情が発露しやすいからだと推察される。

三　羇旅歌における「家妻に対する恋しさの主情的表出を中心とする」タイプと、「地名をよみこむ」タイプの二つは、「あれ」と「われ」との対比とも重なりあってくる。

四　防人歌においては、歌の作者の立場・身分をも、「あれ」と「われ」から考察することが可能となる。「あれ」と「われ」の問題は、『万葉集』全般に関わる大きな問題であるが、本章は、「あれ」と「われ」が、防人歌の作者の身分や立場を忠実に反映していることを指摘し、「あれ」と「われ」をすべて同等に扱う従来の防人歌論の再考を強いることにもなるだろう。

注

（1）遠藤宏「防人の歌―その発想の基点―」（『文学』第四十巻第九号、一九七二年九月）。
（2）『新編日本古典文学全集　万葉集』では、「あれ」と「われ」の区別を意識している。
（3）山田孝雄「語論」『奈良朝文法史』（東京宝文館、一九一三年五月）。
（4）西宮一民「上代一人称代名詞アの成立」（『皇学館大学紀要』第十五集、一九七七年三月）、岡部政裕「あが・わが考」（静岡大学『人文論集』第二十三号、一九七二年十二月）。
（5）山口佳紀「古代日本語における語頭子音の脱落」（『国語学』第九十八号、一九七四年九月）。
（6）R・Aミラー「語彙面の証拠」『日本語とアルタイ諸語』（西田龍雄監訳、大修館書店、一九八一年一月）。
（7）菊澤季生「古代の代名詞『アレ』『ワレ』の區別に就いて」『新興国語学序説』（文学社、一九三六年四月）。
（8）岡部政裕「続あが・わが考」（静岡大学『人文論集』第二十六号、一九七五年十二月）。
（9）渡瀬昌忠『萬葉集全注　巻第七』（有斐閣、一九八五年八月）。
（10）渡瀬昌忠「万葉一枝（三十九）―防人とその妻のワタクシの歌―」（『水甕』第八十二巻第三号、一九九五年三月）、のち『渡瀬昌忠著作集　補巻　万葉学交響』（おうふう、二〇〇三年五月）。
（11）例えば岡崎和夫は、

ア系の語は、主として、前代からの慣用的な表現、使い古された結果の卑弥・謙称的表現として残存したに過ぎず、ワ系の語が、量的にも使用の範囲の広さの点でも極めて優勢であったと認められ、従って両系統の並存を、菊沢説のような共時論的観点から、単純な意味での共存と見ることは困難と考えられる。

と述べている（「ア・ワ・アレ・ワレ並存の問題」『国語学論集―佐伯梅友博士喜寿記念―』表現社、一九七六年十二月）。
（12）A・B・Cの説に対して、全く異なった視点から述べられた見解もある。西宮一民は、「アナ∨ナ∨ア」という変遷を考察し、以下のように表示した（西宮一民「上代一人称代名詞アの成立」『皇学館大学紀要』第十五集、一九七七年三月）。

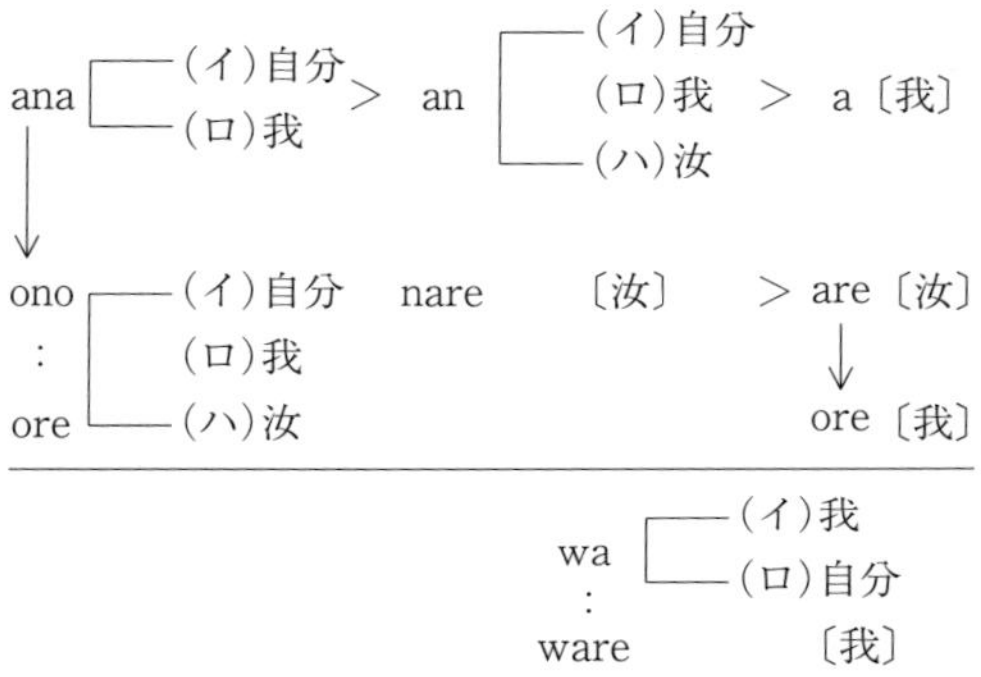

(13) 注(4)、岡部前掲論文。

(14) 本章では「アガ体言」・「ワガ体言」と、「あが」にも「わが」にも付く体言の例を厳密に区別したい。

(15) 注(7)に同じ。

(16) 注(11)、岡崎前掲論文。

(17) 注(7)に同じ。

(18) 注(4)、岡部前掲論文。

(19) 注(9)一一八七【考】。

(20) 神野志隆光「行路死人歌の周辺」(『論集上代文学』第四冊、笠間書院、一九七三年十二月)。

(21) 志村士郎「山・坂・出で湯」『万葉集東歌の抒情』(新典社、一九九三年七月)。

(22) 胡口靖夫「三関について」(横田健一編『日本書紀研究』第十九冊、塙書房、一九九四年二月)。

(23) この部分に関しては以下のような見解がある。

① 郷里の人々(もろもろ)が無事であるように(幸く)と、私は神に願う(『略解』、『全註釋』、『大系』など)

② 郷里の人々(もろもろ)は、私が無事であるようにと神に願う(『代匠記』、『古義』、『新考』、『全釈』、『注釋』など)

③ われわれ防人(及び家族たち)は、我々が帰ってくるまで無事であるようにと(私は)神に願う(遠藤宏「防人―その歌の場―」『万葉集講座　第六巻』、有精堂出版、一九七二年十二月)。

また「もろもろ」に関しては、「『もろもろ』『もろひと』の表現は、外部から歌詠の対象とされた集団であり、歌作の素材として眺められた集団である」という見解がある(廣岡義隆「佛足石歌碑歌の位相」三重大学『日本語学文

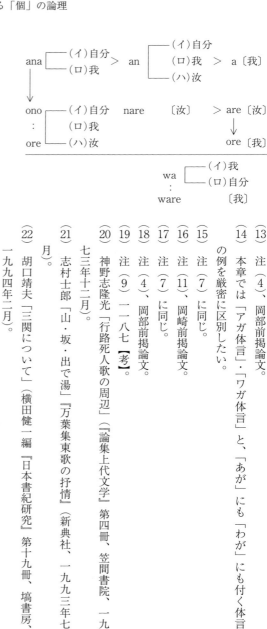

学』第七号、一九九六年六月）。

〔補注〕

本章の原題「『万葉集』における『あれ』と『われ』―『孤』的意識と集団意識の表出―」（『実践国文学』第五十五号〈実践女子大学〉一九九九年三月）が提示された後、小柳智一が拙稿をも検討しつつ、さらに厳密に『万葉集』を調査し、「あれ」「われ」に関して以下の結論を提示した。①体言はア系専用・両系併用が少なく、ワ系専用にまとまった数の見られることが読み取れることから、用言と体言を同様に扱えない。②ア系は単数専用だが、ワ系は単複両用というのが実際の使用状況である（「複数と例示―接尾語ラ追考―」『国語語彙史の研究』第二十七号、二〇〇八年三月）。本章もこの小柳説をもとに修正しなければならない部分もあるが、本章の防人歌の考察で提示したのは用言の例であり、かつワ系に複数の意味を持ち得るものであり、その点では問題ないと判断する。

第八章　大伴家持防人歌蒐集の目的ならびに意義

第一節　はじめに

本章では、大伴家持防人歌蒐集の目的ならびに意義を以下の二点から考察し、大伴家持にとって、防人歌を蒐集し採録することにはどのような意味合いがあったのかを考察する。

（1）天平勝宝七歳前後の歴史的・国際的状況

（2）大伴家持を取り巻く政治的状況

そして、この（1）（2）の歴史的立場と家持の詩学的立場（文芸的立場）とは密接に関わりあうものと考えられ、この両者の立場から防人歌の意義を追究することとする。

さて、このような防人歌蒐集の目的を考察する際に考えておかなくてはならないのは、この防人歌の蒐集が、兵部省の制度的な公的なものだったのか、それとも家持の個人的な私的な興味によって蒐集されたものなのか、という問題である。また公的・私的といっても様々なレベルが想定でき、現段階では、この基本的な問題点においてすら定説といったものはない状況である。

例えば、兵部省の公的な制度として家持以前から防人歌が蒐集されていたとする説には、以下のようなものがある。

此等の歌が、類型的な發想によつてゐるにせよ、とにかく相當に作れてゐるのは、歌を宮廷に奉る習慣が以前からあつて、民謡風な類想から出發して、何とか創作的な内容を盛るだけの手練が出てゐたお蔭である。(1)

（折口信夫）

徴された防人等の歌を、その国所属の防人部領使が取り纏めて、兵部省に進上することになつてゐたのである。これは恐らくそれ以前からの慣習に則つて行はれてゐたと思はれる。そして、それらの歌は実はかなり多数に達してゐたのであらうが、大方は散佚してしまつてゐる。(2)

（相磯貞三）

序論でも述べたように、『万葉集』には以下の防人の歌が採録されており、防人歌以前にも防人の歌が存在したことは確かである。

（ア）巻二十の防人歌に続く「右の八首、昔年の防人が歌なり。主典刑部少録正七位上磐余伊美吉諸君抄写し、兵部少輔大伴宿禰家持に贈る」の左注を持つ八首（四四二五～四四三二）。

（イ）巻二十「昔年に相替りし防人が歌一首」の題詞を持つ大原真人今城伝誦の一首（四四三六）。

（ウ）巻十四東歌の中に「防人歌」として分類されている五首（三五六七～三五七一）。

先ほどの制度としての防人歌蒐集の論も、これら（ア）～（ウ）の存在をもとに考察されている。このような昔年の防人歌が存在する以上、以前から防人歌と称されるものが存在し、防人が歌を詠む習慣・慣習が存在していたと考えていいだろう。

しかし、これらの昔年防人歌の存在が、ただちに制度としての防人歌蒐集の存在を意味するとはいえないだろう。松田聡も述べるように、「防人歌」の歌数八十四首に対して、（ア）～（ウ）の合計は、十四首しかなく、やはり「蒐集のプロセスが異なっていると考えるべきであろう」(3)。もし、制度として慣行化されていたと想定するならば、それは、宮廷で保管されていたと想定でき、そうであるならば、家持はもっと多くの昔年の防人歌を蒐集できたと

思われる。鉄野昌弘は、

全くの憶測であるが、「防人歌集」が各軍団に配布されていて、愛唱された歌などもあったかも知れない。（略）それは東国民衆の中にある歌の伝統ではなく、軍団という、末端ではあるが、確実に中央とつながる官庁の中で伝えられたものとせねばならない。(4)

と述べるが、もし、そうであるならば、その旧い記録自体に年月日や国名が記録されていただろう。また、制度としての防人歌蒐集がなされていたとした場合、万葉集収載の防人歌には「相替りて」とあることから、それ以前の天平勝宝元年（七四九）から天平勝宝四年（七五二）までの防人、天平勝宝四年（七五二）から天平勝宝七歳（七五五）までの防人が存在していたわけであり、これらの防人歌を兵部少輔の家持は目にすることができたはずである。現存の（ア）〜（ウ）は、家持が、磐余伊美吉諸君や大原真人今城から個人的に入手したことが左注からも明らかであり、そのことは、宮廷に保管されていた防人の歌が存在しなかったことをも意味するだろう。

窪田空穂『評釋』が、この（ア）に関して、

これらの歌は、巻十四、東歌の中に散在してゐるもの、その他とも重複したところの無い點から見て、民間に傳はることの無い状態において保存されてゐる物が多量にあり、その中から抄寫したものと思はれる。その原本は家持は見ることが出来ず、諸君だけが、何らかの理由で見られたのである。

と述べていること、また、伊藤博が立証したように、磐余伊美吉諸君は「昔年の防人歌を『抄写』するにあたって、表記の面では資料（古記録）にきわめて忠実であったこと」(5)などを考えると、この古記録を家持が見ることができなかった理由として、宮廷の保管資料ではなかったことを逆に立証することにもなる。

また（イ）の大原真人今城伝誦の一首は以下のような歌である。

闇の夜の行く先知らず行く我を何時来まさむと問ひし児らはも　（20・四四三六）

これは、巻十七「天平二年庚午の冬十一月、大宰帥大伴卿大納言に任ぜられ、京に上る時に、傔従等別に海路を取りて京に入る。ここに羈旅を悲傷し、各所心を陳べて作る歌十首」の題詞を持つ歌群の八首目、

大き海の奥かも知らず行く我を何時来まさむと問ひし児らはも　（17・三八九七）

と第一・二句目のみ異なる類歌であり、大伴旅人関係の歌群ということからも、家持に直接関係するべきものと考えられるが、やはり、これも大原真人今城からしか入手できなかった個人的な所蔵の歌だったことを意味するだろう。

（イ）の直後に「上総国の朝集使大掾大原真人今城、京に向かふ時に、郡司が妻女等が餞する歌二首」（20・四四四〇～四四四一）が収載されているが、松田聡も述べるように、このような郡司によって採取された防人歌があり、郡家や国府などの宴において披露された防人の歌を、大原今城は伝誦していた可能性はあるだろう。(6) また上総国の朝集使であった大原真人今城は、天平二十年（七四八）十月には兵部少丞であったことが知られ（寧楽遺文）、天平勝宝八歳には、大伴家持の直属の部下と考えられる兵部大丞であったことが四四五九番歌の左注より分かる。また天平勝宝七歳当時の上総国守は、大伴稲公であり、稲公は天平勝宝元年（七四九）には兵部大輔であったことをも考え合わせると、防人歌が制度として保管されていた場合、家持が入手できない理由が見当たらない。

このように考えてきた場合、やはり防人歌の蒐集の制度化・慣行化というものは想定しにくく、そうすると、防人歌は、尾山篤次郎が、

家持が、三千人の防人のうちには必ず歌を作る者がゐる筈だから、是れを機會に、部領使へ命じて歌を集めて見たらどうかと、長官橘奈良麿へ献策したか、或は、これは奈良麿自身の案で家持がそれへ賛成したものか、その何れかである。何れにしても、奈良麿は今の彼の上官ではあるが亡弟書持の親友、彼とも少年の頃からの朋友、而も歌好きである。二人が話合つて事を行ふのは甚容易なる業である。上の仰せを承つてやつたもので

はないことは詞書の書振で明かだが、各部領使が「進」とある處からすると一個人の企てゞはない。兵部省としての計畫である。(7)

と述べ、伊藤博が、

蒐集の立案者は存外家持だったかもしれない。だが、そうだとしても、形は、「諸兄→奈良麻呂→家持」のコースを辿り、結局、公の承認を得たという姿勢を取ったものと思われる。(8)

と述べる程度の兵部省の公的な蒐集と捉えるべきであり、防人から歌を蒐集することが、防人発遣の都度実施された、慣習・慣行ではなかったと考えるべきだろう。つまり、防人歌の蒐集は兵部省の関わりでいうならば、当然公的なものであり、それは、左注に示されるように、「進」という言葉の使用からも想定できるだろう。しかし、それは、制度化・慣行化されていたものではなく、あくまでも兵部少輔としての地位と防人検校という機会を持った家持の個人的な営為の結果であると考えられるのである。

では、家持の防人歌蒐集の目的とは何であったのか、以下、（1）（2）を順次考察することとする。

第二節　天平勝宝七歳前後の歴史的状況

本節では、当時の歴史的状況を、『続日本紀』に見られる三回の防人停止記事の意味するもの、ならびに国際的状況の二点に絞って眺めてみる。まず、『続日本紀』によると、天平期において防人を停止するという制令が以下の三回記録されており、従来からこの意味は様々に解釈され論じられている。まずは、この三回の防人停止の記事から考察する。

防人停止記事は以下の通りである。

①　諸国の防人を停む。（天平二年〔七三〇〕九月己卯条）

②　是の日、筑紫の防人を停め、本郷に帰し、筑紫の人を差して、壱岐・対馬を戍らしむ。（天平九年〔七三七〕九月癸巳条）

③　勅して曰はく、「大宰府の防人に、頃年、坂東の諸国兵士を差して発遣せり。是に由りて、路次の国、皆、供給に苦みて、防人の産業も亦、弁済し難し。今より已後は、西海道の七国の兵士合せて一千人を差して、防人司に充て、式に依りて鎮戍らしむべし。その府に集る日は、便ち、五教を習はしめよ」とのたまふ。（天平宝字元年〔七五七〕閏八月壬申条）

これらが様々に解釈される理由は、この三回の防人停止の記事をそのまま防人停止とするには問題があるということである。なぜなら、②と③との停止の記事の間には『万葉集』「防人歌」が存在し、防人制度の復活が認められるにもかかわらず、その復活を示す記事が見当たらないからである。それは①と②との間にも言えることである。①の天平二年の停止と②の天平九年の停止に関して、田中卓は、①の停止は「新しく防人を任命することを罷め」「従つて、任地（筑紫）にゐる防人達は任期が果てるのを待つて帰郷すべき予定であつた」が、「天平四年前後より急迫してきた新羅との国際状勢などから、解任がのびのびとなり、やうやく天平九年に至つて帰郷の令が出されたのではなからうか」とする。(9) それに対して直木孝次郎は、①は、「筑紫以外の諸国（たとえば長門・石見・出雲・薩摩など）におかれた防人が停止された」ことを意味するのであり、②は筑紫に配備された防人が停止されたことを意味すると捉える。(10) また神堀忍は、田中卓がもう一つの案として提示した「天平二年に一旦廃止されたものの、その後再び実施され、それの再度罷められたのが天平九年」という案を見直し、①の停止は「一時的な、その年度のみの停止令であったことを示すもの」であり、「そこで、復活も自動的に行われたので、記録の要がなかったものと思う」と述べる。(11)

現在歴史学の方面からは、最初の田中論の考え方が主流であり、例えば、坂上康俊は、以下のように述べる。

同年九月（天平九年九月―東城注）には東国出身の防人制も見直され、九州本土出身の兵士を壱岐・対馬などに派遣して防人とすることとにした。実はこの方針は天平二年の段階で決まっていたのだが、対新羅関係の緊張があったために、実現が延び延びになっていたものらしい。天平一〇年の周防国や駿河国の正税帳には、東国出身の防人たち二二〇〇人余が次々に帰郷していくさまが記されている。(12)

また、鈴木拓也が、「防人は早くも天平二年（七三〇）に停止され、同九年には防人を本郷に帰し、代わりに筑紫（九州）の人に壱岐・対馬を守らせている(13)」と述べるのも、坂上論と同様と考えていいだろう。これらの説のように、天平七年（七三五）に「王城国」と名乗ってきた新羅国からの使者を強制的に帰国させた事件のような国際関係の緊張や、また同じく天平七年以降西海道を中心に蔓延していた疫病の流行等により、天平九年まで延期されていたと考える方が妥当だろう。そして、②の天平九年の防人停止が実際に実施されたことは、坂上が述べるように、天平十年（七三八）の周防国や駿河国の正税帳に記事が見えることから明らかである(14)。例えば、「駿河国正税帳」には、駿河国を通過して本郷に帰還していった防人の数が「旧防人伊豆国弐拾弐人　甲斐国参拾玖人　相模国弐伯参拾人　安房国参拾参人　上総国弐伯弐拾参人　下総国弐伯漆拾人　常陸国弐伯陸拾伍人　合壱阡捌拾拾弐人(15)」と記されていることからも、東海道に属する別の諸国や駿河国正税帳に記されない遠江国・駿河国の防人等を合わせると、坂上の述べる二二〇〇人余りの防人が帰郷したことになるだろう。

ただし、この②の記事のあとには、防人歌が存在し、また防人歌の題詞には交替のために筑紫に下る防人であることが明示されているため、天平一〇年以降、天平勝宝七歳以前に防人制度が復活していたことが確認できるのである。では、防人制度が廃止された理由とは何なのであろうか、その理由についてはっきり『続日本紀』に記述されているのは、③の記事である。③では、防人の停止の理由を、路次の国が供給に苦しみ、また防人の産業も苦難

するという損失があるとする。そして、この③の防人停止に関与したのが防人歌であるとする尾山篤二郎の説がある。尾山は、

此時（天平宝字元年─東城注）の坂東諸兵の防人解除は、是等の防人の歌及び家持の歌に依つて執り行はさせられたものと断言してもい丶のである。(16)

と結論づける。

さて、三回の防人停止記事について述べてきたのは、この尾山説に象徴的なように、防人廃止と防人歌蒐集の目的とが関連するとする説が存在するからである。防人は①の天平二年にはじめて停止の記事を見るが、この事実と尾山説とをもとに、吉永登は、当時旅人が大宰府の長官であったため「長官であった旅人の意見が聞かれないはずがない。あるいは旅人の積極的な進言によるともいえそうである」とし、

わたしはその理由の一つとして、前にも触れた大伴氏と東国民との特殊な親近感をあげることとする。（略）東国防人中、いかに多くの大伴氏の旧部民が参加していたかが知られよう。天平初年のころもこの比率は大して変りはなく、むしろ大きかったと考えられる。旅人が防人たちの苦しみを身近に感じたとしても何ら不思議はないのである。(17)

と述べる。そして、旅人以来の防人廃止に対する大伴家の執念が、家持に防人の窮状を具体的に訴える歌の蒐集を企てたと結論付けるのである。(18)

しかし、川口常孝が「大伴部なるものの性格には、大伴氏─大伴部と単純につないでしまえない疑点があ」るとし、(19)また林田正男が、

大伴部と大伴連とは従来いわれるほどの私的部民的な繋がりはなかったと考えられる。従って、家持の防人歌収集は兵部少輔の範囲での文芸的行為で、防人制度廃止という目的意識を持ってなされたものではない。(20)

と批判したように、この防人廃止と防人歌蒐集を関連付ける説には従いがたい。東茂美も述べるように「律令による官僚制度が徹底していた天平時代に、いわゆる防人歌巻の献呈といった行為が、派遣を停止させるほどの政治的な効力をもち得たとは、とうてい考えられない」のである。(21)

さらに、この防人廃止と防人歌蒐集とを関連付ける説は、以下の歴史的事実を考えると成り立たなくなるはずである。すなわち、防人だけではなく、東北地方の蝦夷の居住地に柵戸を展開し、国郡制の施行地域を拡大していく際に設けられた鎮兵の動員も東国地方、特に坂東諸国からだったという事実である。鎮兵は、主に東国の軍団兵士の中から選ばれて陸奥に派遣され、食料の支給を受けながら長期にわたって城柵を守衛するもので、鎮兵は軍団兵士と異なり、数年間にわたって交替なしで勤務する専門兵であり、そのような意味で北啓太も述べるように、鎮兵は征夷軍を常駐化させたものと考えられている。(22) 鎮兵制は神亀元年（七二四）頃成立したと考えられているが（「陸奥国鎮守軍卒」神亀元年二月）、鎮兵の名がはっきりと記録に残るのは、先ほどの防人停止記事②の天平九年であり、また以下のような記事も見受けられる。

七道の鎮撫使を停む。また京・畿内と諸国との兵士、旧に依りて点差す。（天平十八年〔七四六〕十二月丁巳条）

ここで、鎮兵制廃止・軍団制復活がなされたことが分かるが、天平宝字元年（七五七）には藤原仲麻呂の息子の朝猟が陸奥守に任じられ、按察使・鎮守将軍を兼任、鎮兵制が復活している。さらに、翌二年には以下の記事を見る。

坂東の騎兵・鎮兵・役夫と夷俘らとを徴し発して、桃生城・小勝柵を造らしむ。

（天平宝字二年〔七五八〕十二月丙午条）

そして、興味深いことに、この鎮兵制度の廃止と復活が、防人制度の廃止と復活と完全な対応関係を示していることであり、鈴木拓也は、防人制度と鎮兵制度との関係を簡潔に以下のように述べる。

防人も鎮兵も、その人的基盤は東国の軍団であった。このため両者の変遷には密接な対応関係がある。防人は早くも天平二年（七三〇）に停止され、同九年には防人を本郷に帰し、代わりに筑紫（九州）の人に壱岐・対馬を守らせている（『続日本紀』天平二年九月己卯条、同九年九月癸巳条）。この時期は、陸奥で鎮兵が置かれていた時期にあたる。

次に文献上に防人が現われるのは、『万葉集』巻二〇に見える天平勝宝七歳（七五五）二月に交替のために筑紫に下る東国防人である。これは交替であるから、この時期以前に東国防人が復活していたことになるが、それは天平十八年（七四六）頃と推定されている。（略）まさに天平十八年に陸奥で鎮兵が全廃されるのである。そして、一旦復活した東国防人は、天平宝字元年（七五七）閏八月に停止され、西海道七国の防人に充てることになったが、まさにこの年に陸奥の鎮兵は復活するのである(23)。

大宰府の長官であった大伴旅人や兵部少輔の大伴家持が、この歴史的事実を知らないはずもないし、家持が仮に「防人の窮状を具体的に訴える歌の蒐集」を実施し、防人制度を廃止したとしても、東国民が東北地方の鎮兵として派遣されることは明白な事実であり、

東国の人々は東人と呼ばれ、防人・征夷軍士・鎮兵のほか、中衛府の東舎人や授刀舎人として、天皇の身辺警護にも活躍した。東人の武勇に対する皇族・貴族の期待は、ほとんど信仰に近いものであった(24)。

実情からも武門の出である大伴家が防人廃止を訴えるとは考えにくいことである。そもそも大宰府は③の防人停止後、再三にわたって防人復活を要請しており（天平宝字三年〔七五九〕三月庚申条、天平神護二年〔七六六〕四月壬辰条）、大宰府は一貫して防人を必要としていたことが分かるのである。

このように三回の防人停止の記事は、当時の「律令国家は、東国の優れた軍事力を、北九州と東北の間で必要に応じて配置転換していた(25)」こと、したがって防人歌蒐集の目的とは関与しないことが明らかになったが、では、続いて当時の歴史的状況を、国際的な視点からも概観することとする。

第三節　天平勝宝七歳前後の国際的状況

天平勝宝二年（七五〇）、遣唐使が任命された。大使は藤原清河、副使に大伴古麻呂と吉備真備、判官四人、主典四人という構成であった。この時期の唐は玄宗の最末期の天宝年間であり、安禄山の乱の勃発（七五五年）まであとわずかな時期に重なっている。遣唐使が実際に出発した天平勝宝二年（七五二）には、閏三月に新羅使、九月に渤海使が日本に来朝しており、安禄山により中国の東国地方に緊張状態が発生しており、それを新羅や渤海が警戒していたと考えられているのである。そのような時期に防人歌蒐集の天平勝宝七歳があるということを、まずは念頭に置いておく必要があるだろう。

またこの遣唐使において注目されるのは、唐における朝賀において新羅と起こした外交上の事件のことである。天平勝宝六年（七五四）正月の副使大伴古麻呂の奏上によると、大唐天宝十二歳（七五三）正月、蓬莱宮の正殿である含元殿で催された朝賀の儀式で、新羅使との席次をめぐって、大伴古麻呂が抗議し、ついに席次を改めさせた記事が見受けられる。

古麿奏して曰はく、「大唐天宝十二載、歳癸巳に在れる正月の朔癸卯、百官・諸蕃朝賀す。天子、蓬莱宮含元殿に朝を受く。是の日、我を以て西畔第二吐蕃の下に次ぎ、新羅使を以て東畔第一大食国の上に次ぐ。古麿論ひて曰はく、「古より今に至るまで、新羅の日本国の朝貢すること久し。而るに今、東畔の上に列し、我反りてその下に在り。義、得べからず」といふ。時に将軍呉懐実、古麿が肯にせむ色を見知りて、即ち新羅使を引きて西畔第二の吐蕃の下に次ぎ、日本使を以て東畔第一大食の上に次ぐ」といふ。

（天平勝宝六年〔七五四〕正月丙寅条）

当然、唐は新羅が日本の朝貢国であることを認めたわけではなく、石井正敏も述べるように、便宜上の措置であったのであろう。[26]しかし、この記事は、古瀬奈津子が述べるように「八世紀以降の日本の大宝律令成立による中華意識の明確化、現実における新羅の勢力伸長と日本の新羅に対する反発がその背景」にあったと考えられるのである。[27]つまり、この時期は、このような新羅との緊張状態が続いている時期にも重なっており、「席次をめぐる争いも、長年にわたる新羅との根ぶかい確執によるとみてよい」のである。[28]東茂美は、「家持だけが、こうした情勢となんら接点がなかったとは考えられない」とし、「防人歌の蒐集を環日本海の国際情勢を視野に位置づけ」る必要性を説いているが、[29]天平勝宝七歳当時の大宰大弐に、この新羅との席次争いを目の当たりにした副使吉備真備が任命されていることをも考慮すると、これはまさしく首肯されるべき意見である。

さて、藤原清河が帰国の途についたのは、天平勝宝五年（七五三）十一月十六日であり、蘇州を出帆、清河や同じ船に乗船していた阿倍仲麻呂らは阿児奈波嶋（沖縄）に漂着して座礁し、最終的には安南沿岸まで流され、そのまま唐に戻っている。副使吉備真備の船も漂流するが、十二月七日に紀伊国に漂着し、大伴古麻呂は、やはり阿児奈波嶋に流されるが、最終的には薩摩国に漂着しているのである。

さてここで、防人制度が廃止された天平宝字元年（七五七）以降の国際的状況についても簡単に眺めておくこととする。

安禄山の乱（七五五年）の後、天平宝字二年（七五八）に遣渤海使の専使として小野田守が渤海に派遣されており、この小野田守は渤海遣日使の楊承慶を同道して帰国し、渤海で唐の安禄山の乱の情勢を詳細に報告している。また、この楊承慶は、『続日本紀』天平宝字三年（七五九）正月庚午条に、

帝、軒に臨みたまふ。高麗使楊承慶ら、方物を貢り奏して曰はく、「高麗国王、大欽茂言さく、「承り聞かく、『日本に在りて八方を照臨したまふ聖明皇帝、天宮に登遐したまふ』ときく。

とあるように聖武天皇の国喪を告げる役目ともされているが、天平宝字二年（七五八）十二月戊申条に、

其れ唐王の渤海國王に賜ふ勅書一巻、亦状に副へて進る。

ともあるように安禄山の乱において、唐が渤海に助けを求めた勅書をも持参しており、また、天平宝字三年（七五九）正月甲午条に、

大保藤原恵美朝臣押勝、蕃客を田村第に宴す。勅して、内裏の女楽、并せて綿一万屯を賜ふ。当代の文士、詩を賦して送別す。副使楊泰師、詩を作りてこれに和ふ。

とあるように、藤原仲麻呂が楊承慶に対して、田村の第で今までの渤海遣日使にはない盛大な宴を開いていることをも考慮するならば、この遣渤海使、小野田守の派遣には何か深い意味があったと考えられるのである。

『万葉集』にも、

二月十日に、内相の宅にして、渤海大使小野田守朝臣等に餞する宴の歌一首

青海原風波なびき行くさ来さつつむことなく船は早けむ　（20・四五一四）

という大伴家持の歌もあり（実際は誦詠されなかった）、小野田守も出発に際して内相の宅、つまり田村の第で宴を催されていることが分かる。これについて、石井正敏氏は、「田守の渤海派遣には何らかの形で藤原仲麻呂が深く関与していることが知られ」ると述べている。[30] また、小野田守は、藤原清河や阿倍仲麻呂が長安に戻っているという情報を伝えてきたとも考えられ、そのために藤原清河や阿倍仲麻呂を救出させるべく迎入唐使としての高元度一行が天平宝字三年（七五九）正月に渤海経由で唐に向かっている。高元度一行は内乱中にもかかわらず、無事長安に入り藤原清河や阿倍仲麻呂と出会ったと推察されるのだが、中国皇帝粛宗は、高元度一行に勅命を下し追い返してしまう。『続日本紀』天平宝字五年（七六一）八月甲子条にはその理由を、

勅を宣りて日はく、「特進秘書監藤原河清、今使の奏するに依りて、帰朝らしめむとす。唯恐るらくは、残賊

未だ平がずして道路難多からむことを。元度南路を取り、先に帰りて復命すべし」とのたまふ。

と記すが、同じ箇書を『日本紀略』延暦二十二年（八〇四）三月丁巳条から見ると、

勅して云はく、「河清是れ本国の貴族、朕の鍾愛する所。故に且つ之を留め、放還することを許さず」（中略）

ここに河清悲傷て沸を流す。

とあり、『続日本紀』とは少し異なるニュアンスが感じられるのである。なぜ、粛宗が藤原清河や阿倍仲麻呂を帰国させなかったのかは、上田雄が「大変不可解である」と述べているように非常に疑問のもたれているところであり、上田は、それを「内乱に悩まされていた粛宗が二人の才覚を愛し、手放すことを惜しんだのがその真因」ではないかとしている。(31)しかし、この疑問点を解く鍵は、先ほどの藤原仲麻呂と遣渤海使の関係や、以下の『続日本紀』の記事にあるのではないだろうか。

船五百艘を造らしむ。北陸道の諸国には八十九艘。山陰道の諸国には一百卌五艘。山陽道の諸国には一百六十一艘。南海道の諸国一百五艘。並に閑月を逐ひて営造し、三年の内に功を成さしむ。新羅を征つ為なり。

（天平宝字三年（七五九）九月壬午条）

帰化ける新羅の一百卅一人を武蔵国に置く。

（天平宝字四年（七六〇）四月戊午条）

参議従三位武部卿藤原朝臣巨勢麻呂、散位外従五位下土師宿祢犬養を遣して、幣を香椎廟に奉らしむ。新羅を征めむ為に軍旅を調へ習はしむるを以てなり。庚子、幣と弓矢とを天下の神祇に奉る。壬寅、使を遣して幣を天下の群神に奉らしむ。

（天平宝字六年（七六二）十一月庚寅条）

実は、この時期は聖武天皇の死後、孝謙天皇とその母光明皇后にとりいって朝廷の実力者にのし上がった藤原仲麻呂の最盛期の時期であり、藤原仲麻呂が渤海と連携して新羅を征討し、東アジアにゆるぎない覇権を確立しようとしている時期とちょうど重なってくる。先ほどの遣渤海使小野田守の派遣と、安禄山の乱の情報獲得と、渤海遣

日使楊承慶に対する今までにない盛大な宴は、藤原仲麻呂の新羅征討計画を発動させる一つの大きな契機となっていることが分かるのである。

鈴木靖民は、この時期の日渤間の交渉に関して、

血縁関係になぞらえる日渤国交は基本としては朝貢を核にすえ君臣ないしは主従関係を透徹させながらも、日羅関係には見られない別のニュアンスを帯びる事象として注目することができよう。(32)

と述べ、酒寄雅志は、

仲麻呂の渤海への関心が、政治首班として軍事権・外交権を掌握していく中にあって、特に養老期以降の必ずしも順調でない日羅関係の解決の端緒を渤海との交渉の中に求めようとしたのではあるまいか。(33)

と指摘している。

先ほどの『続日本紀』の天平宝字三年（七五九）九月壬午条に「三年の内に功を成さしむ。新羅を征つ為なり」とあるように、天平宝字六年（七六二）を征討の実行の年と定めていることが分かる。日本の新羅征討に際して、その規模の大きさと深刻さにおいて新羅を救援できないであろう状況に陥った唐での安禄山の乱の勃発と、小野田守・楊承慶等の働きによって確認された日本・渤海連携という国際的条件が整い、このように着々と新羅征討の準備がなされてくる。結局この新羅征討計画は出征を命じられることなく立ち消えとなってしまうのであるが、粛宗が二人の帰国を延期させた理由には、このような国際間の緊張状態があったと考えられるのである。

このような大陸での大きな変動の兆しのあった天平勝宝六年（七五四）四月、家持は兵部少輔となり、大宰大弐には吉備真備、太宰少弐には小野田守が任命され、対外的には新羅や唐との緊張状態の中、家持自身も武門としての自負を感じ取っていたことは容易に想像できるのである。さらに家持は、十一月には山陰道巡察使を兼務しているが、これもこのような国際的緊張状態の中での対外政策の一環と考えるべきであろう。

天平宝字元年（七五七）以降、紫微内相、さらに大保に任じられた藤原仲麻呂の政治的主導権が強固となり、聖武天皇・橘諸兄寄りであった家持は、聖武天皇の死、諸兄の致仕ならびに死、そして家持自身の因幡国守の任命も重なり、政治的にも非常に危い立場に立たされていくことになるのであるが、天平勝宝七歳の家持には、このような国際的緊張状態の中で、まだ聖武・諸兄における皇親政治に大きな期待を寄せていたものと考えられるのである。

第四節　大伴家持を取り巻く政治的状況

天平勝宝七歳前後の歴史的状況を、防人制度廃止ならびに国際的状況の二点から概観してきたが、本節では、当時の家持の政治的状況と家持歌との関連を検討し、家持の防人歌蒐集の目的を探る手がかりを追究することとする。

まず、家持防人歌蒐集の目的を考える上で、最初に考察しておかなければならないのは、越中守時代において、家持にもっとも大きな影響を与えたと考えられる聖武天皇の大詔の発布である。東大寺の盧舎那仏の大金銅像に関して、陸奥国守の百済王敬福が管下の小田郡から黄金が出土したと称して朝廷に黄金を献上し、その直後に聖武天皇が東大寺、盧舎那仏像の前殿の席上発した長文の宣命である。「三宝の奴と仕え奉る天皇が命」で始まる著名な詔であるが、黄金が出土したのは、第一に三宝の霊験、第二に天地の神々の承認、第三に皇祖たちの恵沢によるものだと述べ、この「貴き大き瑞」を得た歓喜を天下とともに分かち合おうと宣した（宣命第十二詔）。そのあとで、親王以下天下公民に対する長文の宣命が宣せられ、これにしたがって大量の叙位が行われた（宣命第十三詔）。家持もここで、従五位上に叙されているが、この宣命には大伴・佐伯氏の功業について以下のような言及があり、これが家持に大きな影響を与えたことが従来から指摘されている。

大伴佐伯の宿禰は常もいふごとく天皇朝守り仕へ奉ること顧なき人どもにあれば汝たちの祖どものいひ来らく、

海行かば水漬く屍山行かば草むす屍王の辺にこそ死なめのどには死なじ、といひ来る人どもなも聞し召す。ここをもて遠天皇の御世を始めて今朕が御世に当たりても内の兵とおもほしめしてなも遣はす。かれここをもて子は祖の心なすいにし、子にあるべし。この心失はずして明き浄き心を以て仕へ奉れとしてなも、男女并せて一二治め賜ふ。（略）

（天平勝宝元年〔七四九〕四月甲午条・宣命第十三詔）

聖武天皇は、天平七年（七三五）頃から相次いだ天災や政情の乱れを仏教によって克服しようとしており、またそれだけでなく、失われつつあった天皇の権威を回復することを期待しつつ、天皇が絶対的な力を象徴した天武朝を追慕していた。そこに大伴・佐伯氏の輝かしい伝統の顕彰があり、それは「大伴、佐伯の族のなかに、天皇、朝廷の側から見て不穏と考えられることがあったからにちがいない。その動きに先手を打って制しようとしたわけである」とも指摘されているが(34)、この詔が、家持に大きな感激を与えたであろうことは、公布された時から四十二日を経た五月二十二日に、越中国府において、著名な以下の長歌を作成することからも十分に伺えるのである。

陸奥国に金を出だす詔書を賀く歌一首并せて短歌

葦原の　瑞穂の国を　天降り　知らしめしける　皇祖の　神の命の　御代重ね　天の日継と　知らし来る　君の御代御代　敷きませる　四方の国には　山川を　広み厚みと　奉る　御調宝は　数へ得ず　尽くしもかねつ　然れども　我が大君の　諸人を　誘ひたまひ　良き事を　始めたまひて　金かも　たしけくあらむと　思ほして　下悩ますに　鶏が鳴く　東の国の　陸奥の　小田なる山に　金ありと　申したまへれ　御心を　明らめたまひ　天地の　神相うづなひ　皇祖の　御霊助けて　遠き代に　かかりしことを　朕が御代に　顕はしてあれば　食す国は　栄えむものと　神ながら　思ほしめして　もののふの　八十伴の緒を　まつろへの　向けのまにまに　老人も　女童も　しが願ふ　心足らひに　撫でたまひ　治めたまへば　ここをしも　あやに貴み　嬉しけく　いよよ思ひて　大伴の　遠つ神祖の　その名をば　大久米主と　負ひ持ちて　仕へし官　海行かば

水漬く屍　山行かば　草生す屍　大君の　辺にこそ死なめ　顧みは　せじと言立て　ますらをの　清きその名を　古よ　今の現に　流さへる　祖の子どもそ　大伴と　佐伯の氏は　人の祖の　立つる言立て　人の子は　祖の名絶たず　大君に　まつろふものと　言ひ継げる　言の官そ　梓弓　手に取り持ちて　剣大刀　腰に取り佩き　朝守り　夕の守りに　大君の　御門の守り　我れを除きて　また人はあらじと　いや立て　思ひし増さる　大君の　命の幸の　聞けば貴み　(18・四〇九四)

反歌三首

ますらをの心思ほゆ大君の命の幸を聞けば貴み　(18・四〇九五)

大伴の遠つ神祖の奥つ城は著く標立て人の知るべく　(18・四〇九六)

天皇の御代栄えむと東なる陸奥山に金花咲く　(18・四〇九七)

天平感宝元年五月十二日に、越中国守の館にして大伴宿禰家持作る。

当該歌は、長歌において、葦原の瑞穂の国のこと、聖武天皇と黄金産出の出来事、さらに大伴家の由来、それに対する家持の感慨というように「画像が大（公）から小（私）へと絞られるようになって」おり、それに対して反歌は、「小（私）から大（公）へと拡大して」いき、「反歌第三首の結びとしての迫力が強化」される構図となっている。(35)

北山茂夫は、当該歌に関して、

貴族、官人のなかで、もっとも強く感奮し、それを一篇の長歌に託したのが、ほかならぬ大伴家の家持であった。それは、貴族、官人一般の感動を代表したものでなく、大伴家の一人としての特定の立場においてであった。この点は、宮廷歌人、人麻呂、赤人とまったく異なるところである。(36)

聖武は、帝王としての立場から、まさに家門のその核心にふれつつ大伴、佐伯の族の奮起を強くのぞんだ。遠祖の、大君への「言立」までも引証し、「内の兵」たる世襲の職にも言及した。それが天皇の、大伴、佐伯の旧大族への信任の独自な根拠でもあった。天皇は、いまかれらの忠順を切実に求めていたからこそ、こういう異例の内容の訴えになったのである。

遠く越中国府に身をおいた家持が、この詔を伝達されて、とくに感奮を禁じえなかったのは、かかってその点にあった。「大君の御言の幸」がその中核である。すでに述べたごとく家持のがわに、打てばひびくような主体的条件が熟していた。つまり、大伴氏的伴造意識のめざめである。(37)

と述べているが、家持の感激が当該歌の中心にあることはまず間違いないことであろう。確かに当該歌には、菊池威雄が、「賀歌の伝統的な様式を踏襲しながら、宮廷の『はれ』の場への回路を絶たれた『私的な詠懐の歌』に近いものであろう」と述べ(38)、また市瀬雅之が、

都から遠く離れた越中国にいて、憂鬱な心情を励ますのに必要だったのが、大伴氏の輝かしい伝統であった。家持は自氏の伝統を顕彰した詔に応えて、歌にその理想的な世界を構築することで、自らの心の陰りを晴らそうとしていたのであった。(39)

と述べるような、家持の「憂鬱な心情」が込められていることも事実である。しかし、市瀬が、

天皇の絶対性に対する憧れを反映した聖武天皇の詔詞は、家持の実生活に何かを与えてくれるものではなかった。おそらく家持もそれを期待していなかったに違いない。(40)

と結論づけることもまた単純にはできないだろう。

家持は当該歌の直後に、「吉野の離宮に幸行さむ時のために儲け作る歌」を作成している（18・四〇九八～四一〇〇）。文武や聖武など、天武皇統嫡系の天皇が即位する前後に、聖地吉野への儀礼的行幸が行われるのが例になっており（吉井巌『全注　巻六』）、鉄野昌弘が指摘するように「越中にいる自分が行幸に参加しうる見込みが薄いに

も関わらず」「『出金詔書』に皇位継承間近を感じ取ったことの表明」でもあろう。(41) そして、家持は、聖武天皇の吉野行幸に供し、この「儲け作る歌」を実際に歌う機会があると当然信じていたわけではないだろうが、この「儲け作る歌」には、先ほどの聖武の詔書と従五位上昇叙とによる家持の意識の向上があったことは伺えるのである。そのような意味でも、「前代の順直な継承こそが求められる」「皇統と大伴氏の一体的な連綿を歌う(42)」当該歌の「陸奥国より金を出だす詔書を賀く歌」には、家持の、聖武―諸兄のラインへの期待と、皇親政治への期待、それに対する大伴家としての揺るぎない意識を持っていたと考えてよいのではないだろうか。

つまり、以下のように述べる意識は、帰郷後も常に家持の意識に備わっていたと考えるべきである。

家持は、皇統の節目に立って、大伴氏という、もう一つの連続体の末端に位置する己とその使命を歌う。これからの皇統の「守り」に立つのは、今は辺境にあっても、「吾を置きて人はあらじ」という強烈な自負を、家持は持った。(43)

皇位継承を目前にして、家持は高揚する。「大君の御門の守り」に立つ者として、「我をおきて人はあらじ」。それは、「祖の名」を負い持って、大伴氏の悠久の連鎖に連なることである。それと同時に、自分が功績を立てれば、それが新たな「祖の名」となって子孫に受け継がれてゆくはずである。(44)

この意識は、天平感宝元年（七四九）の、以下の長歌によりさらに発展していったことが理解される。

天平感宝元年閏五月六日より以来、小旱を起し、百姓の田畝稍くに凋む色あり。六月朔日に至りて、忽ちに雨雲の気を見る。仍りて作る雲の歌一首短歌一絶

天皇の　敷きます国の　天の下　四方の道には　馬の爪　い尽くす極み　舟舳の　い泊つるまでに　古よ　今の現に　万調　奉るつかさと　作りたる　その生業を　雨降らず　日の重なれば　植ゑし田も　蒔きし畑も　朝ごとに　凋み枯れ行く　そを見れば　心を痛み　みどり子の　乳乞ふがごとく　天つ水　仰ぎてそ待つ　あ

しひきの　山のたをりに　この見ゆる　天の白雲　海神の　沖つ宮辺に　立ち渡り　との曇りあひて　雨も賜はね

（18・四一二二）

反歌一首

この見ゆる雲ほびこりてとの曇り雨も降らぬか心足らひに

（18・四一二三）

右二首、六月一日の晩頭に、守大伴家持作る。

雨落るを賀く歌一首

我が欲りし雨は降り来ぬかくしあらば言挙げせずとも稔は栄えむ

（18・四一二四）

右の一首、同じ月四日に、大伴宿禰家持作る。

当該歌に関して、窪田空穂『評釋』は、

陸奥の國より金を出せる詔書を賀く歌を、大伴氏の代表者として詠んだのと並び、これは一國の國守として、神に雨を祈る歌で、規模の大きな上では相對し得るものである。（略）陸奥の國より金を出したのを賀する歌、或は此の歌のように、公人としての意識の上に立つての物は、面目を一變して来、殊に此の歌の如きは簡潔に、整然として乱れの無いものとなつて来るのである。此の歌はその意味では、彼の代表的の作と云へるものである。

と述べ、橋本達雄は、

作歌動機は、国守としての強い自覚と責任感とによることは疑いえない。それほどの真摯さにあふれているからである。だが、この歌はいっぽうでは、越中の農作の状況を中央へ報告する意味にもはたらき、国守としての立場を説明する実用性のものに転化しうるのである。上京を前にしていた家持には、そうした心組みも潜在してつくっているのではなかろうか。善良な国守としての一面をよくうかがわせる貴重な作でもある。(45)

と述べる。国守は、「遠の朝廷の長であるから、遠の朝廷の範囲においては天皇に代る権限を持つ。したがって、国守の雨乞いは天皇の雨乞いにつながる」と捉えられるのである。[46] 当然当該歌は、このような国守としての意識のみではなく、旱魃とそれに伴う祈雨が文学の題材として中国文学、例えば『芸文類聚』等に作品化されており、この中国文学に触発されたものとの指摘もなされている。[47] そのような「時候暦日に対する詩的意識世界」とともに、当該歌には、「陸奥国に金を出だす詔書を賀く歌」を詠出したときと同様の、聖武天皇に仕える大伴一族としての意識が組み込まれていることは明らかであり、佐藤隆が結論付けるように、

天皇に代わり越中で良き治世をする国守家持には、言挙げなどしなくても、必ず天地の神や皇祖の助力があり、落雨があって小旱は解消され豊作が期待されるとする理想世界を思い描いたと考えるのである。[48]

越中での家持はこのような皇統賛美、皇統の「守り」に立つ大伴氏としての自負、名を立てることへの憧れを歌いつつ、それと同時に、

いつまで続くかわからない越中での生活に、家持は焦りを禁じえない。妾（天平十二年）、安積皇子（天平十六年）、弟書持（天平十八年）と、次々に周囲の若い人々を失い、越中で自分も危うく命を落としかけた（天平十九年）。「大君の辺」にあって死ぬことは、果たして可能なのか。[49]

という憂鬱な心情をも抱えていたのである。

さて家持は、少納言を拝命し六年の国守生活を終え、天平勝宝三年（七五一）八月に越中国府を立つ。その後、天平勝宝七歳の防人歌蒐集までの三年間に三十四首の歌を詠む。それらを明示すると以下のようになる。

●天平勝宝三年（七五一）

A　左大臣橘卿を寿かむために予め作る歌一首（19・四二五六）

B　（十月二十二日に、左大弁紀飯麻呂朝臣の家にして宴する歌三首）（四二五九）

●天平勝宝四年（七五二）
C　詔に応へむために儲けて作る歌一首幷せて短歌（四二六六〜四二六七）
D　（十一月八日に、左大臣橘朝臣の宅に在して肆宴したまふ歌四首）（四二七二）
E　（二十五日、新嘗会の肆宴にして詔に応ふる歌六首）（四二七八）
F　（二十七日、林王の宅にして、但馬按察使橘奈良麻呂朝臣に餞する宴の歌三首）（四二八一）
●天平勝宝五年（七五三）
G　十一日に、大雪降り積みて、尺に二寸あり。因りて拙懐を述ぶる歌三首（四二八五〜四二八七）
H　十二日に、内裏に侍ひて、千鳥の喧くを聞きて作る歌一首（四二八八）
I　二月十九日に、左大臣橘家の宴に、攀ぢ折れる柳の条を見る歌一首（四二八九）
J　二十三日に、興に依りて作る歌二首（四二九〇〜四二九一）
K　二十五日に作る歌一首（四二九二）
L　（八月十二日に、二三の大夫等、各壺酒を提りて高円の野に登り、聊かに所心を述べて作る歌三首）（20・四二九七）
●天平勝宝六年（七五四）
M　（三月十九日に、家持が庄の門の槻樹の下にして宴飲する歌二首）（四三〇三）
N　同じ月二十五日に、左大臣橘卿、山田御母の宅に宴する歌一首（四三〇四）
O　霍公鳥を詠む歌一首（四三〇五）
P　七夕の歌八首（四三〇六〜四三一三）
Q　〔右の一首、同じ月二十八日に、大伴宿禰家持作る〕（四三一四　左注）
R　〔右の歌六首、兵部少輔大伴宿禰家持、独り秋野を憶ひて、聊かに拙懐を述べて作る〕（四三一五〜四三二〇

左注)

しかし、これは、防人検校中の十六日間で二十首の歌を詠んだことを考えると、非常に少ない数であり、家持の作歌意欲の沈滞を明らかにする。そのような中で、G~Kの期間とO~Rの期間には集中して歌が詠まれていることが分かり、松田聡は、O~Rの時期に関して、「家持の兵部少輔任官は勝宝六年四月五日のことであり、この時の作歌意欲の高揚は兵部少輔任官が契機となったものと考えられる」としており、家持の山陰道巡察使兼任までの十一月までに作歌がなされていることが分かる。このように見ると「防人歌蒐集の背後にも兵部少輔任官に伴う精神的充実があった(50)」と考えることが、まずはできるだろう。

また、松田聡は、前半のG~Kの作歌意欲の高揚は、Dの橘諸兄邸における十一月八日の肆宴に家持が同席し、そこで「聖武と諸兄の唱和を目のあたりにしたことと無関係ではあるまい」とし、「予て期待していた聖武＝諸兄による君臣唱和が実現したことは、その後の作歌活動を支える精神的な拠り所となったに違いない」と結論付ける(51)。この聖武と諸兄との関係、いわゆる聖武—諸兄のラインへの期待と皇親政治への期待は、越中時代の家持が、聖武天皇の詔書に対して高揚させていた意識でもあった。またそれに対する大伴家としての揺るぎない意識も兵部少輔という武門への初めての任官と重なり、さらに高揚していったものと考えられるのである。帰郷後、藤原仲麻呂の専横を目のあたりにした家持にとって、その専横は、自分の理想とはほど遠いものであったであろうし、それが、作歌意欲の沈滞の意味でもあろう。しかし、聖武—諸兄のラインに加わり、その君臣和楽の理想を見、さらに、大伴氏の武門としての意識の高揚が、その沈滞の中で、作歌意欲の高揚を見出した一つの原因としてあるに違いない。

そのように考えた場合、家持の防人歌蒐集もそのような意識の向上と無関係ではないように思われるのである。

第五節　家持防人歌蒐集の目的

さて、第二・第三・第四節で家持を取り巻く当時の歴史的状況・政治的状況を眺めてきたが、この状況から家持の防人歌蒐集の目的を考察してみることとする。

まず、第二節で述べたように、当時の律令国家における東国の軍事力依存を考えた場合、防人停止と防人歌蒐集の目的とは関与しないことが明らかになった。また国際的状況における新羅との緊張状態の様相を考えると、大宰府は一貫して防人を必要としていたことが分かるのであり、兵部少輔であり、山陰道巡察使と兼任となった家持もそれと無関係ではいられないことは明らかな事実と考えられる。そのように考えるならば、防人歌蒐集の目的もこのような歴史的状況の中で改めて考察しなければならないだろう。

さらに、家持は、越中守時代後半、特に聖武天皇の詔書をきっかけとして「陸奥国に金を出だす詔書を賀く歌」を作成したような意識を向上させた。それは、皇統賛美であり、皇統の「守り」に立つ大伴氏としての自負であり、名を立てることへの憧れ、いわゆる伴造意識の向上であるが、その意識をもとに天皇に代わり民を導く意識をも家持は持つに至ったと考えられるのである。また帰郷後の家持の作歌意欲の沈滞と、その沈滞の間に見られる意識の向上も、やはり皇統意識や家持の皇親政治を理想とする意識の問題として捉えられることが明らかになった。帰郷後の家持は、理想とする聖武天皇と橘諸兄とのつながり、そのつながりに連なることこそを意識化していたものと考えられるのである。

そのような中で、聖武天皇が詔書の中で、武門としての大伴家を顕彰したその意識を、家持自身がさらに高揚させる兵部少輔任官が実施された。作歌意欲の高揚が兵部少輔任官を契機として見られることもそれを証していよう。

防人歌蒐集の背後に兵部少輔任官に伴う精神的充実・意識の高揚、この点をも考慮する必要があるであろう。

防人歌蒐集は、第一節で述べたように、兵部少輔という立場の家持から発せられたことから言えば、確かに公的な蒐集ということとなるが、その目的はやはり家持の内面性と深く関わっていると捉えるべきである。家持の兵部少輔任官から山陰道巡察使に兼任される十二月までの間に、防人歌蒐集の意図が確立され、その意図が各国府に伝えられ、『万葉集』に収載されるような防人歌を形成するにいたったものと考えられる。四月から十二月までの期間に国府に伝える方法としては、松田聡が述べるような朝集使の利用も十分に可能性があるだろう。朝集使は、

律令制のもとで地方国衙の政治の状況を中央政府に報告する使者の一つであり、それには国司の一人が起用される。毎年一回、国内の官吏の考課を記した考文とその他種々の公文とを携え、十一月一日までに太政官に奉ることを主要な任務とし、計帳を上申する大帳使、正税帳を上申する税帳使、調庸の物を貢上する貢調使とあわせて四度使とよばれる。(52)

ものである。松田聡は、「家持は兵部少輔の権限において任国へ帰る朝集使たちを利用し、防人蒐集の命を各国庁へと伝えたのではなかろうか」と述べているが、(53)これは首肯される意見と考えられる。実際、家持自身も越中守時代に、自ら税帳使や大帳使として都に赴いた事実が見られるのであり（天平十九年〔七四七〕五月・天平勝宝三年〔七五一〕七月）、東国の国守に直接伝達することもできたはずである。また、先述したように家持に「昔年に相替りし防人が歌一首」を含む四首の伝誦歌（四四三六〜四四三九）を伝えたのも上総国の朝集使として上京していた大原真人今城だったわけであり、朝集使と家持とのつながりも防人歌周辺から伺えるわけである。屋名池誠は、奈良時代東国方言の音韻体系を綿密に調査し、「防人歌は、中央方言の耳をもった話者が、音声レベルで筆録したもの」と推定し、防人歌筆録者としては、「現地生え抜きの者ではなく、都から派遣されていた国司関係者、特には防人部領使として関わった者たちが考えられよう」と述べる。そして、音声レベルの表記が「国を超えた共通の性

質が抽出できる程度の精度をそろって有している」ことから、「事前に『聞いた通りに記せ』という明示的な指示が統一的に与えられていた」と結論づける。[54]このことからも、家持の防人歌蒐集の意図は確実に各国に伝えられていたと捉えるべきだろう。

さて、そのように各国府に伝えられた防人歌蒐集の命であるが、その蒐集目的については、以下のような諸説が存在する。

ア　萬葉も巻一巻二が完成し（略）諸國の風俗、特に此時代の重大なる事業であつた新なる東北政策の第二段階が目前に控へ、その和平行政策の上から、數世紀以前に熟化した部分の東方庶民の風俗採取に眼をつけられてゐたかして、所謂東歌の採取が行はれたものと私は思ふが、此防人歌の採取もそれに準ずる新計畫と観てよからう。[55]　（尾山篤二郎）

イ　旅人以来の大伴家の執念と憶良の影響による同情、この二つが、家持をして防人廃止に懸命にならしめ、そのために防人歌の収集を企てしめたと考えるのである。[56]　（吉永登）

ウ　天平勝宝七年における防人歌蒐集は、万葉の形成史を辿るとき、突然変異ではなかったと思われるのである。東歌編纂の直接の理由と同様、それは、やんごとなき人々に、防人の心情を歌をもって知らせるために纏められたのではないか。[57]　（伊藤博）

エ　家持の防人歌収集は、あくまで文学行為であるとわたしは考える。各国進上歌が、「拙劣なる歌は取り載せず」という左注を添えられていることが、端的にそのことを物語る。この記載には、檄文的心情の冷静な否定がある。磐余諸君が昔年の防人歌を抄写して贈ったのなども、そして、家持がそれをそのまま登載しているのなども、兵部使人の範囲での文学行為と解することによって、正当な位置づけを得よう。[58]　（川口常孝）

オ　越中守時代に東歌一巻を編み、そうでなくても深い関心をもっていた東国庶民の歌に対して一層の興味をそそられた家持が、兵部少輔としての地位と、難波における防人検校という機会を得て行ったものであると私は考える。

家持を防人歌の蒐集に駆り立てたものは、一言をもってこれを尽くせば、東国の庶民の歌に対する親愛感と愛惜の念であった。(59)（水島義治）

このア～オを眺めた場合、イは前節までに検討したように、この意見は受け入れることができず、エの「家持の防人歌収集は、あくまで文学行為である」とする説が、もっとも簡潔で妥当ということになろう。その「文学的行為」をア・ウ・オの説では東国庶民に関心を抱き、東歌と同様の意識を家持が持ったことがきっかけとなり、その東国の庶民の心情を訴えるための一つの方法として防人歌が蒐集されたとする意見であり、そこには東国庶民の歌に対する「親愛感と愛惜の念」までもが考えられている。しかし、東国の防人との生活や身分の差が大きいいわゆる貴族層に属する家持が、果たしてどれほどの親愛感を持ったかは疑わしい。家持は天皇を筆頭にする皇親政治を理想として、その皇親政治が一般の民にまで浸透することを理想としたと思われるが、それはあくまでも理想としての「民」であると考えられ、一般庶民に「親愛感と愛惜の念」を持つことはなかったのではないかと考えられる。

実際、前章まで考察したように、防人歌は、地方においてある程度の身分を有する上層階級の者の歌を中心に構成されている可能性がある。それら上層階級に属する者たちは、地方において中央の律令官人の歌を享受し、また地方において顕現していた「孝」の思想を歌に反映させることのできる身分の者でもあった。「民」とは言っても、彼らは地方における律令官人のカテゴリーに属する可能性のある者であり、そのような意味でも理想としての「民」であり、一般東国庶民をも含む「民」ではないことは明らかである。実際越中時代の家持は、越中の庶民やその伝誦歌や民謡にほとんど興味を示していないという事実も喚起されてよいであろう。これは、防人歌蒐集に関する辰巳正明説と密接に関わってくる。辰巳正明は、当時の民と天皇と家持との関係について以下のように述べる。

歴史書が記す民の扱いは、天皇の正しい政治を示すための根拠であった。これは、民の行為を天の意志と見る考えに基づくものであり、中国古代では《民本》と呼ばれた。（略）古代日本の民は天皇との対として位置づけられて登場するが、家持の段階で大きな変化が現れたといえる。家持の応詔歌は、『尚書』の中でも聖天子の事績（政道）を取り上げて、現天皇のあるべき政道に触れるものである。その基本的態度は、天皇が多くの宮廷奉仕者を撫で斉えられたということと、一人も残さずに四方の民に恵みを与えられたということにある。（略）家持が防人の歌を集めたのも、このような《民》への関心にあったと思われ、その背景には家持の思い描く「民と天皇」という理念が存在した。（略）「民の苦しみを理解する天皇の心」という問題を家持が捉えたからであろう。[60]

これは、前述したように、家持が、国守として天皇の代わりに民を導く意識を持つようになった契機とも密接に関わるだろう。それはあくまでも「『民と天皇』という理念」の問題なのである。そして、この理念は、先述した松田聡の説とも密接な関わりを持ってくる。松田は、帰郷後の家持の作歌意欲の向上を家持の兵部少輔任官に伴う精神的充実と、さらに、橘諸兄邸における天平勝宝五年十一月八日の肆宴に求めた。その宴の場において、聖武天皇と諸兄の唱和を目の当たりにしたことこそが、家持の作歌意欲の向上につながったと考え、さらに、その意欲向上と防人歌蒐集の目的を関連付けて以下のように結論づけた。

家持が志向したものを聖武と諸兄の君臣唱和に限定してしまうのは正しい理解とは言えないであろう。恐らく家持は、身分を越えて和歌という文雅の世界を共有すること自体に一つの理想を見出していたのである。防人歌蒐集の動機も、聖武と諸兄の文芸上の交流に対する期待を精神的基盤として、その相似形を自身と防人の間に求めたところにあったのではないだろうか。

つまり家持は、防人歌の蒐集を通し、身分を越えて防人と和歌の世界を共有しようとしたのである。もちろん防人達はただ歌を献じただけであり、家持との精神的な交歓などはなかったであろうから、真の意味での共有とは言えないかもしれない。だが、家持の側から見た場合、擬似的にせよ和歌世界の共有という要素があることは否定できないであろう。家持が蒐集に並行して詠んだ独詠歌の中に防人の悲別をテーマとしたものがあることからすれば（略）少なくとも家持には、歌を詠むことによって防人歌の世界を共有しようとする意識があったはずだからである。[61]

そして、このような歌の交流を通しての君臣和楽を実現することこそが、家持の理想とする皇親政治を民にまでしみこませることにもなり、それこそが皇統の「守り」に立つ武門大伴氏としての自負だったのではないだろうか。そしてその自負は、聖武・諸兄という精神的基盤に支えられたこの天平勝宝七歳にこそ、もっとも大きく高揚していた家持の意識だったのである。

天平勝宝八歳の聖武天皇の死、橘奈良麻呂の謀反計画、天平宝字元年（七五七）の橘諸兄の死、橘奈良麻呂の変、その後の藤原仲麻呂の専横は、家持のこの皇統の「守り」に立つ武門大伴氏としての自負を打ち砕いていったものと推察されるのである。

第六節　おわりに

本章では、大伴家持防人歌蒐集の目的ならびに意義を以下のようにまとめておく。

家持には、天平勝宝元年（七四九）「陸奥国に金を出だす詔書を賀く歌一首」作成以降、皇統賛美、皇統の「守り」に立つ大伴氏としての自負、名を立てることへの憧れが芽生え、それは、国守として天皇の代わりに民を導く意識をも芽生えさせた。そして家持の理想とする皇親政治を具現化させる一つの理想像を帰郷後の聖武―諸兄の宴の場で見出すこととなり、歌の交流を通しての君臣和楽を実現することこそが、家持の理想とする皇親政治を民にまでしみこませることにもなり、それこそが皇統の「守り」に立つ武門大伴氏としての自負だったこととなる。そしてその自負は、聖武・諸兄という精神的基盤に支えられたこの天平勝宝七歳にこそ、もっとも大きく高揚していた家持の意識だったのであり、また当時の新羅との緊張状態のなか、兵部少輔という軍事面での任官にともなう武門大伴家の意識の向上とも重なり合い、防人歌蒐集につながったものと考えられるのである。そして防人歌蒐集は、そのような意味で、身分を越えた和歌世界の共有であるとともに、民の声を聴くという一つの皇親政治を貫く理想としても結実したのだろう。そして、それは家持の内面性の問題であるとともに、当時の内外の政治的状況とも無関係ではないはずである。

注

（1）折口信夫「上世日本の文学」『折口信夫全集』第十二巻（中央公論社、一九五五年八月）。
（2）相磯貞三「防人歌の採集」（『國學院雑誌』第五十七巻第六号、一九五六年十二月）。
（3）松田聡「防人歌の蒐集と家持」（『古代研究』第三十号、一九九七年一月）。
（4）鉄野昌弘「防人歌再考―『公』と『私』―」（『萬葉集研究』第三十三集、二〇一二年十月）。
（5）伊藤博『萬葉集釋注十』（集英社、一九九八年十二月）。
（6）注（3）に同じ。
（7）尾山篤次郎「家持と防人の歌」『大伴家持の研究』（平凡社、一九五六年四月）。
（8）伊藤博「家持歌日記と万葉集」『萬葉集の構造と成立　下』（塙書房、一九七四年十一月）。
（9）田中卓「防人」（『続日本紀研究』第三巻第十号、一九五六年十月）。
（10）直木孝次郎「防人と舎人」『飛鳥奈良時代の研究』（塙書房、一九七五年九月）。

(11) 神掘忍「天平期における防人停止と大伴家持の防人歌記録」(関西大学『文学論集』第二十五巻第一・二・三・四合併号、一九七五年十一月)。
(12) 坂上康俊「聖武天皇と仏教」『平城京の時代』(岩波新書、二〇一一年五月)。
(13) 鈴木拓也「奈良時代前半の征夷」『蝦夷と東北戦争』(吉川弘文館、二〇〇八年十二月)。
(14) 注(12)参照。
(15)「駿河国正税帳」『大日本古文書』第二巻(東京大学史料編纂所データベース http://wwwap.hi.u-tokyo.ac.jp/ships/db.html)参照。
(16) 注(7)に同じ。
(17) 吉永登「防人の廃止と大伴家の人人」『万葉—文学と歴史のあいだ—』(創元社、一九六七年二月)。
(18) 最近の論でも、例えば多田一臣は「防人歌は、防人制度の改廃を検討する資料として、組織的に収集された可能性が高い。天平二年(七三〇)以降、防人制度は動揺を続け、停止と復活を繰り返す変転のただ中にあった。防人歌は、防人たちの赤裸々な心情を伝える貴重な記録として、その制度運用の是非を判断する資料とされたらしい」と述べている(小峯和明編『日本文学史—古代・中世編—』ミネルヴァ書房、二〇一三年五月、「第二章　万葉集」)。
(19) 川口常孝「防人との邂逅」『大伴家持』(桜楓社、一九七六年十一月)。
(20) 林田正男「修辞と防人関連歌」『万葉防人歌の諸相』(新典社、一九八五年五月)。
(21) 東茂美「環日本海万葉集」(梶川信行・東茂美編『天平万葉論』翰林書房、二〇〇三年四月)。
(22) 北啓太「征夷軍編成についての一考察」(『書陵部紀要』第三十九号、一九八八年二月)。
(23) 注(13)に同じ。
(24) 右に同じ。
(25) 右に同じ。
(26) 石井正敏「唐の『将軍呉懐実』について」(『日本歴史』第四〇二号、一九八一年十一月)。
(27) 古瀬奈津子「隋唐と日本外交」(荒野泰典・石井正敏・村井章介『律令国家と東アジア』吉川弘文館、二〇一一年五月）。

(28) 注（21）に同じ。

(29) 右に同じ。

(30) 石井正敏「初期日渤交渉における一問題」（『史学論集　対外関係と政治文化―森克己博士古稀記念―　第一』、吉川弘文館、一九七四年二月）。

(31) 上田雄「急がばまわれの渤海路」『渤海国の謎』（講談社現代新書、一九九二年六月）。

(32) 鈴木靖民「奈良時代における対外意識」『古代対外関係史の研究』（吉川弘文館、一九八五年十二月）。

(33) 酒寄雅志「八世紀における日本の外交と東アジアの情勢」（『国史学』第一〇三号、一九七七年十月）。

(34) 北山茂夫「聖武の詔に感奮して」『萬葉集とその世紀　下』（新潮社、一九八五年一月）。

(35) 伊藤博『萬葉集全注　巻第十八』（有斐閣、一九九二年十一月）四〇九七【考】。

(36) 注（34）に同じ。

(37) 北山茂夫「越中国守時代」『大伴家持』（平凡社、一九七一年九月。本書では、平凡社ライブラリー版、二〇〇九年八月に拠る）。

(38) 菊池威雄「寿歌の変容―賀陸奥国出金詔書歌―」（『美夫君志』第四十九号、一九九四年十一月）。

(39) 市瀬雅之「『出金詔書歌』の詠作動機」『大伴家持論―文学と氏族伝統―』（おうふう、一九九七年五月）。

(40) 右に同じ。

(41) 鉄野昌弘「陸奥国出金詔書を賀く歌」（『セミナー　万葉の歌人と作品　第八巻』和泉書院、二〇〇二年五月）。

(42) 鉄野昌弘「『賀㆓陸奥国出㆑金　詔書㆒歌』論」『大伴家持「歌日誌」論考』（塙書房、二〇〇七年一月）。

(43) 右に同じ。

(44) 注（41）に同じ。

(45) 橋本達雄「越中守時代」『大伴家持』（集英社、一九八四年十二月）。

(46) 注（35）四一二二【考】。

(47) 佐藤隆「雨乞いの歌、落雨を賀く歌」(『セミナー　万葉の歌人と作品　第九巻』和泉書院、二〇〇三年七月)。
(48) 右に同じ。
(49) 注(41)に同じ。
(50) 注(3)に同じ。
(51) 右に同じ。
(52) 直木孝次郎「朝集使二題―その起源と形式化について―」『飛鳥奈良時代の考察』(高科書店、一九九六年四月)。
(53) 注(3)に同じ。
(54) 屋名池誠「奈良時代東国方言の音韻体系と防人歌の筆録者」(『古典語研究の焦点』武蔵野書院、二〇一〇年一月)。ただし、「防人歌に見られる違・訛例の意味するところのものは、第一義的には決して現地人の発音の実態ではなく、採録者による音韻差の認知に過ぎない」ことは注意しておく必要があるだろう(品田悦一「万葉集東歌の原表記」『国語と国文学』第六十二巻第一号、一九八五年一月)。
(55) 注(7)に同じ。
(56) 注(17)に同じ。
(57) 注(8)に同じ。
(58) 注(19)に同じ。
(59) 水島義治「防人歌の蒐集と採録」『萬葉集防人歌の研究』(笠間書院、二〇〇九年二月)。
(60) 辰巳正明「民と天皇―防人の歌はなぜ悲しいのか―」(『國學院大學紀要』第三十九号、二〇〇一年三月)、のち『詩霊論』(笠間書院、二〇〇四年三月)。
(61) 注(3)に同じ。

第二部　防人歌群の歌の場と配列

第一章　防人歌「駿河国・上総国歌群」の成立

第一節　はじめに

第二部では、各国の防人歌を歌群として捉え直し、その歌群の配列方法から歌群の意味を探り出し、その意味を実際の歌の場にまで遡及して考察することを目的とする。防人歌の場の考察に最も大きな業績を残したのは、序論「iii防人歌研究史」でも述べたように、吉野裕『防人歌の基礎構造』である。(1)吉野論の重要な論点を簡潔にまとめると以下の三点になる。

一　防人歌の近接する歌間に唱和・類同の関係が認められ、これは、作歌時処を共有し、集団的詠出であることを意味する。すなわち、防人歌は、ほぼ一国一集団の歌謡の座で詠出されたものである。

二　その座は遠征軍団への入隊宣誓式のような儀式後に設けられた宴の場が想定され、歌の内容も本来的には、応詔の決意を示す公的な「言立て」の歌であるが、宴の座の進行とともに、私情へと移りゆき、崩れていく傾向を示す。

三　防人歌の記載の順序は、それが作られ歌われた順序とほぼ合致し、そのままの形において集団的に生産された歌謡としての内的連結を認めることができる。したがって、国々の防人歌の冒頭は、その宴における開口第一番の性格を持つ。

この吉野論は、以下の三点によって、現在では様々に批判され、また論が展開されている。

ア　吉野論は、一国一集団の場を想定したが、内容的には「出郷時」「旅の途次」「難波津」での歌が詠まれており、このような三箇所の場を想定する方が妥当なのではないか。

イ　吉野論において、公的「言立て」的詞章とされた「大君の命かしこみ」を冒頭に持つ防人歌は十箇国中、三箇国のみであり（遠江国・相模国・下野国）、拙劣歌を排除するという防人歌の採録条件を考慮しても、防人歌を本来的には公的・「言立て」的性格であるとは言えないのではないか。そもそも「大君の命かしこみ」を「言立て」的詞章としてよいかも疑問である。

ウ　岸俊男論が示したように、防人歌は階級順に配列されている。(2) この配列意識には、大伴家持や防人部領使の配列意識が関与している可能性があり、それを考慮せずに歌の実際の場を再現することは問題ないのか。

この批判を解消すべく場の論は展開されており、現在では、アのように防人歌を三箇所の場に分け考察する方法が主流となっている。特に「郷里における旅立ち」「旅の途次」「難波津滞在中」という三箇所の場に大別した身崎寿は、イの論を展開し、防人歌の基本的性格として羇旅発思歌的・相聞歌的な性格が見られることを強調した。(3) つまり、吉野論では防人歌の本来的な性格からは傍系に逸脱すると捉えられた相聞的発想をこそ、防人歌の本来的な性格だと結論付けたのであり、この説は現在の防人歌研究の中心にあると考えていいだろう。

ただし、歌の場を三箇所に大別して考察する現在の歌の場の論においては、林慶花も批判するように「防人歌の発想上の『今』をその作歌時点と捉えており、現在諸氏によって行われている防人歌詠出の場の分類にもこのような考えを基準にしたものが少なからずある」(4) のである。下野国防人歌には、

難波津を漕ぎ出て見れば神さぶる生駒高嶺に雲そたなびく　（下野・四三八〇）

の歌もあり、「まだ起っていない未来のことを想像して現実の出来事のように確定的に歌っていることになり、発

想上の時点（洋上）と作歌時点（難波津）のずれが出る」[5]。このことを考慮しても、「防人歌の発想上の『今』をその作歌時点と捉え」る場の論は問題なのではないだろうか。林田正男も指摘するように「この分類の判断は個人の主観も入っているので、必ずしも客観性を持つとは言えず」「場と時点を異論なく定めることは困難」[6]であろう。実際、難波津においても出郷時の感慨を詠むことや、旅の途中の苦しみを詠むことは可能だからである。

しかし、だからと言って、鉄野昌弘が、「防人歌の『集団歌謡の座』を示す外部徴証は何も無い。それは専ら歌の内容、及び歌同士の関係から導かれた判断に負っている」[7]と述べるように、防人歌から集団性を排除した考えに拠るのも問題だろう。鉄野は、歌の内容、歌同士の関係から導かれる証拠しかないと批判しているが、逆に言えば、防人歌に関する歴史的証拠という外部徴証がない以上、歌の内容や歌同士の配列や関係から考察するしかすべがないだろう。したがって、本書でも、歌の内容面、歌相互の関係性をもとに場の問題を考えていかなくてはならないと判断するのである。

第二部は、吉野裕論と現在の防人歌の場の論を随時再検討することになるが、本章は、その一つの方法として、防人歌の中で収載率が最も高く、作者名表記・配列が最も整えられていると指摘のある上総国を取り上げ、その歌表現から、上総国の収載率の高さ、拙劣歌の少なさの意味を追究することとする。その過程で、第一部第一章で考察した進上歌数・作者名表記の考察が、歌の場を解明する大きな鍵の一つになることをも立証していく。

第二節　上総国防人歌の疑問点

上総国防人歌は以下のような歌群・配列になっている（便宜上歌の頭に番号を付す。また役職名に傍線を付す）。

① 家にして恋ひつつあらずは汝が佩ける太刀になりても斎ひてしかも　（四三四七）

右の一首は国造丁日下部使主三中が父の歌

②　たらちねの母を別れてまこと我旅の仮廬に安く寝むかも　（四三四八）
右の一首は国造丁日下部使主三中

③　百隈の道は来にしをまた更に八十島過ぎて別れか行かむ　（四三四九）
右の一首は助丁刑部直三野

④　庭中の阿須波の神に小柴さし我は斎はむ帰り来までに　（四三五〇）
右の一首は帳丁若麻績部諸人

⑤　旅衣八重着重ねて寝ぬれどもなほ肌寒し妹にしあらねば　（四三五一）
右の一首は望陀の郡の上丁玉作部国忍

⑥　道の辺の茨の末に延ほ豆のからまる君をはかれか行かむ　（四三五二）
右の一首は天羽の郡の上丁丈部鳥

⑦　家風は日に日に吹けど我妹子が家言持ちて来る人もなし　（四三五三）
右の一首は朝夷の郡の上丁丸子連大歳

⑧　立ち鴨の発ちの騒きに相見てし妹が心は忘れせぬかも　（四三五四）
右の一首は長狭の郡の上丁丈部与呂麻呂

⑨　外にのみ見てや渡らも難波潟雲居に見ゆる島ならなくに　（四三五五）
右の一首は武射の郡の上丁丈部山代

⑩　我が母の袖もち撫でて我が故に泣きし心を忘らえぬかも　（四三五六）
右の一首は山辺の郡の上丁物部乎刀良

⑪　葦垣の隈処に立ちて我妹子が袖もしほほに泣きしぞ思はゆ　（四三五七）
　右の一首は市原の郡の上丁刑部直千国
⑫　大君の命恐み出で来れば我取り付きて言ひし児なはも　（四三五八）
　右の一首は周准の郡の上丁物部竜
⑬　筑紫辺に舳向かる船のいつしかも仕へ奉りて国に舳向かも　（四三五九）
　右の一首は長柄の郡の上丁若麻績部羊
　二月の九日、上総国の防人部領使少目従七位下茨田連沙弥麻呂。進る歌の数十九首。ただし、拙劣の歌は取り載せず。

上総国は以上のように、作者名表記・配列ともに規則的に並べられた国と考えられるが、収載率も六十八・四パーセントと防人歌の中でもっとも高い国である。吉野裕は、防人歌の拙劣歌に関して、

　集団を領するところの集合的感情の根づよさを自証する歌謡であったはずのものが、個人的詩歌の見地からながめられたことによって「拙劣歌」なる烙印を押されたのだ。(8)

とし、集団的感情が根強いものが拙劣歌として取り除かれたとした。また伊藤博は、

　「拙劣歌」か否かの基準は、抒情が切実であるか否か、つまり、鬱結の情・悽惆の意・悲別の心が発揮されているか否かにあったといえるであろう。悲別や孤愁のあいまいな歌、空元気が空転しているような歌、そんな歌が「拙劣歌」として捨てられた(9)

としている。これらの説によると、上総国は個人的詩歌として優れており、悲別の心が端的に示されている歌が多いことになる。

しかし、様々な注釈書を見ると、この上総国も非常に解釈に揺れのある歌が多く、素直な歌が多いとは簡単には

言えないことが分かってくる。注釈書などが疑問とあげているものには以下の四点がある。

A　②が母を慕う歌なのはなぜか。

B　④の「斎はむ」主体は誰か。

C　⑥の「君」はいったい誰を指すのか。

D　⑨で突然「難波潟」を詠むのはなぜか。

まず、これらの疑問点を順次眺めていくことにより、上総国の収載率の高さ、拙劣歌の少なさを解明する糸口をつかむこととする。

第三節　疑問点A――日下部使主三中が父の歌――

①が「国造丁日下部使主三中が父」の歌なのに対して、それと和したと考えられる②の国造丁日下部使主三中は「たらちねの母を別れて」と歌い出す。そのため、

前の歌に和したものとしては、母を別れてといつたのが、穏やかでないともいへる。しかし父の歌とは無関係に詠んだものとすれば、もとよりこれで差支はない。（鴻巣盛廣『万葉集全釈』）

などと解釈する注釈書も多い。

また澤瀉久孝『万葉集注釋』は、

代匠記には「母ニ作ルベシ。其故ハ次下ノ三中ガ歌ハ此答ノ意ナルニ、ハ、ヲワカレテトヨメリ。父ガ別ヲ悲シム歌ニ答ストテ、父ヲ除テ母ヲ別レテト云ベキ理ナキヲ思フベシ」とある。しかし、母の歌があつたとも又父に對する歌があつたとも考へられ、それが拙劣歌として捨てられたとすれば、この「父」を誤字とする事も

當らないであらう。

としているが、しかし、第一部第一章で考察した作者名表記の方法、ならびに進上歌数の原則からすれば、国造丁日下部使主三中の歌はこの一首のみで、父に対する歌は存在しなかったと言わなければならない。鉄野昌弘が、「いかに拙劣であっても、応じ合っていれば歌集編纂上、そちらの方が優先されるだろう。父に応ずる三中の歌は無かった蓋然性が高い(10)」と述べることもそれを証する。また、

母との別れを惜しみ、母の身を案じ、無事・安泰を願っているのではなく、母と一緒に居ることのできない不安を訴え、甘えている、まだ母離れしないような幼さを私は感じる(11)。

とするのも非常に主観的すぎるだろう。

そこで、万葉集中に「父」を単独で詠む歌を考察してみると、ほとんどが「母」と対で詠まれており(12)、父が単独で思慕の対象となるのは、駿河国防人歌の、

橘の美袁利の里に父を置きて道の長道は行きかてぬかも　（四三四一）

右の一首は丈部足麻呂

のみであることが分かる。「父」を単独で慕う歌というのは一般的ではなかったといえるわけであるが、駿河国防人歌に一首あることは見過ごせない事実といえる。ただし、今の段階では国造丁日下部使主三中は母を慕う歌だけを詠み、父に対する歌は詠まなかったという結論のみとし、続いてBの疑問点に移る。

第四節　疑問点B――庭中の阿須波の神と難波潟――

④帳丁若麻績部諸人の歌に関しては、以下のように解釈の揺れが存在する。

略解には左注について「按ふに此歌防人が父母か、妻の詠める歌と見ゆ。諸人の下字の脱たるか」といひ、古義や新考、全釋などはそれに従つた。しかし全註釋には「旅行く者自身が、みづから斎ひをして無事を祝ふのである」とし、私注や窪田氏評釋も同説である。これはどちらにでも解けるやうに見えるが、（略）「帰り来までに」「庭中の阿須波の神に小柴さし吾は斎はむ」といふ者はやはり待つ父母乃至妻であるべきだと思ふ。

（澤瀉久孝『万葉集注釋』）

また、伊藤博『萬葉集釋注』も「左注に防人本人の歌としているけれども、内容は残る家族の心と見ざるを得ないようになっている」と述べ、林慶花は、「国府などで家人の歌を誦詠した防人の名前をそのまま書き記した採録者の誤り」(13)とする。また、鉄野昌弘は、「家人の立場の歌を諸人が選択して、自らの歌に取り込んだのだと考えることができる」(14)とする。この歌を家で待つ妻、または家族の歌と捉えるならば、それを防人である若麻績部諸人が詠む必然性とは何かが理解されなければならない。

「斎ふ」「帰り来までに」という表現が使用される防人歌には以下のような歌がある。(15)

父母が殿の後のももよ草百代いでませ我が来るまで　（遠江・四三二六）

国巡るあとりかまけり行き巡り帰り来までに斎ひて待たね　（駿河・四三三九）

父母え斎ひて待たね筑紫なる水漬く白玉取りて来までに　（駿河・四三四〇）

足柄の　み坂賜り　顧みず　我は越え行く　荒し男も　立しやはばかる　不破の関　越えて我は行く　馬の爪　筑紫の崎に　留まり居て　我は斎はむ　諸は　幸くと申す　帰り来までに　（常陸・四三七二）

難波道を行きて来までと我妹子が付けし紐が緒絶えにけるかも　（上野・四四〇四）

そして、これらの防人歌の中で「斎ふ」「帰り来までに」の両者をともに詠むのは、四三三九と四三四〇の二つの駿河国防人歌ということになる。この二首は自分が帰ってくるまでに無事を祈って待っていてくださいと、家に残る父母に対して詠む歌であり、斎う主体は家で待つ父母ということになる。そして、疑問点Aでも考察したように、やはり駿河国にこれらの歌があることは注目に価する。

そのような視点で眺めてみると、上総国は駿河国と共通する部分が多いことが分かってくる。そこで、まず目を両者の歌群に向けてみることとする。以下に駿河国防人歌を掲げる。

ア　水鳥の発の急ぎに父母に物言ず来にて今ぞ悔しき　（四三三七）
　　右の一首は上丁有度部牛麻呂

イ　畳薦牟良自が磯の離磯の母を離れて行くが悲しさ　（四三三八）
　　右の一首は助丁生部道麻呂

ウ　国巡るあとりかまけり行き巡り帰り来まで斎ひて待たね　（四三三九）
　　右の一首は刑部虫麻呂

エ　父母え斎ひて待たね筑紫なる水漬く白玉取りて来までに　（四三四〇）
　　右の一首は川原虫麻呂

オ　橘の美袁利の里に父を置きて道の長道は行きかてぬかも　（四三四一）
　　右の一首は丈部足麻呂

カ　真木柱ほめて造れる殿のごといませ母刀自面変はりせず　（四三四二）
　　右の一首は坂田部首麻呂

キ　我ろ旅は旅と思ほど家にして子持ち痩すらむ我が妻かなしも　（四三四三）
　　右の一首は玉作部広目

ク　忘らむて野行き山行き我来れど我が父母は忘れせぬかも　（四三四四）

右の一首は商長首麻呂

ケ　我妹子と二人我が見しうち寄する駿河の嶺らは恋しくめあるか　（四三四五）

右の一首は春日部麻呂

コ　父母が頭かき撫で幸くあれて言ひし言葉ぜ忘れかねつる　（四三四六）

右の一首は丈部稲麻呂

二月の七日、駿河の国の防人部領使守従五位下布勢朝臣人主。実に進るは九日、歌の数二十首。ただし、拙劣の歌は取り載せず。

この駿河国と上総国とを比較してみると、以下のように非常に多くの歌の対応が見られることに気づく。

①　家にして恋ひつつあらずは汝が佩ける太刀になりても斎ひてしかも　（上総・四三四七）

右の一首は国造丁日下部使主三中が父の歌

オ　橘の美袁利の里に父を置きて道の長道は行きかてぬかも　（駿河・四三四一）

②　たらちねの母を別れてまこと我旅の仮廬に安く寝むかも　（上総・四三四八）

イ　畳薦牟良自が磯の離磯の母を離れて行くが悲しさ　（駿河・四三三八）

④　庭中の阿須波の神に小柴さし我は斎はむ帰り来までに　（上総・四三五〇）

ウ　国巡るあとりかまけり行き巡り帰り来までに斎ひて待たね　（駿河・四三三九）

エ　父母え斎ひて待たね筑紫なる水漬く白玉取りて来までに　（駿河・四三四〇）

⑧　立ち鴨の発ちの騒きに相見てし妹が心は忘れせぬかも　（上総・四三五四）
ク　忘らむて野行き山行き我来れど我が父母は忘れせぬかも　（駿河・四三四四）
⑨　外にのみ見てや渡らも難波潟雲居に見ゆる島ならなくに　（上総・四三五五）
ケ　我妹子と二人我が見しうち寄する駿河の嶺らは恋しくめあるか　（駿河・四三四五）
⑩　我が母の袖もち撫でて我が故に泣きし心を忘らえぬかも　（上総・四三五六）
コ　父母が頭かき撫で幸くあれて言ひし言葉ぜ忘れかねつる　（駿河・四三四六）

今まで考察していた④の「斎ふ」主体の問題は、駿河国との関連で考えることによって合理的に説明できるのではないだろうか。つまり、駿河国のウ・エの歌に対して、父母の立場で上総国の防人が、

庭中の阿須波の神に小柴さし我は斎はむ帰り来までに

と答えた歌と解釈できるのである。そのように考えるならば、これは宴という歌の場が問題の背景にあったこととなる。進上日時が関係してくると思われるが、従来一国の中でのみ歌の構成や歌の場が問題にされており、二つの国が同一の場で詠まれた可能性はほとんど考慮されていない。しかし、例えば難波での宴の場を考えるならば、二つないしは三つの国が、同一の場で共同で歌を詠んだり、披露することもあったのではないだろうか。上総国と駿河国は、同一の共同の場で詠まれた非常に関連のある歌群ではないかと予測されてくるのである。

⑧においては、上総国が、

立ち鴨の発ちの騒きに相見てし妹が心は忘れせぬかも　（四三五四）

と詠むのに対し、駿河国クは、

忘らむて野行き山行き我来れど我が父母は忘れせぬかも　（四三四四）

と対応させる。後半は妹と父母で対応させ、同じく「忘れせぬかも」で結び付く。また、この⑧の前半「立ち鴨の発ちの騒きに」は、駿河国アの前半「水鳥の発の急ぎに」とも対応してくることとなる。

⑩では上総国が、

我が母の袖もち撫でて我が故に泣きし心を忘らえぬかも　（四三五六）

と詠むのに対し、駿河国コが、

父母が頭かき撫で幸くあれて言ひし言葉ぜ忘れかねつる　（四三四六）

と対応させる。これは⑩の「我が母の袖もち撫でて」の解釈に対し、相磯貞三が「子の袖を執へたと見るよりも、母がその袖で子の頭を撫でたと見るべき[16]」とした解釈とも整合する。

このように見てくると、最初の疑問点A、「国造丁日下部使主三中が父」の歌①と、駿河国にのみ存在する父に対する思慕の歌アは、この二国間の歌の場によってのみ整合性を帯びてくることとなるのである。鉄野昌弘は、この私案に対して、「三中父子で応じ合わないことの説明にはなっていない」と批判し、「駿河と上総とに類歌・類句が目立つのは、それらの国々の採録数が多いからに過ぎないのではないか」「互いに『共通の場』で発想されていないことを意味するのではないだろうか[17]」と反論するが、その場合、この対応関係をどのように説明するかは問われなくてはならないだろう。

疑問点D、⑨で突然「難波潟」を詠むのはなぜか、という疑問も、この二国間との比較で解決できるだろう。上総国⑨、

外にのみ見てや渡らも難波潟雲居に見ゆる島ならなくに　（四三五五）

は、駿河国ケ、

我妹子と二人我が見しうち寄する駿河の嶺らは恋しくめあるか　（四三四五）

と対応させることによってのみ、正確な解釈ができるのではなかろうか。ケの「我妹子と二人我が見し」「駿河の嶺」に対応し、⑨は「外にのみ見てや渡らも」「難波潟」と詠んでくるのではないだろうか。故郷の嶺に対して、異国の難波潟が対応させられており、嘆きがさらに深まっているといえるのである。

第一節で述べたように、吉野裕は、各国の防人歌に見られる歌の類同を民謡的な流布や先行する歌の模倣ではなく、各国それぞれが座を同じくする一つの集団的詠歌の結果とした。そして一国の歌の場が、防人遠征軍への入隊宣誓のような性格を持った官公的言立て的性格から私的抒情へと展開するさまを想定した。この一国一集団という考えは、防人の詠歌の場を三箇所に分ける論によって批判されて現在に至っている。まず南信一は、詠歌の場を「出郷時」「旅の途次」「難波津」の三箇所の場に分け、防人歌をそれぞれこの三箇所の場に分類した。また身崎寿や金子武雄も多少異なるものの、同じく防人歌を三分類している[18]。今問題にしている上総国と駿河国に関して、金子・身崎・南は以下のように三箇所の場を認定している（「郷」＝「出郷時」、「旅」＝「旅の途次」、「津」＝「難波津」）。

	①	②	③	④	⑤	⑥	⑦	⑧	⑨	⑩	⑪	⑫	⑬
金子	郷	郷	津	郷	旅	郷	旅	旅	津	旅	旅	津	津
身崎	郷	郷	津	郷	旅	郷	旅	旅	津	旅	旅	津	津
南	郷	旅	津	郷	旅	郷	旅	旅	津	旅	旅	津	津

	ア	イ	ウ	エ	オ	カ	キ	ク	ケ	コ
金子	郷	郷	郷	郷	郷	郷	郷	旅	旅	旅
身崎	旅	郷	郷	郷	郷	郷	旅	旅	旅	旅
南	旅	郷	郷	郷	旅	郷	旅	旅	旅	旅

　このように見ると、多少ズレがあるものの三者ともほぼ同じような見解になっていることに気づく。徴集された防人は、一旦国ごとに決められた場所に集められたであろうから、「出郷時」の場とは、国府や郡家における送別の宴の場と考えていいだろう。そのように考えるならば、詠歌の場を三箇所に設定するこれらの説は非常に合理的な説と考えられてくる。現在の防人歌研究は、この三箇所の場に分け分析する場の論が主流であり、確かにこの場の論は重要な視点であるが、しかし、歌の内容面から実際の場を想定することははたして可能なのであろうか。

　駿河国・上総国の二国においては、三者ともほとんど異論がなく、駿河国においてはすべてを郷里での作か旅の途次での作としている。つまりそこには難波津での作が存在しない。また、上総国でも難波津での作と三者がともに認定しているのは、十三首中四首のみである。では、先述した二国間の完全な対応関係をどう説明すればよいのであろうか。ほとんどが郷里や旅の途次での作である二国間の歌が、なぜこのような整然とした対応関係を示すのであろうか。考えられる結論は、これら二国間は同一の場で詠まれた歌群なのではないか、ということだ。そして、その二国間が同一の場を設けることができるのは、「駿河国正税帳」が示すように東海道中の旅の途次とも考えられるが、難波津と考えるのが最も妥当ではないだろうか。このように結論づけるならば、南・身崎・金子三者ともが最も可能性が低いと考えた難波津の場こそが、実はこれらの歌が生み出されてきた実際の場であったといえるのではないだろうか。そのように考えるならば、吉野裕が示した一国一集団の場の見解は、再評価されなければならないだろう。

第五節　疑問点C――「君」の指す主体――

最後に疑問点C、⑥の「君」はいったい誰を指すのか、という疑問についても考えておく。この問題は『万葉集』全体に関わる大きな問題であるが、本節では大きな枠組みだけ述べるにとどめる。

⑥　道の辺の茨の末に延ほ豆のからまる君をはかれか行かむ　（四三五二）

この「君」をどうとらえるかが疑問となっているわけである。なぜなら女性をさして「君」と呼ぶことが当時すでに特殊だったからである。それは以下の歌からも端的に窺える。

小墾田の　年魚道の水を　間なくぞ　人は汲むといふ　時じくぞ　人は飲むといふ　汲む人の　間なきがごとく　飲む人の　時じきがごと　我妹子に　我が恋ふらくは　止む時もなし　（13・三二六〇）

反歌

思い遣るすべのたづきも今はなし君に逢はずて年の経ぬれば　（13・三二六一）

今案ふるに、この反歌は「君に逢はず」と謂へれば理に合はず、「妹に逢はず」と言ふべし。

巻十三・三二六一の反歌の左注を考慮すると、上総国防人歌の四三五二の「君」は防人が妻を詠んだものと判断していいのか、それとも別の誰かを指したものかが議論されることとなるのである。

この「君」について、佐伯梅友は、

諸註に、君は妻をさすと見ているけれども、あるいは、自分でなければ夜も日もあけないというようになついている主家の若君などをさすと、考えるべきではなかろうか。[19]

と述べ、この説は『古典文学集成』や、伊藤博『釋注』などに引き継がれている。また井手至『全注』は、中国語の「君」と同様に、男女間で女性から男性をさして呼ぶ称、あるいは男性同士で相手を呼ぶ称として用いられ、つねに軽い尊敬の気持がこもっていたと見られる。（略）女性を呼ぶ称として用いられることは皆無ではないが、その場合は、遊戯性、諧謔性を漂わせた呼称となっている。（巻八・一四二八番歌）

としている。それに対して水島義治は、

諧謔的・遊戯的な歌三首中のものを除いても、一二首足らずの少ない数ではあるが、明らかに男性が女性を、夫が妻を指して「君」と言った例が存在する。男性が、然も班田農民である防人が、自分の妻を「君」と言うことは、普通には考えられないことではあるが、別れを嘆き悲しんで自分に纏わり付いて離れない妻をいとおしむあまりに、思わず、もしくは意識的に「君」と言ったと考えるのは無理であろうか。[20]

とし、「君」は妻を指すという見解を示しているのである。

そこで、水島が「一二首足らずの少ない数ではあるが、明らかに男性が女性を、夫が妻を指して『君』と言った例が存在する」と言った十二首（四九五・六六八・六九七・九一五・九四七・九五三・一四二八・一六四一・二五七九・二五八六・三一三六・三三六五）を私なりに再検討してみると、これらの歌は確かに男性の作とも考えられるが、ほとんどが女性の立場にたっての歌だと結論づけられる。

例えば、巻四・四九五は田辺忌寸櫟子が大宰に任ずる時の歌四首のうちの一首であり、以下のような歌である。

（田部忌寸櫟子が大宰に任ずる時の歌四首）

朝日影にほへる山に照る月の飽かざる君を山越しに置きて

しかし、これは四首まとめて理解すべきであり、渡瀬昌忠「四人構成の場」[21]の論が論じたように、ここは女性の立場にたっての歌と解釈することができる。

また巻六・九一五の車持朝臣千年の歌、

（或本の反歌に曰く）

千鳥鳴くみ吉野川の川の音の止む時なしに思ほゆる君

は千年自身、井村哲夫「車持朝臣千年は歌詠みの女官ではないか」の論[22]が示すように、男性の作とも断言できないし、そのような女性性を考えなくても女性の立場による女歌とも考えられ、男性から女性をさした例にはなりえないだろう。

巻六・九四七は山部赤人の歌、

（反歌一首）

須磨の海人の塩焼き衣のなれなばか一日も君を忘れて思はむ

であるが、九四六の長歌とともに羇旅歌の類型でもある女の立場に立っての歌であり、吉井巖は長歌に含まれる「敏馬―見・女、淡路―逢ふ、海松―見る、なのりも、などの言葉に触発されての試みかもしれない」（『全注巻六』）としている。

巻八・一四二八は、

草香山の歌一首

おしてる　難波を過ぎて　うちなびく　草香の山を　夕暮に　我が越え来れば　山も狭に　咲けるあしびの

悪しからぬ　君をいつしか　行きてはや見む

右の一首、作者の微しきに依りて、名字を顕はさず。

と左注に「右の一首、作者の微しきに依りて」とあり、これは「乞食人の歌」と同様、身分の上位の者に対するほめ歌・寿歌と考えるべきで、男性が女性に対して使用したのではないと考えられる。また、当該歌は一四二九・一四三〇と同様、若宮年魚麻呂の伝誦歌とも考えられ、一四三〇では、

去年の春逢へりし君に恋ひにてし桜の花は迎へけらしも

という伝誦歌を詠んでおり、一四二八もこれと同様な女性の立場に立っての歌とも考えられるのである。さらに、二五七九・二五八六・三一三六・三三六五のような巻十一・十二・十四の歌は、これが男性の歌であるとの確定的な例とは考えられないだろう。

以上のように見てくると、水島が言う男性から女性に対して用いられた確定的な例は、ほとんどが女性の立場にたった女歌や目上の高貴な身分の者に対する歌なのであり、男性から女性に対して「君」と詠むことがあるという証拠にはなりえないと考えられる。したがって、当該歌の場合も、親しい間柄の「妹」に対して詠んだというよりは、防人が女性の立場に立って歌を詠む必然性が考えられない以上、目上の立場の者に使用された特殊な使用法ということになるだろう。

逆に次の歌は新たな可能性を導き出すこととなる。

阿倍朝臣老人、唐に遣はされし時に、母に奉る悲別の歌一首

天雲のそきへの極み我が思へる君に別れむ日近くなりぬ　（19・四二四七）

これは男性が「母」に対して「君」を使用した例であり、当該防人歌でも防人が母に向けて君と詠んだ可能性も浮上してくるのである。

そのように考えるならば、当該歌と対応するであろう駿河国のカが、

真木柱ほめて造れる殿のごといませ母刀自面変はりせず　（四三四二）

と「殿」と「母」とを対応させて詠むことと関連するように思われるのである。序詞的用法で「真木柱ほめて造れる殿」を使用し、母に対して「母刀自」と、女性の尊称を用いていることも、母を「君」と呼ぶことを間接的に立証しているようにも考えられるのである。これは、第一部第四章において考察した、「殿」を詠み込む防人歌の作

者層の検討とも密接に結び付く結論ともなるだろう。

以上述べてきた水島義治への反論に対して、水島は、男性から女性に対して「君」と言った例を詳細に述べている「手崎政男氏の新著『「醜の御楯」考　万葉防人歌の考察』を、東城氏に是非見て戴きたい[23]」と再反論するが、手崎政男は、母に対して「君」を使用する四二四七番歌を「これは寧ろ女性をさして『君』と呼ぶその含意を示す、最も典型的な例と言える[24]」としており、その点で、私案と齟齬が生じていると言える。私案は、あくまでも親しい間柄の「妹」に対して詠んだというよりは、目上の立場の「母」に使用された特殊な使用法と考えているのである。

以上、上総国の従来からの疑問点を解決していくなかで、上総国と駿河国との二国間の関連性が見出された。逆にいえば、上総国の疑問点は駿河国を介在させることによって、理解が深められるものであったともいえるのである。そしてそのような二国間共同の歌の場が、難波津での宴の場であった可能性は高いと考えられるのである。

第六節　「駿河国・上総国歌群」の成立

上総国と駿河国とは、ともに関連のある歌群であり、そこには二国間共同の歌の場が想定できることが確認された。そこで、第一部第一章で考察した進上歌数・作者名表記の考察に立ち返り、上総国と駿河国との進上歌数を照らし合わせてみると、これら二国間の関係がさらに浮かび上がってくることとなる。

駿河国ア～ケの作者名表記は、上総国のような表記をしておらず、郡名が全く記されていない。歌の冒頭二首ア・イに、駿河国防人集団の長である「上丁」と、副の「助丁」が記されているのみである。では、駿河国の進上歌数の二十首とはいったいどのような数なのだろうか。

駿河国には一首も「―郡上丁」の歌が存在しない。しかし、第一部第一章の郡数の原則をここにも当てはめて考えてみたい。つまり「一つの郡から一名の上丁が歌を一首提出する」という原則である。すると以下の結論が導き出される。

一　駿河国の郡数は七郡。
二　七郡の上丁が歌を提出。
三　収載されている駿河国の上丁は零名。
四　したがって七郡の上丁の歌全てが拙劣歌。
五　万葉集収載の歌数は十首。
六　四と五を足すと十七首。

進上歌数は二十首であるから、六の計算からいくと三首この計算からずれてしまうこととなる。

しかし、上総国と駿河国とを比較してみると、上総国の収載歌数は十三首であり、駿河国の収載歌数は十首であることが分かる。つまりその差が三首なのである。

以上を分かりやすく表にすると以下のようになる。

この表のような対応形式からすると、上総国の四三五七・四三五八・四三五九（⑪・⑫・⑬）に対応する三首が、駿河国にもあったのではないかと考えられるわけである。『万葉集』収載歌十首に、四三五七以下三首に対応する三首、それに先ほど述べた拙劣歌になった上丁の歌七首、これらがあったと仮定すると進上歌数二十首に一致するのである。つまり、駿河国の進上歌数が二十首であるということは、上総国との関連を明確に示唆していることともなるのである。

最後に、上総国と駿河国の左注の進上日時にも目を向けたい。上総国が進上されたのは二月九日であるが、駿河国の左注には、

駿河国		
ア	四三三七	父母
イ	四三三八	母
ウ	四三三九	国巡る　行き巡り
エ	四三四〇	父母　斎ひて待たね　取りて来までに
オ	四三四一	父
カ	四三四二	母
キ	四三四三	子　我妻　家
ク	四三四四	父母　忘れせぬかも
ケ	四三四五	駿河嶺　二人我が見し
コ	四三四六	父母　頭かき撫で　忘れせぬかも

◆
◆
◆
◆安部郡上丁
◆志太郡上丁
◆有度郡上丁
◆益頭郡上丁
◆廬原郡上丁
◆富士郡上丁
◆駿河郡上丁

計二〇首（進上歌数に一致）

上総国		
①	四三四七	父の歌
②	四三四八	母
③	四三四九	百隈の道　八十島過ぎて
④	四三五〇	我は斎はむ　帰り来までに
⑤	四三五一	妹
⑥	四三五二	君
⑦	四三五三	我妹子　家
⑧	四三五四	妹　忘れせぬかも
⑨	四三五五	難波潟　外にのみ見てや
⑩	四三五六	母　袖もと撫でて　忘れえぬかも
⑪	四三五七	袖・我妹子
⑫	四三五八	取りつきて・児
⑬	四三五九	

◇平群郡上丁
◇安房郡上丁
◇夷灊郡上丁
◇畔蒜郡上丁
◇海上郡上丁
◇埴生郡上丁

計十九首（進上歌数に一致）

◆駿河国拙劣歌　◇上総国拙劣歌

二月の七日、駿河国の防人部領使守従五位下布勢朝臣人主。実に進るは九日、歌の数二十首。ただし拙劣の歌は取り載せず

とある。ここに「実に進るは九日」とあることに注目したい。なぜわざわざこのような記述をしたのか、なぜ二日おくれてわざわざ九日に提出されなければならなかったのか、それは上総国の九日と関連があるのではないだろうか。従来、この記述に対しては全く注意が向けられていなかったが、この記述には二国間が同時に、また一緒に進上されたことを端的に示唆しているのではないだろうか。

なお、水島義治は、この私案に関して「これは私など全く考え及ばなかった、まさしく注目すべき新見である」と述べながらも、

もし駿河・上総の両国の防人が一堂に会し、勿論防人部領使いも加わり、防人歌蒐集の当面の責任者たる、しかも自らも歌を詠み、優れた律令官人大伴家持が出席してその指導に当たったとするならば、進上歌の作者名表記や歌の配列に、このような大きい相違、不統一があるだろうか。(25)

と批判するが、私案では、家持の指導・教導はなかったと考えるものであり（第一部第三章参照）、この反論は、渡部和雄・林慶花説(26)に関する反論としては意味をなすものであることを最後に付記しておく。

第七節　おわりに

本章では、従来から作者名表記・配列などが規則的であると指摘され、また収載率が最も高い上総国防人歌を考察の対象とした。その考察において、この上総国は偶然とはいえないほどの対応関係が駿河国との間に見出され、この対応関係は二国間での同一の場における歌のやりとりの結果ではないかと結論づけた。その場の問題はさらに

追究しなければならない問題ではあるが、この二国間共同の場とは、天平十年の「駿河国正税帳」に駿河国を通過した国として上総国も挙げられていることから、[27]例えば駿河国での宴の場（国庁など）や、当然難波津での宴の場などが考えられるだろう。

このように考えるならば、上総国の収載率の高さ、拙劣歌の少なさは、この二国間の歌の場の集団的性格が反映された結果であると考えられる。防人歌が集団的歌謡に属するものとする考えを明確に打ち出したのは、先述したように吉野裕であるが、上総国の収載率の高さは集団的歌謡として取り残されたといえるのではなかろうか。そのような意味で、吉野裕論の妥当性がこの結果からは導き出されるのである（ただし、集団的感情が根強いものが拙劣歌として削除されたとする、吉野の拙劣歌論とは逆の結論となる）。

それは逆に言えば、進上歌数の考察から導き出されたように駿河国に一名の上丁の歌もないこと、つまり全ての上丁の歌が拙劣歌として取り除かれたこととも関わる問題である（この点に関しては、第一部第二章参照）。家持は、これら二国間共同の歌の場の成果である「駿河国・上総国歌群」を、集団的性格を残したまま『万葉集』に収載したといえるのではないだろうか。

注

（1）　吉野裕『防人歌の基礎構造』（筑摩書房、一九八四年一月）。
（2）　岸俊男「防人考―東国と西国―」（『萬葉集大成11』平凡社、一九五五年三月）、のち『日本古代政治史研究』（塙書房、一九六六年五月）。
（3）　身崎寿「防人歌試論」（『萬葉』第八十二号、一九七三年十月）。
（4）　林慶花「天平勝宝七歳防人歌の場」（『日本文学』第五十巻第三号、二〇〇一年三月）。

（5）右に同じ。
（6）林田正男「防人歌の人と場」『万葉防人歌の諸相』（新典社、一九八五年五月）。
（7）鉄野昌弘「防人歌再考―『公』と『私』―」（『萬葉集研究』第三十三集、二〇一二年十月）。
（8）吉野裕「「拙劣歌」の定位」、注（1）前掲書。
（9）伊藤博「大伴家持の文芸と意識」『万葉集の表現と方法　下』（塙書房、一九七六年一月）。
（10）注（7）に同じ。
（11）水島義治『萬葉集防人歌全注釈』（笠間書院、二〇〇三年二月）四三四八【鑑賞・考究・参考】。
（12）万葉集中、「父」を詠む歌は、八八六・一〇二二・一七五五・三二三九・三二九五・三三一二・三八八〇・四一六四の八首あり（「父母」「母父」は除く）、歌の中に必ず「母」も詠まれている。また山上憶良八八六と防人歌との関連については、本書第一部第三章で分析した。
（13）注（4）に同じ。
（14）注（7）に同じ。
（15）防人歌における「斎ふ」という表現性については、星野五彦「斎の文学―防人歌を中心に―」（『江戸川女子短期大学紀要』第八号、一九九三年三月）に詳しい考察がある。
（16）相磯貞三「愛子の歌」『防人文学の研究』（厚生閣、一九四四年十一月）。
（17）注（7）に同じ。
（18）南信一「駿河国防人歌」『萬葉集駿遠豆―論考と評釈―』（風間書房、一九六九年一月）、身崎寿、注（3）に同じ、金子武雄「東国防人等にとってのその歌」『万葉防人の歌―農民兵の悲哀と苦悶―』（公論社、一九七六年六月）。
（19）佐伯梅友「男女の言葉」『奈良時代の国語』（三省堂、一九五〇年九月）。
（20）注（11）四三五二【語釈】。なお、水島義治「『からまる君を別れか行かむ』の歌の解―万葉集における『君』の意味・用法―」（『万葉の風土・文学―犬養孝博士米寿記念論集―』塙書房、一九九五年七月）参照。
（21）渡瀬昌忠「四首構成の場―U字型の座順―」（『萬葉集研究』第五集、一九七六年七月）、のち『渡瀬昌忠著作集

第八巻　万葉集歌群構造論』（おうふう、二〇〇三年四月）。

(22) 井村哲夫「車持朝臣千年は歌詠みの女官ではないか」『赤ら小船—万葉作家作品論—』（和泉書院、一九八六年一月）。

(23) 水島義治「防人歌の歌意の検証・確認」『萬葉集防人歌の研究』（笠間書院、二〇〇九年四月）。

(24) 手崎政男「『大君のみこと』の様態と防人たちのそれへの対応」『「醜の御楯」考—万葉防人歌の考察—』（笠間書院、二〇〇五年一月）。

(25) 水島義治「防人歌詠出の場所・時点」、注(23)前掲書。

(26) 渡部和雄「時々の花は咲けども—防人歌と家持—」（『国語と国文学』第五十巻第九号、一九七三年九月）、林慶花「『父・母』の詠まれた防人歌の形成試論」（『上代文学』第八十七号、二〇〇一年十一月）における「難波歌壇」の説に対する反論ならば、有効だろう。

(27) 天平十年の「駿河国正税帳」には、伊豆国二二人　甲斐国三九人　相模国二三〇人　安房国三三人　上総国二二三人　下総国二七〇人　常陸国二六五人とあり（『大日本古文書』第二巻、東京大学史料編纂所データベース　http://wwwap.hi.u-tokyo.ac.jp/ships/db.html 参照）、駿河国を通過した防人数が示されている。

第二章　下野国防人歌群における配列方法と歌の場

第一節　はじめに

下野国防人歌は以下のような歌群・配列になっている（便宜上歌の頭に番号を付す。また役職名に傍線を付す）。

①　今日よりは顧みなくて大君の醜のみ楯と出で立つわれは　（四三七三）
　　右の一首は火長今奉部与曽布

②　天地の神を祈りてさつ矢貫き筑紫の島をさして行くわれは　（四三七四）
　　右の一首は火長太田部荒耳

③　松の木の並みたる見れば家人のわれを見送ると立たりしもころ　（四三七五）
　　右の一首は火長物部真島

④　旅行に行くと知らずて母父に言申さずて今ぞ悔しき　（四三七六）
　　右の一首は寒川の郡の上丁川上臣老

⑤　母刀自も玉にもがもや戴きてみづらの中に合へ巻かまくも　（四三七七）
　　右の一首は津守宿禰小黒栖

⑥　月日夜は過ぐは行けども母父が玉の姿は忘れせなふも　（四三七八）

右の一首は都賀の郡の上丁中臣部足国

⑦　白波の寄そる浜辺に別れなばいともすべなみ八度袖振る　（四三七九）

右の一首は足利の郡の上丁大舎人部禰麻呂

⑧　難波津を漕ぎ出て見れば神さぶる生駒高嶺に雲そたなびく　（四三八〇）

右の一首は梁田の郡の上丁大田部三成

⑨　国々の防人集ひ船乗りて別るを見ればいともすべなし　（四三八一）

右の一首は河内の郡の上丁神麻績部島麻呂

⑩　布多富我美悪しけ人なりあたゆまひ我がする時に防人にさす　（四三八二）

右の一首は那須の郡の上丁大伴部広成

⑪　津の国の海の渚に船装ひ立し出も時に母が目もがも　（四三八三）

右の一首は塩屋の郡の上丁丈部足人

二月の十四日、下野の国の防人部領使正六位上田口朝臣大戸。進る歌の数十八首。ただし、拙劣の歌は取り載せず。

この歌群の配列は、第一部第一章で考察した作者名表記の方法、すなわち各国の防人集団には、国造丁（国造）―助丁―主帳丁（帳丁・主帳）―（火長）―上丁（防人）なる関係が成立しており、防人歌はこの序列にしたがって順序正しく配列されているとした岸俊男説[1]に規則通り準拠している。すなわち、下野国防人歌は、

火長（①②③）―上丁（④）―郡名・肩書き名なし（⑤）―上丁（⑥〜⑪）

と配列されており、④⑤に変則的な部分はあるが、ほぼ岸説に従っていることが確認できるのである。

しかし、では、なぜ、④⑤に変則的な配列がなされたのか、なぜ⑤のみ郡名・肩書き名を記さないのか、また

④・⑥〜⑪の上丁の歌の配列方法・配列意識はいかなるものなのか、この点については現在、まだ十分な考察がなされていない。

本章は、下野国防人歌の配列方法について、一点目は、左注に記された肩書き名・作者名表記の観点から、二点目は、歌の内容面（歌の場の問題）の観点から考察し、その配列方法・配列意識を追究するものである。

第二節　作者名表記による配列方法

下野国防人歌は、火長（①②③）―上丁（④）―郡名・肩書き名なし（⑤）―上丁（⑥〜⑪）と配列されており、④⑤に変則的な部分はあるが、ほぼ岸説に従っていることを確認した。問題は、⑤の左注である。⑤の左注は、「右の一首、津守宿禰小黒栖」とのみ記されており、なぜこの歌のみ郡名・肩書き名が記されなかったのかは、疑問である。この点に関して、伊藤博は、以下のように述べる。

> 四三七七の歌には「右の一首は津守宿禰小黒栖」としかない。これは、前歌四三七六の作者と同じ寒川の郡の上丁であったために省略したものと見られる。(2)

このように、郡名・肩書き名が前歌と同じために省略されたと捉えるのが一般的である。しかし、はたしてそうであろうか。まず郡名について見てみると、例えば、遠江国の四三二三から四三二六の左注は以下のように記されている（肩書き名・郡名・作者名のみ記す）。

（四三二三）防人山名の郡の丈部真麻呂

（四三二四）同じ郡の丈部川相

（四三二五）佐野の郡の丈部黒当

（四三二六）同じ郡の生壬足国

四三二四・四三二六には「同じ郡の」と明確に記されており、この表記があることからも、⑤の左注が④と同じ郡であるために省略されたとは、すぐには断定できない。また下総国の左注の表記は以下のようになっている。

（四三八四）助丁海上の郡の海上の国造他田日奉直得大理　（四三九〇）猨島の郡の刑部志加麻呂
（四三八五）葛飾の郡の私部石島　（四三九一）結城の郡の忍海部五百麻呂
（四三八六）結城の郡の矢作部真長　（四三九二）埴生の郡の大伴部麻与佐
（四三八七）千葉の郡の大田部足人　（四三九三）結城の郡の雀部広島
（四三八八）占部虫麻呂　（四三九四）相馬の郡の大伴部子羊
（四三八九）印波の郡の丈部直大麻呂

下総国は、結城郡から三名が歌を提出しているが、彼らには郡名を記しており、四三八八のみ記述されない理由が分からない。結城郡の三名は、四三八六・四三九一・四三九三と離れて配列されたために郡名が記述され、四三八八は四三八七の「千葉郡」と同郡で、かつ続いて配列されたために、郡名が省略された、との見解も可能であるが、やはりそれならば、遠江国のように「同じ郡の」と記述されたのではないだろうか。

本書では、肩書き名をふまえた視点から防人歌を眺めた場合、郡名が記述されている国で、かつ郡名が省略される作者は、国の中で何らかの役職を担っていた者だということを確認してきた。例えば、第二部第一章で考察した上総国の左注は以下のように配列されていた。

（四三四七）国造丁日下部使主三中が父　（四三五四）長狭の郡の上丁丈部与呂麻呂
（四三四八）国造丁日下部使主三中　（四三五五）武射の郡の上丁丈部山代
（四三四九）助丁刑部直三野　（四三五六）山辺の郡の上丁物部乎刀良

（四三五〇）　帳丁若麻績部諸人
（四三五一）　望陀の郡の上丁玉作部国忍
（四三五二）　天羽の郡の上丁丈部鳥
（四三五三）　朝夷の郡の上丁丸子連大歳
（四三五七）　市原の郡の上丁刑部直千国
（四三五八）　周淮の郡の上丁物部竜
（四三五九）　長柄の郡の上丁若麻績部羊

四三四七から四三五〇の四名は、岸説によれば、国を統括する役職を担っている者であるが、彼らには郡名が記述されない。それに対して、四三五一から四三五九には郡名が記述されている表記になっている。また本章で問題としている下野国も四三七三から四三七五（①～③）までの「火長」という、国の中で役職を担っている者には郡名が記述されていない。このことから考えると、下野国の四三七七（⑤）「津守宿禰小黒栖」も役職名は記されていないが、国の中で何らかの役職を担っていた者の可能性があるのである。窪田『評釋』は、当該歌に関して「『宿禰』は姓である。歌から見ても、或る身分のあつた人と思はれる」と述べており、林田正男も、同じく作者名に含まれる「宿禰」に注目し、「律令制下のカバネは、その政治的地位の表現であるという点を曖昧にすべきではない」と述べている(3)が、これは作者名表記の方法からも妥当性がある見解と考えられる。

では、続いて⑤の肩書き名に目を向けてみる。この場合も先述したように、作者の肩書き名は④の左注に記されている上丁が省略されたと考える説が多い。

しかし、第一部第一章で詳細に考察したように、「一郡に必ず一名の上丁しか存在しない」という原則はすべての防人歌について当てはまり、そのように考えるならば、⑤の肩書き名を上丁と考えることはできない。同じ郡から二名の上丁は防人歌においては存在しないし、表記方法からも上丁は一郡に一名の存在だからである。これと同じように考えられる例、常陸国の後半三首の左注は以下のようになっている。

（四三七〇）　那賀の郡の上丁大舎人部千文

（四三七一）助丁占部広方
（四三七二）倭文部可良麻呂

四三七二に肩書き名・郡名が記されていないが、四三七二を四三七一と同じ役職の助丁と考えることはできない。なぜなら助丁も国の中では一名の存在だからである。四三七二は防人歌で唯一の長歌であり、そのような公的な歌・儀礼歌的な歌を詠む作者は、やはり国の代表として何らかの役職を担っていた者と考えられるのである（第二部第四章参照）。

以上、左注の表記方法から⑤の左注のあり方を考察したが、結論的にいえば、以下のようになる。

⑤の左注に郡名が記述されないのは、④の左注「寒川の郡の上丁川上臣老」の寒川郡と同郡であるからだとの指摘が従来からなされているが、その可能性は低いと考えられる。なぜなら同郡ならば、遠江国のように「同じ郡の」と記載されたはずだからである。もし仮に同郡であるために省略されたのならば、⑤で肩書き名が省略されたのは、④の肩書き名と同じ上丁であるからだということにもなる。しかし、防人歌の作者名表記においては、「一郡に必ず一名の上丁しか存在しない」という原則に貫かれており、その原則に違反することとなるため、やはり⑤は上丁とは考えられない。したがって、⑤において郡名・肩書き名が記述されなかったのは、上総国や下野国の表記方法から考えて、「津守宿禰小黒栖」は国の中で何らかの役職を担っていた者だからではないか、と推測できるのである。

では、なぜ下野国は、国の中で役職を担っている者の歌である①から③までのあとに⑤を配列しなかったのだろうか。逆に言えば、役職を担っている者の歌の間に、なぜ④の上丁の歌を配列したのであろうか。続いてこの点を明らかにしなければならないが、その前に、⑥～⑪の上丁の歌の配列方法についても確認する必要がある。

第三節　郡名による配列方法

⑥〜⑪においては、すべて規則正しく郡名・肩書き名・作者名が表記されており、すべてが、「—郡上丁○○」の体裁になっている。では、この上丁の配列はどのようになっているのであろうか。

その配列は、「防人歌」詠歌の場と密接に関連することが予測されてくる。それはつまり、吉野裕が、各国の「防人歌」に見られる歌の類同を民謡的な流布や先行する歌の模倣ではなく、各国それぞれが座を同じくする一つの集団的詠歌の結果としたことと密接に結び付くものである。そして吉野は、一国の歌の場が、防人遠征軍への入隊宣誓のような性格を持った官公的言立て的性格から私的抒情へと展開するさまを想定し、防人歌が集団的歌謡に属するという基本的認識を提示したのであるが、(4)この観点で眺めると、国の中で役職を担っている者が最初に歌を歌いはじめる下野国防人歌の配列とも一致することとなる。したがって、歌の配列方法に、歌の内容面と密接に関わる歌の場が関わってくることは、十分考えられることである。

しかし、まず⑥〜⑪の左注の郡名のみに注目すると、その郡名は以下のように並んでいることが分かる。

⑥都賀郡—⑦足利郡—⑧梁田郡—⑨河内郡—⑩那須郡—⑪塩屋郡

伊藤博は、『万葉集』の編纂に働いた地理的配列には、「延喜式的古代国郡図式」と呼ぶべき順序のあったことを指摘した。伊藤は、「東歌」の考察において、

式的な国郡一覧の図式が古代において早々と定着していたということになれば、さらには次のようなことを推定することが許されよう。すなわち、巻十四の分類者は、「東歌」を国別するにあたって、その式的図式を参考資料にしたのではないかというのがそれである。(5)

下野国の略図

と述べたが、それをふまえ渡瀬昌忠は、この配列の根幹にあるものは「反時計回り」の方角順であることを指摘し、以下のように述べる。

> その根幹にあるのは、時計回りとは逆回り（これを反時計回りと呼ぶことにする）の〈東―北東―北―北西―西―南〉の方角順である。これは時計回りとは正反対で、むしろ白虎通などに見える「天道左遷」「天左遷」の天界把握に合致するものであって、大宝令以後に普遍的となった方角順らしく、（略）風土記撰進の命によって成った風土記の郡名配列は大体において反時計回りの方角順で、常陸国風土記のごときは、国府から見て〈北〉の新治郡から始まり、反時計回りに廻って、〈北東〉の最も遠い多珂郡で終わっている。北極星をめぐる「天道左遷」を思わせるに十分である。[6]

これらの指摘をもとに、下野国防人歌⑥～⑪を見ると、国府のあった⑥都賀郡から始まり、反時計回りで都賀郡の北東に位置する⑪塩屋郡で終わっていることが分かる（図は水島義治『萬葉集防人歌全注釈』（笠間書院、二〇〇三年二月）四三八三【鑑賞・考究・参考】より）。

確かに、現在の歌の配列は、大伴家持が拙劣歌を削除した後の配列であるが、それでもこの反時計回りの配列意識があったことは十分に確認できるのである。つまり、⑥～⑪は、歌を作者の出身郡にしたがって、反時計回りで配列し直したことを意味するが、他の国では、反時計回りの確実な配列方法は見られず、そのように考えると、この配列は大伴家持の意識ではなく、下野国防人歌を蒐集し、これを家持に進上した下野国の防人部領使、正六位上田口朝臣大戸の編集・配列意識であったと考えられるのである。これが、歌の内容面や歌の場とどのように結びつくかは、改めて考え直す必要があるだろう。

このように考えてくると、やはり先ほどの疑問点にぶつかることとなる。すなわち、④⑤の配列の問題である。もし、⑥〜⑪までを反時計回りの意識で配列したとするならば、なぜ、④の寒川郡を⑧の梁田郡の後に配列しなかったのだろうか。その方が、反時計回りの配列を確実に示すことができるはずである。

したがって、続いて歌の内容面から、この問題を追究することとする。

第四節　歌の内容面による配列方法

肩書きの方法から考えても、⑤は④の前に配列されるべきであるし、⑥以降に意識されている反時計回りの配列方法から考えても、④は⑨の前に配列されるべきである。そのように考えると前半の①〜⑤には、内容的なつながり、いわゆる歌の場の問題が関わっているのではないか、と予測されてくる。

①〜③はともに国の中で役職につく火長の歌であるが、とくに①②は、

①　今日よりは顧みなくて大君の醜のみ楯と出で立つわれは　（四三七三）

②　天地の神を祈りて幸矢貫き筑紫の島をさして行くわれは　（四三七四）

と防人としての使命感を詠む歌、いわゆる「言立て」的発想の歌と考えられる。(7) このように、防人歌の中で、防人の使命感を詠んだ歌は、①②と以下の二首のみと認定してよい。

霰降り鹿島の神を祈りつつ皇御軍士にわれは来にしを　（常陸・四三七〇）

足柄の　み坂賜り　顧みず　あれは越えいく　荒し男も　立しやはばかる　不破の関　越えてわは行く　馬の

爪　筑紫の崎に　留まり居て　あれは斎はむ　諸は　幸くと申す　帰り来までに　（常陸・四三七二）

下野国防人歌①②以外の残りの二首が、下野国の前に配列されている常陸国防人歌に収載されており、この二国間の意味については、第二部第三章で考察することとなるが、このように見てきた場合、逆説的な物言いだが、防人の使命感を詠んだ歌、いわゆる従来から言われている意味での「言立て」的発想の歌こそ、防人歌では例外的で、特異な歌だったことになる。そのような意味でも、①②は、同じ歌の場で詠まれたものと考えられるだろう。

また、①②の歌には孤的・単数的な意味合いを持つ一人称代名詞「あれ」ではなく、「出で立つわれは」「指して行くわれは」などのように、集団的・複数的な意味合いを持つ「われ」（われわれ）が使用されており、そのような意味でも国の防人を代表する歌と考えられることにも留意したい（第一部第七章参照）。

①②が冒頭に据えられることは、火長という国の中で役職を担う者の歌であることからも、さらに歌の内容面からも妥当性があるのである。また、②「筑紫の島をさして行くわれは」に関して、伊藤博は、

この一首が難波での宴における詠であったことから登場した表現と推測させる面もないではない。そういえば、冒頭四三七三も、ひょっとして難波での詠であるのかもしれない。初句「今日よりは」は、いよいよ難波を発って地続きの故郷下野からはまったく絶縁してしまう今日という日からは、の意に解き得る面がある。結句の「出で立つ我れは」も、今の結句「さして行く我れは」と同様、いよいよ筑紫に向かって難波津を船で出で立つことをいうと見られなくもない。(8)

と述べるが、下野国の歌群を分析すると、この意見が妥当だと考えられる。

③は、①②のように、防人の使命感を詠んだ歌ではないが、「われを見送ると」とあり、①②と同様に「われ」を詠み込み、「われわれを見送ろうとする」故郷の「家人」を、やはり国の防人たちを代弁して詠んでいる。内容的には①②とは直接には関わらないが、火長という身分の者三名が国を代表する、という意識のもと、またそのよ

うな歌の場を想定することができ、やはりこれら三首は冒頭に位置づけられるものであろう。

続いて④〜⑪を眺めてみる。

まず、⑤⑥は、「父母」を「玉」と見立てる発想を詠み込んでおり、同じ場で詠まれたことを立証するとともに、配列的に密接に結びつく必然性がある。④⑤⑥の三首は「父母」を詠み込んでくることで結びつくが、④は駿河国防人歌四三三七の「水鳥の発の急ぎに父母に物言はず来にて今ぞ悔しき」とほとんど同じ歌であり、渡瀬昌忠は、④は駿河国防人歌を受けて作られた可能性を指摘している。(9) この④の「言申さずて」「悔しき」思いから⑤の発想が生まれ、「母刀自」に対して常に肌身離さず自分とともに歩む「玉」になることを希求するのである。また、作者名表記の面から考えると、④と⑤の作者にはともに姓が用いられており、このような姓を持った作者は、防人歌では十名しかいない。(10) その数少ない二名が④⑤と結びつくことも作者名表記の配列からも、歌の場を反映した配列からも大きな意味があったものとも考えられるのである。

後半⑦〜⑪は、難波津の景を詠み込み、特に⑦⑨は、「別れなば」「別るを見れば」「いともすべなみ」「いともすべなし」とほぼ同じような言葉を詠み込んでいる。やはり、⑦⑨は同じ歌の場であることを立証するとともに、配列的にも結びついているのである。吉野裕は、これらの歌に対して以下のように述べる。

かかる酷似はもはや偶然なものではありえない。時と場所とを共有し、前者の詠出のいぶきのうちに後者は形成されたとの感が強いのである。

この歌（⑦―東城注）こそ「難波津にての作」でなければならないことを、わたくしは集団的歌謡としての防人歌というたてまえから見て、決定することができる。(11)

以上のように考えると、⑤と⑥、⑦と⑨は密接なつながりがある。また④は⑤の内容を詠むきっかけとなった「今ぞ悔しき」理由を内容に持ち、その意味でも⑤に前置されなければならないだろう。④⑤⑥は、内容的に密接な結びつき、それをもとにした配列を持っていたことになるのである。

⑩の歌「布多富我美悪しけ人なりあたゆまひ我がする時に防人にさす」に関しては、第一句と第三句との解釈がまだ定まっておらず、正当な評価がまだなされていない。水島義治が、

自分を防人にした国守を「悪しけ人なり」と口汚く誹謗しているこの歌を、誹謗されている側の防人部領使（略）がチェックすることもなく兵部省に進上した。然も各国の防人部領使の手を経て進上された歌の半数に近い八二首をも拙劣であるとして棄てた家持がこの歌を拙劣ならざるものとして選んだのは、如何なる心情によるものであろうか。(12)

と述べるように、まだまだ検討の余地がある。この⑩の歌に関しては、第二部第三章において詳細に考察し、現在の定説とは異なる新たな説を提示することとする。

以上、下野国防人歌群について考察してきたが、下野国防人歌群は、歌の内容面において、配列的にも密接な結びつきが確認できるが、これが前節で考察した郡名における反時計回りの配列とどのように関連しているのかは、現段階では不明であり、これは今後の課題としなければならない。

第五節　おわりに

下野国防人歌の配列方法には以下の三種類がある。

一　作者名表記による配列方法

下野国防人歌は、火長（①②③）―上丁（④）―郡名・肩書き名なし（⑤）―上丁（⑥～⑪）と配列されており、④⑤に変則的な部分はあるが、ほぼ岸説に従っている。⑤の作者名表記「津守宿禰小黒栖」は、役職名は記されて

いないが、国の中で何らかの役職を担っていた者の可能性があり、姓を持っていることも、それを間接的に立証する。

二　郡名による配列方法

下野国防人歌⑥～⑪を見ると、国府のあった⑥都賀郡から始まり、反時計回りで⑦足利郡―⑧梁田郡―⑨河内郡―⑩那須郡と周り、都賀郡の北東に位置する⑪塩屋郡で終わっていることが分かる。大伴家持が拙劣歌を削除した後の配列ではあるが、大宝令以後に普遍的となった方角順である反時計回りの配列意識があったことは十分に確認できる。しかし、これが歌の内容面における密接な結びつきとどのように関係するのかは現段階では不明である。

三　歌の内容面による配列方法

①②が冒頭に据えられることは、火長という国の中で役職を担う者の歌であることからも、さらに防人の使命感を詠んだ歌、いわゆる従来から言われている意味での「言立て」的発想の歌であることからも妥当性がある。④⑤⑥の三首は「父母」を詠み込んでくることで結びつくが、④は⑤を詠むきっかけとなった理由を内容に持ち、その意味でも⑤に前置されなければならない。⑤⑥は、「母父」を「玉」と見立てる発想で結びつき、④⑤⑥は、内容的に密接な結びつき、それをもとにした配列を持っていたことになり、これが、④⑤に変則的な配列がなされた理由と考えられる。後半⑦～⑪は、難波津の景を詠み込む歌が配列されている。その中でも⑤と⑥、⑦と⑨は、ほぼ同じような言葉を詠み込んでおり、配列的にも密接なつながりがある。

以上のように、下野国防人歌の配列方法には、作者名表記による配列方法、郡名による配列方法、さらに歌の場を反映する歌の内容面による配列方法の三種類が見いだされ、それらが密接に結び付きながら防人歌群を形成していることが確認できるのである。

注

（1）岸俊男「防人考―東国と西国―」（『萬葉集大成11』平凡社、一九五五年三月）、のち『日本古代政治史研究』（塙書房、一九六六年五月）。
（2）伊藤博『萬葉集釋注十』（集英社、一九九八年十二月）四三七五の注。
（3）林田正男「防人の出自の諸相」『万葉防人歌の諸相』（新典社、一九八五年五月）。
（4）吉野裕『防人歌の基礎講造』（筑摩書房、一九八四年一月）。
（5）伊藤博「万葉集における歌謡的歌巻」『万葉集の構造と成立　上』（塙書房、一九七四年九月）。
（6）渡瀬昌忠「人麻呂歌集略体歌の地理的配列―時計回り方角順と〈東―西〉〈南―北〉の対比―」（『実践国文学』第五十一号、一九九九年三月）、のち『渡瀬昌忠著作集　第二巻　人麻呂歌集略体歌論　下』（おうふう、二〇〇二年十月）。
（7）この①に関しては、従来からさまざまに論じられてきており、現在では、この歌の背後に深刻な悲別の情が込められており、「言立て的な歌」というよりも悲別歌的・羇旅発思歌的傾向こそ本来の性格であるとの説が多い（例えば、身崎寿「防人歌試論」『萬葉』第八十二号、一九七三年十月、伊藤博『萬葉集釋注十』等）。本書でもこの点については否定しない。つまりこの歌は、悲別歌的な発想と勇壮な歌の発想の「両方の性格を抱えている歌」なのである（辰巳正明「民と天皇―防人の歌はなぜ悲しいのか―」『國學院大學紀要』第三十九号、二〇〇一年三月、のち『詩霊論』笠間書院、二〇〇四年三月）。そのような勇壮な歌とも捉えられるという意味で、本書では「『言立て』的発想の歌」「使命感を詠む歌」と述べる（第二部第四章参照）。なお、この歌に関しては、手崎政男『「醜の御楯」考―万葉防人歌の考察―』（笠間書院、二〇〇五年一月）が詳細に考察している。
（8）注（2）四三七四の注。
（9）渡瀬昌忠「新・万葉一枝（四）―水鳥の発ちの急ぎに―」（『水甕』第九十四巻第四号、二〇〇七年四月）、のち『渡瀬昌忠著作集　補巻二　万葉記紀新考』（おうふう、二〇一二年十月）。
（10）注（3）に同じ。

（11）「浜べのわかれ」、注（4）前掲書。
（12）水島義治『萬葉集防人歌全注釈』（笠間書院・二〇〇三年二月）四三八二【鑑賞・考究・参考】。

第三章　「布多富我美悪しけ人なりあたゆまひ」
――下野国防人歌・四三八二番歌における新解釈――

第一節　はじめに

第二部第二章で考察した下野国防人歌には、以下の歌が収載されている。

布多富我美悪しけ人なりあたゆまひ我がする時に防人にさす　（20・四三八二）

布多富我美　阿志気比等奈里　阿多由麻比　和我須流等伎尓　佐伎母里尓佐須

右の一首、那須郡の上丁大伴部広成

当該歌に関しては、第一句と第三句との解釈が定まっておらず、まだ正当な評価がなされていない。水島義治が、

自分を防人にした国守を「悪しけ人なり」と口汚く誹謗しているこの歌を、誹謗されている側の防人部領使（略）がチェックすることもなく兵部省に進上した。然も各国の防人部領使の手を経て進上された歌の半数に近い八二首をも拙劣であるとして棄てた家持がこの歌を拙劣ならざるものとして選んだのは、如何なる心情によるものであろうか。(1)

と述べるように、まだまだ検討の余地がある。この第一句「布多富我美」に関しては、水島も述べるように、「下野国国守」と考えるのが現在では一般的である。「布多」は、下野国の国府のあった都賀郡の郷名であり、『倭名類聚抄』（二十巻本）の都賀郡十一郷の冒頭に「布多郷」があり、表記も一致する。つまり「フタホガミ」は「フタ

オホカミ」（布多太守）の句中の単独母音「オ」が脱落し、「カ」が濁音化したものと捉え、「布多にいる長官で、下野の守のこと」（武田祐吉『全註釋』）と考える。すなわち、当該歌は、防人指名者である国守を糾弾した歌となるのである。

では、なぜ作者の「那須郡の上丁大伴部広成」は、国守を「オホカミ」と言うのであろうか。これに関して渡瀬昌忠は、以下のように述べる。

　那須郡の大伴部広成にとって、ただカミと言えば郡司（こほりのかみ）を意味したからである。大化前代から那須地方を支配していた那須国造が令制下の持統三年（六八九）に「評督（後の郡司）」となった（那須国造碑）ので、それ以後は下野国守を「布多オホカミ」と言ったのであろう。(2)

しかし、現在でもこの説が定説というわけではなく、契沖以来、以下のような意見が提出されている状況である。

A　二小腹「腹ハ心ト近ケレハ二心ニテ悪キ人ナリト」（契沖『萬葉代匠記（精）』）

B　二面神「二面神の意を通し云言」（賀茂真淵『萬葉考』）

C　太小腹「臍下の太《フト》く強暴《コハ》くて物の憐を知らぬよしにて、常に大胆なるといふ意なるべし」（鹿持雅澄『萬葉集古義』）

D　二大長官「二大《フタオ》上官《ホガミ》にて軍団の大毅少毅をいへるならむ」（井上通泰『萬葉集新考』）

E　太祝「ホギヒト（祝人）の義（略）其位置の高いものがフトホガヒで、大神主といふに同じい」（松岡静雄『有由縁歌と防人歌(3)』）

F　二秀神「フタラ神、イカホ神等の名を考へれば、二秀神で、当時其の地に祀られた神と見られよう」（土屋文明『萬葉集私注』）

G　全く腹（心）の悪い人「フタはフツ（都）の意か。全くの意。ホガミは、色葉字類抄に小腹ホカミとある」

H　布多富の村長「『布多富』は『伊香保』（14三四〇九ほか）『久路保』（14三四一一）の類の地名で、下野の国那須の郡のある村落（里）を言い、『我美』は『上』または『守』でその村の長をさすのではあるまいか」（『日本古典文学大系』）

I　「二つの顔を持った男」への呼び名もしくはあだ名（伊藤博『萬葉集釋注』）（手崎政男『「醜の御楯」考―万葉防人歌の考察―』）(4)

これらA・Cの説では、述語の「悪しけ人なり」と内容的に重複してしまい、B・Fの説では「神」と捉える点で、「悪しけ人なり」ではなくなってしまうことになる。また、Gの説では、「フタ」を「ふつ」とし、「全く」の意味で「悪しけ」に係ると捉える説であるが、これは語法上、無理であろう。Eは、防人の指名を「一郷毎に同資格者が神社に集まり、神主が神託と称して適當なものを指名した」説、Hは「召集令状を国司がいちいち手渡すはずがない。国司の末端にあって農民に示達を与えるものは『里長』（村長）であった」とする説であるが、神主の存在や、那須郡に「布多富」という里があった証拠は存在しない。またIは、賄賂を取り、防人徴収を逃れさせる闇の者の存在を仮定する説であるが、やはりそのような存在は立証できないのである。しかし、現在一般的になりつつある国守糾弾の歌と解釈することも、防人歌の中では非常に特異な発想の歌となり、やはり違和感がある。

そこで本章では新たな次の説を提示したい。

「布多富我美」は、「布多火長」（フタホガミ）なのではないだろうか。

第二節　「布多富我美」の解釈

「布多富我美」を「布多火長」と考える理由は以下の四点である。

一　下野国のみ、「火長」の役職名を持った者が歌を提出している。
二　「布多」などの郷名に「火長」が結びつく記述方法が木簡等に見られる。
三　「火長」の「火」を「ほ」と訓むことは、『古事記』『万葉集』中に例があり、また「火長」は木簡で「十上」と記述されることがあり、「長」を「かみ」と訓むことも可能である。
四　下野国防人歌の当該歌前後は、難波津での感慨を詠んだものであり、当該歌だけ出発前の防人任命時のことを詠むのは違和感がある。

一の「火長」に関しては、軍防令兵士為火条に「凡そ兵士は、十人を一火と為。火別に六の駄馬充てよ。養ひて肥え壮んならしめよ。差し行らむ日には、将て駄に充つること聴せ。若し死失有らば、仍りて即ち立て替へよ」とあり、[5]軍防令備戎具条には「凡そ兵士は、火毎に、紺の布の幕一口、裏着けて。銅の盆、少しきなる釜、得むに随ひて二口。鍬一具、剉碓一具、斧一具、小斧一具、鑿一具、鎌二張、鉗一具。（略）」ともあり、駄馬の養育や戎具配備の規定から、火が兵士の生活・行動上の単位とされていることが分かる。また軍防令休假条には「凡そ防人防に在らば、十日に一日の休假放せ。病せらば皆医薬給へ。火内の一人を遣りて、専ら将養せしめよ」とあり、防人にも「火」の規定が存在するのである。このことを考えれば、当然下野国以外の他の諸国にも火長が存在したことは伺える。これについて岸俊男は、以下のように述べる。

それが下野にのみみえることは、下野の防人集団の特殊性と考えるよりも、単に記載形式の上で他の国は火長を一般防人の中に含めてことさらに注記しなかったと解する方がよいと思う。[6]

確かに下野国のみに火長が存在するという特殊性は考えにくい。しかし、防人歌に限って言えば、下野国にしか火長という役職名が記載されないのは厳然たる事実でもある。
二に関しては、平城宮南面西門地区出土ＳＤ一二五〇の木簡に以下の記載が見られることに注目したい。[7]

・備中国英賀郡衛士帯部益国養銭六百文
・信濃筑摩郡山家郷火頭椋椅部
　逆養銭六百文

これらＳＤ一二五〇出土の衛府関係の一群の木簡は、衛門府の門部・衛士らが上番する南面西門の門司関係の木簡が廃棄されたものと考えられており、奈良時代初頭から末期にかけての木簡が含まれている。[8] それらは「国＋郡＋郷＋人名」の記述になっており、特に「山家郷火頭椋椅部」の記述に注目したい。郷名に職名火頭が結びついており、これは「布多（郷）火長」と同じ形式だと考えられる。また『万葉集』では、吉備国津郡の采女が「吉備津采女」（2・二一七）、因幡国八上郡の采女が「因幡八上采女」（4・五三五）と表記されており、国や郡という言葉を省略して役職名を記す記述方法も見受けられ、この点も布多郷火長が「布多火長」と訓まれた可能性を示唆することにもなるだろう。

三に関して、まず「火」を「ほ」と訓むことは、『日本書紀』に「火闌降命と号す。是隼人等が始祖なり。火闌降、此をば褒能須素里と云ふ」（巻第二神代下第十段）とあることや、『日本書紀』「彦火火出見尊」（巻第二神代下第十段）を『古事記』では「天津日高日子穂々出見命」（上巻）と訓むことでも明らかである。『万葉集』にも以下のように「火」を「ほ」と訓ませる例がある。

（略）玉桙の　使ひの言へば　蛍なす　ほのかに聞きて　大地を　炎と踏みて（火穂跡而）　立ちて居て　行くへも知らず　朝霧の　思ひ迷ひて　丈足らず　八尺の嘆き　嘆けども　験をなみと（後略）（13・三三四四）

さらに、『古事記』中巻、景行天皇条には、以下のようにある。

さねさし　相模の小野に　燃ゆる火の（毛由流肥能）　火中に立ちて（本那迦迩多知弖）　問ひし君はも
（古事記歌謡二十四）

この歌謡では、火を「ひ」と「ほ」の両方で訓み分けている。ここには、露出形と被覆形との関係が見受けられるが、上代においては、下に名詞を伴って複合名詞を作る場合、被覆形が優勢であったことも、「ひがみ」ではなく「ほがみ」と訓む可能性を示唆するものであろう(9)。

また、「火長」の「長」を「かみ」と訓むことは、すでに第一部第一章で考察したところであるが、木簡において、火長に、「十上」をあてる表記が見受けられることにも、再度注目しておきたい。以下の平城京左京二条大路東西溝ＳＤ五三〇〇出土の木簡（二条大路木簡(10)）は、衛士において十人の長である火長を「十上」で示した例である。

荊田小床　大伴白万呂　十上布師羊　神□万呂　○日下部［
秦足国　○磯部緒足　秦黒万呂　○□□（物部カ）［
・衛門　日下部［　］右　六木作小広　磯部［　］
矢田部□□　鷹取諸石
［　］

十上若桜部吉万呂　若湯大隅　壬生□
左　阿波蘇部止婆　矢田部真刀良　大伴沙万呂
大湯首万呂　日置足人　物部古万呂

松本政春は、大化前代の国造軍の構造を残すとされる防人集団の組織に「火長」の呼称が見られることから、十人単位の集団は、国造軍の編成単位として存在していたとしている(11)。また、高橋周は「十人単位の集団編成は令制以前の慣行に由来する可能性が考えられる」とし、以下の秋田城外郭東門辺土取り穴ＳＧ一〇三一から出土した木簡と、「十上」の木簡との類似性を指摘した(12)。

・火長他田マ粮万呂　物マ子宅主　大伴マ真秋山　長門マ□万呂　大伴マ真古万呂　尾治マ子徳□万呂
　矢田マ酒万呂　神人マ福万呂　三村マ子舊人　小長谷マ犬万呂

高橋周は、「『十上』とは、十人単位の集団の統率者、すなわち『火長』に相当する意の字句であった」と述べ、『十上』とは『十長』に相当する表記として考えてよいと思われる」「おそらく『上』は『カミ』と読み、組織・集団の長の『長』と音で通じる意味があったと考える。組織・集団の長の意で『上』『長』が併用されていた例として氏上の例をあげることができる」と結論づけている(13)。この見解から、木簡に記される「十上」と火長とが同等と考えられるため、火長を「火上」（ほがみ）と読むことは十分に可能である。『廣雅』（巻一・釋詁）にも上・長は、「主・卿・大夫・令・嫡・正」などとともに「君也」、すなわち最上位者であることが明記されており、また『倭名類聚抄』（二十巻本）「長官」の項目には、「本朝職員令云（略）勘解由使曰長官（略）国曰守　郡曰大領　家曰令」とあり、官司によって統率者の文字を異にすることが記されているが、その注に「已上皆加美」と明記されていることも、この見解を示唆するものであろう。

四に関しては、当該歌の前後は難波津での景が詠み込まれていることを確認しなければならない。下野国防人歌群については、第二部第二章で考察したが、再度下野国防人歌を以下に掲げる（便宜上歌の頭に番号を付す）。

①　今日よりは顧みなくて大君の醜のみ楯と出で立つわれは　（四三七三）
　右の一首は火長今奉部与曾布

②　天地の神を祈りてさつ矢貫き筑紫の島をさして行くわれは　（四三七四）
　右の一首は火長太田部荒耳

③　松の木の並みたる見れば家人のわれを見送ると立たりしもころ　（四三七五）

右の一首は火長物部真島

④　旅行に行くと知らずて母父に言申さずて今ぞ悔しき　（四三七六）

右の一首は寒川の郡の上丁川上臣老

⑤　母刀自も玉にもがもや戴きてみづらの中に合へ巻かまくも　（四三七七）

右の一首は津守宿禰小黒栖

⑥　月日夜は過ぐは行けども母父が玉の姿は忘れせなふも　（四三七八）

右の一首は都賀の郡の上丁中臣部足国

⑦　白波の寄そる浜辺に別れなばいともすべなみ八度袖振る　（四三七九）

右の一首は足利の郡の上丁大舎人部禰麻呂

⑧　難波津を漕ぎ出て見れば神さぶる生駒高嶺に雲そたなびく　（四三八〇）

右の一首は梁田の郡の上丁大田部三成

⑨　国々の防人集ひ船乗りて別るを見ればいともすべなし　（四三八一）

右の一首は河内の郡の上丁神麻績部島麻呂

⑩　布多富我美悪しけ人なりあたゆまひ我がする時に防人にさす　（四三八二）

右の一首は那須の郡の上丁大伴部広成

⑪　津の国の海の渚に船装ひ立し出も時に母が目もがも　（四三八三）

右の一首は塩屋の郡の上丁丈部足人

二月の十四日、下野の国の防人部領使正六位上田口朝臣大戸。進る歌の数十八首。ただし、拙劣の歌は取り載せず。

当該歌の前後の歌を眺めてみると、⑦〜⑨・⑪では、難波津での別れの景を詠んでいることが明らかである。⑧では、船出後の嘆きを想像して現実のように詠み、⑨では「国々の防人集ひ船乗りて別る」景を詠む。また⑦と⑨は、「別れなば」「別るを見れば」「いともすべなみ」「いともすべなし」とほぼ同じような言葉を詠み込み、難波津での別れの悲しみを強調し、⑪でも同様である。これは、同じ歌の場（難波津）であることを示すとともに、配列的にも結びついていることを示している（第二部第二章参照）。これらの歌に関して金子武雄は以下のようにまとめている。

防人らはそれぞれの国から部領使に率いられて難波津に集まり、そこで兵部省の役人の検閲を受け、そこからは大宰府の専使に部領せられて船で筑紫へ送られるのであるが、一国から徴発された防人の数が下野のように多いところでは、おそらく一つの船で全員を運ぶことはできなくて、いくつかの船に分乗させなければならなかったであろうし、また何かの事情で同じ国出身の防人らが全員まとめられては送られなかったこともあったであろう。国を立つ時からいっしょに旅をして来た仲間と、ここで離れ離れになることは、たまらなく心細いことであったに違いない。この歌は、よその国の防人らがそういう別れをして次々に出航して行くのを見て、やがて自分らの身にもやってくるはずの別れのことを思っての歌であろう。[14]

⑨では、そのような難波津での状況で「いともすべなし」と詠み、⑪では「母が目もがも」と希求する。当該歌に関して、武田『全註釋』は、「防人に指名した国守をわるく言っている。思う所を素直に述べた歌として、防人の歌の中にも類のない珍しい作である」と述べ、伊藤博は「防人指名者を糾弾した歌で防人歌の圧巻をなす」と述べているが、[15]このような国守糾弾の歌が、なぜ難波津の感慨を詠んだ⑦〜⑪の間の⑩にだけ現れるかは問われなくてはならないだろう。⑩のみ、防人任命時の国守糾弾の歌と考えるのは、配列から考えても違和感があるのである。

伊藤博も以下のように疑問を呈する。

下野の国の防人歌には陸続きの難波と断絶する悲哀を詠む歌が目立ち、感銘の深い歌が多い。（略）ただ、こうした同じ上丁の歌々が、「ふたほがみ」の歌を挟んで、離れて配列された理由はわからない。(16)

しかし、⑨の「国々の防人集ひ」という言葉は、⑩の「防人にさす」という言葉と密接に結びつき、これは難波津という歌の場における二首の結びつきを間接的に立証することにもなるだろう。やはり⑩も前後の歌と同様、難波津での心情を詠んだものと解すべきではないだろうか。

第三節　「あたゆまひ」の解釈

以上のように考えた場合、第三句の「あたゆまひ」が大きな問題となるだろう。この「あたゆまひ」も従来から様々な解釈があるが、それらの説を水島義治にしたがいまとめると以下のようになる。(17)

（A）「賄賂」とする説

a　「アタユマヒトハ、アタヒノ、マイナヒ也。（略）マイナヒノタメニ、モノナトマイラセタレハ、トリオサメテノチ、又サキモリニサストイヘル也」（仙覚『萬葉集註釋』）

b　「『あたゆまひ』の詞句を『あたふまひ』もしくは『あたるまひ』の意ととらえて、これを〝賄賂説〟の方向で解する途が既に拓かれている（略）『まひ（賂）』の名目で、金品などを騙し取られたことの悔しさを言うもの」（手崎政男『「醜の御楯」考―万葉防人歌の考察―』）

（B）「病気」とする説

a　異病「アタユマヒハ由ハ也ニ通ヒテ異病《アダヤマヒ》ニヤ。病ハ軽重トモニ常ニ異ナレハ、アタシヤマヒト云ヘシ」

b　疝病「あたゆまひは疝病也。和名抄疝阿太波良と有、是也」（契沖『萬葉代匠記（精）』）

c　仮病「ユマヒはヤマヒ（病）の訛。アダはアザの音便で以而非なることをいふから、アダヤマヒといへば假病の意になる」（橘千蔭『萬葉集略解』所引本居宣長説）

d　脚病「脚病《アトヤマヒ》の訛音ではあるまいかと、私かに考えてゐる」（松岡静雄『有由縁歌と防人歌』）

e　熱病・重病「アタは、熱い、ユマヒは病の方言で、重い病気の意であろう」（鴻巣盛廣『万葉集全釈』）

f　急病「アタヤマヒの訛であつて、『急病』を意味したと考へてよいのではあるまいか」（武田祐吉『萬葉集全註釋』）

（大野晋「萬葉集訓詁断片」『萬葉』第三号）(18)

（C）「潔斎」とする説

a　篤斎ひ「ひどい物忌みにこもつて、わたしが謹んでゐる最中に」（折口信夫『口訳萬葉集』）

b　朝斎「アタユマヒはアサユマヒの訛で、朝の潔斎ではあるまいか」（土屋文明『萬葉集私注』）

これらの例の中で、（A）「賄賂説」は、音変化を仮定しすぎて問題であり、音変化という点では、（B）c「仮病」の「アザ→アタ」、（C）b「朝斎」の「アサ→アタ」なども考えられないだろう。（B）a「異病」は、病気のことを「異病」と呼ぶ証拠はなく、また「異病」と呼ぶ意味が不明である。（B）b「疝病」は「アタハラ」の「ハラ」が重要であり、ハラがないのに「あたゆまひ」を「疝病」とするのは無理だろう。したがって、現段階では、（B）d・e・fに検討の余地があるように思われるのである。

そして、現在では、（B）fの「急病」がほぼ定説となっている感がある。この説は、澤瀉『注釈』、『岩波大系』、『小学館全集』、『小学館新編全集』、木下『全注』、伊藤『釋注』等、現在の主要な注釈書等で支持されている説となっている。これらの説では、『倭名類聚抄』（二十巻本）の「疝」の項目に記されている病名「阿太波良　一云之良太美」の「アタハラ」を「急な腹痛」の意とするが、「急な腹痛」を病名として把握することができるだろうか。確かに「腹急痛也」と記述されているが、それは、「お腹が急に痛くなる」という症状の説明であり、病名とは考えられない。また、「あた」が「急」を意味する用例は、大野晋の指摘するように、日葡辞書のフランス語訳であるレオン・パジェスの辞書や、現代の中国・四国や沖縄の方言には見られるが、『古事記』や『万葉集』には見られないのである。また、

「急病」が仮病や一時的なものであれば、それはすぐ直るはずであるし、現に、「急病わがする時に」と歌う大伴部広成は、筑紫へ赴く途上にある難波津に今いるはずだから、少なくとも重病ではなかったろう。(19)とあるように、「急病でわたしが苦しんでいる時防人に任命することだ」と歌う場とはどのような場を想定すればよいか不明であり、急病であることを歌の場で詠む必然性が不明である。その点から、

この男はいたって頑健で、ぴんぴんしているのである。その上で「急病で苦しんでいる時」とは、ユーモアでしかない。この笑いにおいて下野の太守に悪態をついた(20)

とする説もある。

しかし、本章では、鴻巣『全釈』の（B）d「脚病」説を支持したい。「あと→あた」という音変化は、o甲類がaに音変化したものと捉えるが、この音変化の確定的な類例は防人歌にはない。しかし、下野国では、「おも→あも」、「おもちち→あもしし」、「おもとじ→あもとじ」の音変化が三例ある。oからaの音変化の例は、あと駿河国の、「かも→かま」の一例のみであり、その点でも、この音変化は、下野国の特徴といえるであろう。

さて、「脚病」説を支持する理由は、以下の三点である。

ア　「足」を「アト」と訓む例が『古事記』『万葉集』に見受けられる。

イ　『万葉集』には「足病」「足痛」等の表記が見受けられ、また正倉院文書には「足病」で休暇を求める文書が

存在する。

ウ「わがする時に」の「わが」を複数的で捉えると、「急病」では解釈できなくなる。

まず、アであるが、東歌に、

人の児のかなしけしだは浜渚鳥足悩む駒の（安奈由牟古麻能）惜しけくもなし　（14・三五三三）

とあるように、足のことは「あ」と訓むのが通例だろう。しかし、この歌では、「なやむ」が「なゆむ」と訛化しており、これは「やまひ」が「ゆまひ」に訛化するのと同様であり、当該歌と類似する表現であることに注目したい。

さらに、「貧窮問答歌」には以下のようにある。

（略）伏せ廬の　曲げ廬の内に　直土に　藁解き敷きて　父母は　枕の方に　妻子どもは　足の方に（足乃方尓）　囲み居て　憂へ吟ひ　かまどには　火気吹き立てず　甑には　蜘蛛の巣かきて　飯炊く　ことも忘れて　ぬえ鳥の　のどよひ居るに　いとのきて　短き物を　端切ると　言へるがごとく　しもと取る　里長が声は　寝屋処まで　来立ち呼ばひぬ　かくばかり　すべなきものか　世の中の道　（5・八九二）

この「足の方に」は、『古事記』の「則ち頭辺に匍匐ひ、脚辺に匍匐ひて、哭き泣ち流涕びたまふ」（神代上第五段）の訓注に「頭辺、此をば摩苦羅陛と云ふ。脚辺、此をば阿度陛と云ふ」（神代上第五段一書第七）とあることから、脚・足を「あと」と訓むことが可能である。また『日本書紀』継体天皇七年九月条、書紀歌謡に、

（略）真木さく　檜の板戸を　押し開き　我入り坐し　脚取り（阿都圖唎）　端取して　枕取り　端取して　妹が手を　我に纏かしめ（略）　（書紀歌謡九十六）

とあり、やはりここでも「脚」を「あと」と詠んでいることが確認できるのである。(21)

イに関しては、『万葉集』に「足痛」「足病」という語句があり、これを以下のように「あしひきの」と訓ませて

いる例がある。

湯原王の歌一首

月読の光に来ませあしひきの（足疾乃）山きへなりて遠からなくに　（4・六七〇）

（臨時）

あしひきの（足病之）山椿咲く八つ峰越え鹿待つ君が斎ひ妻かも　（7・一二六二）

（右の十七首、古歌集に出でたり）

また、正倉院文書には以下のような例も見受けられる。

右、忽足病發、不安立居、加以、稍毎経日痺痛弥増、望請休假日、欲将療治、仍具事状、謹解。[22]

（神護景雲四年七月十二日）

ここでいう「足病」は、「足痺」、つまり足にしびれるような痛みがはしり、立居が不安定になる症状であることが分かるが、当然これは「不十分な栄養摂取の状態下での連日の長時間勤務が、写経生たちの下半身を痛めつけたこと」、そして「写経生たちの職業病ということができるもの」[23]の用例ではあるが、これらの用例から当時「足病」という言葉があったことは立証できるのである。

最後にウに関してであるが、「わがする時に」の「わが」という言葉にも注目したい。『万葉集』では「われ」と「あれ」の厳密な区別がなされており、「われ」という言葉は複数的な観点から捉えなければならないものが多い（第一部第七章参照）。その点も考慮するならば、この⑩は、下野国の防人たちの思いを詠んでいると考えられ、現在定説になりつつある「急病」では解釈することが難しくなる。「脚病」と考えた場合、下野国から難波津まで辛苦のうちに行軍してきた防人たちの思いを託せるのではないだろうか。

つまりこの⑩は、歌の場（難波津）において、火長が「われ」と言う言葉を使用して、

①　今日よりは顧みなくて大君の醜のみ楯と出で立つわれは　（火長今奉部与曽布）

②　天地の神を祈りてさつ矢貫き筑紫の島をさして行くわれは　（火長太田部荒耳）

と下野国の防人たちを代表して詠んだことに対して、

「（都賀郡）布多郷の火長さんは悪いお人だ。私たちが足の痛みで苦しんでいる時に防人に出発させるとは」

を意味する歌だったのではないだろうか。(24)

⑧⑨の難波津での感慨を詠む歌と同じように、⑩も難波津での感慨を詠んだものと考えられ、難波津での船出へのやるせなさを⑨「いともすべなし」と詠むのに対し、⑩では「私たちを防人として出発させる」身近な直属の上司である火長に対して悪態をつきながらも、それは、難波津から船出しなければならない悲痛な叫びの裏返しなのではなかっただろうか。また、火長も自分たちとともに筑紫に向かって出発しなければならない防人であることには変わりはなく、⑩の大伴部広成の嘆きは火長の嘆きでもあるはずである。

最後に、この「防人にさす」の「さす」に関しても付言しておく。この「さす」に関しては、ほとんどの注釈書が「防人に任命する」と口語訳しているが、確かに第一句「ふたほがみ」を「下野国守」と捉えるならば、その解釈は合理的だろう。なぜなら、当時防人を任命するのは、「国司、簿に拠り、次を以て差し遣れ」（軍防令兵士以上条）とあるように、国司であると令に定められているからである。しかし、先述したように、この難波津での詠歌の場で「下野国守」に悪態をつく理由が見いだせない。この「さす」は、

徳元、麟徳元年中、揚州按察に使（ササ）る。　（石山寺本金剛般若経集験記平安初期点）

「わざと使さされたりけるを、はやうものし給へ」　（『源氏物語』「藤裏葉」）

のような、『日本国語大辞典』の「さす」の項目で挙げられている例や、

使をさして長谷寺に奉り給ふ　（『宇治拾遺物語』巻十四の五）

の例と同じように、「防人にする」「防人に派遣する」「防人として出発させる」と解することができるだろう。そのように考えれば、難波津という場に重点を置いた解釈が可能となるのである。

野田嶺志は、任を解かれて故郷に帰る防人が、「筑後国正税帳」においては「還郷防人」、「周防国正税帳」においては「向京防人」と記述されるのに対して、「駿河国正税帳」においては「旧防人」と記述されていることを根拠に、

> 防人軍は、帝都＝中央を出発点とし、帝都に帰還する「帝都→大宰府・任地→帝都」の過程までを「行軍」中とする、特定期間・特定地域・特定任務をもつところの、中央派遣軍と推定する。[25]

とし、林慶花は、

> 難波津こそ防人軍の出発地であり、防人の側は二重の出発地（家郷という私的な出発地と派遣軍としての公的な出発地）を抱えていたことになる。[26]

とするが、そのように考えると、⑩を含めた下野国防人歌は、難波津での別れを一つの主題として詠まれていることが分かり、第二部第二章において、後半⑦～⑪は、難波津の景を詠み込む歌が配列されていると結論づけたことと矛盾しない結論となった。

以上のように考えてきた場合、吉野裕が「下野国の防人歌は難波津にその『うたげ』の場をもったのである」[27]と述べ、伊藤博が、①に関して、

> 初句「今日よりは」は、いよいよ難波を発って地続きの故郷下野からはまったく絶縁してしまう今日という日からは、の意に解き得る面がある。[28]

と述べるように、冒頭二首①②をも含めて、下野国防人歌は、すべて難波津という場において詠出されたものと考えることができるのである。

第四節　おわりに

本章では、下野国防人歌「布多富我美悪しけ人なりあたゆまひ我がする時に防人にさす」について考察した結果、以下の結論を得た。

一　「布多富我美」は、「布多火長」(フタホガミ)なのではないだろうか。

二　「あたゆまひ」は、鴻巣盛廣『万葉集全釈』の「脚病」説がもっとも妥当なのではないだろうか。

三　その場合、「(都賀郡)布多郷の火長さんは悪いお人だ。私たちが足の痛みで苦しんでいる時に防人に出発させるとは」の意味となる。

四　当該歌は、下野国防人歌の難波津での歌の場を反映しているのではないだろうか。

以上のように考えた場合、当該歌は従来の説のように国守糾弾という、防人歌の中での特異な歌と解すべきではなく、身近な直属の上司である火長に悪態をつきながらも、難波津での歌の場における船出のやるせなさ・辛苦の思いを詠んでいるものと解することができるのではないだろうか。

注

(1)　水島義治『萬葉集防人歌全注釈』(笠間書院、二〇〇三年二月)四三八二【鑑賞・考究・参考】。

(2)　渡瀬昌忠「新・万葉一枝(五)―防人任命者への言挙―」(『水甕』第九十四巻第五号、二〇〇七年五月)、のち『渡瀬昌忠著作集　補巻二　万葉記紀新考』(おうふう、二〇一二年十月)。

(3)　松岡静雄「防人歌(四三八二)」『有由縁歌と防人歌』(瑞穂書院、一九三五年六月)。

（4）手崎政男「『大君のみこと』の様態と防人たちのそれへの対応」『「醜の御楯」考―万葉防人歌の考察―』（笠間書院、二〇〇六年一月）。
（5）「軍防令第十七」『律令』（岩波書店、一九七六年十二月）に拠る。
（6）岸俊男「防人考―東国と西国―」（『萬葉集大成11』平凡社、一九五五年三月）、のち『日本古代政治史研究』（塙書房、一九六六年五月）。本章は著書所収論文に拠る。
（7）以下の木簡の用例は奈良文化財研究所「木簡画像データベース・木簡字典」（http://jiten.nabunken.go.jp/index.html）に拠る。
（8）「1981年出土の木簡」（『木簡研究』第四号、一九八二年十一月）参照。
（9）蜂矢真弓「名詞被覆形・露出形の型の通時的相違」（『国語語彙史の研究』第二十五号、二〇〇六年三月）参照。
（10）「二条大路木簡」の廃棄時期は天平八年に集中しており、例示したSD五三〇〇は、天平九年初頭頃埋没したと考えられている（寺崎保広「平城京『二条大路木簡』の年代」『日本歴史』第五三一号、一九九二年八月）。
（11）松本政春「軍防令差兵条に関する二、三の考察」（『歴史研究』第二十三号、一九八五年九月）。
（12）高橋周「『十上』考―八世紀の衛士の編成をめぐって―」（笹山晴生編『日本律令制の構造』吉川弘文館、二〇〇三年五月）。なお、木簡の釈読は『木簡研究』第二十九号（二〇〇七年十一月）に拠る。
（13）右に同じ。
（14）金子武雄「天平勝宝七歳の東国防人等の歌」『万葉防人の歌―農民兵の悲哀と苦悶―』（公論社、一九七六年六月）。
（15）伊藤博「家と旅」『萬葉のいのち』（塙書房、一九八三年六月）。
（16）伊藤博『萬葉集釋注十』（集英社、一九九八年十二月）四三八三の注。
（17）注（1）に同じ。
（18）大野晋「萬葉集訓詁断片―あたゆまひ、ことよりの、いもがここり―」（『萬葉』第三号、一九五二年四月）。
（19）渡瀬昌忠「新・万葉一枝（六）―『立ち鴨《つこも》の発ちの騒きに』―」（『水甕』第九十四巻第六号、二〇〇七年六月）、のち注（2）前掲書。

(20) 中西進「〔巻二十〕ふたほがみ」『鑑賞日本古典文学　万葉集』（角川書店、一九七六年十月）。

(21) 佛足跡歌碑にも「みあとつくる（美阿止都久留）いしのひびきは」や「みあとすらを（美阿止須良乎）われはえみずて」などと詠まれている。しかし、これらは「『釈尊の御足そのものを』と理解したいところではある」が、「歌の詠作者からすれば、佛足石上の諸の相好を具備した足跡そのものに関心があ」り、「その踏まれ刻まれた足跡そのものについて言っている」（廣岡義隆『佛足石記佛足跡歌碑研究』「佛足跡歌碑歌注釈」〈和泉書院、二〇一五年一月〉）例のために、本章では参照として示すにとどめる。なお、佛足跡歌碑における「阿止」についての詳細な考察は、廣岡義隆、前掲書参照。

(22) 「謹解　申請假日事」『大日本古文書』（編年文書）第十七巻五六六頁（東京大学史料編纂所データ http://wwwap.hi.u-tokyo.ac.jp/ships/db.html）。

(23) 栄原永遠男「平城京住民の生活誌」（岸俊男編『都城の生態』中央公論社、一九八七年四月）。

(24) またもう一つの解釈も可能である。それは、三人の火長のうち冒頭の二名が、「出で立つわれは」「さして行くわれは」と詠んだことに対して、同じ歌の場で「二（両）火長」（ふたほがみ）と二人の火長を指したものと考えるものである。仮に「二（両）火長」と捉えたとしても、以下の論旨に変更はない。

(25) 野田嶺志「防人と衛士」（『史元』第十五号、一九七二年十一月）、のち『防人と衛士―律令国家の兵士―』（教育社、一九八〇年一月）。

(26) 林慶花「天平勝宝七歳防人歌の場」（『日本文学』第五十巻第三号、二〇〇一年三月）。

(27) 吉野裕「防人歌の『場』の構成」『防人歌の基礎構造』（筑摩書房、一九八四年一月）。

(28) 注（16）四三七二の注。

〔補注〕

本章の「あたゆまひ」を「脚病」と捉える解釈であるが、『医心方』「脚気」篇には、「脚気入腹方　第八」「脚気脹満方　第九」という項目がある。「脚気脹満（あしのけ　はらふくるる）方」は、腹が膨れる病気で、槇佐知子翻訳『医心方

全訳精解　巻八　脚病篇』（筑摩書房、一九九五年二月）の注には、「腹がふくれる病気。腹水、水脹ともいう」とある。「腹水・水脹」は「疝」の特徴的な症状であり、当時足に症状の出るほとんどの病気は「脚気（あしのけ）」の症状とされていたようである。その点をも鑑みると、大野晋が根拠とした「和名抄」の「アタハラ」も「脚病」と密接に関連しているように考えられるのである。「あと（足の方の・足のある下半身の方の）はら」が「あたばら」とも考えてみたが、この「アタハラ」に関しては今後の課題としたい。

第四章　常陸国防人歌群の成立

第一節　はじめに

防人歌の場の論を追究する時、常陸国防人歌は重要な鍵となる歌群と位置づけられる。なぜなら、常陸国防人歌群は他の国には見られない特徴を持っており、防人歌群中において特異な存在となっているからである。第一部第二章で考察したこれらの特徴をまとめると以下の三点になる。

一　防人歌はおおむね階級序列にしたがい、身分順に配列されていると考えられるが、常陸国はその原則からはずれている。

二　三人の防人がそれぞれ一人二首ずつ歌を詠んでおり、これは他の国に例がない。

三　防人歌全体を通じ、唯一の長歌を含む。

本章は、これら三点の特徴の意味を追究し、いまだ十分に解明されていない常陸国防人歌を統一的な歌群として捉え直す試みである。

第二節　常陸国防人歌群の配列

防人歌の作者名表記を分析すると、防人歌の配列には以下の二種類があったと推定される（第一部第一章参照）。

Ⅰ　国造丁（国造）〈長〉―助丁〈副〉―主帳丁（帳丁・主帳）〈庶務会計〉―火長〈兵士十人の長〉―郡上丁〈郡の防人集団内部の長〉

Ⅱ　上丁〈長〉―助丁〈副〉―主帳〈庶務会計〉―火長〈兵士十人の長〉―郡上丁〈郡の防人集団内部の長〉

この配列は、岸俊男が指摘するように、防人歌がおおむね階級序列にしたがい、身分順に配列されていることを示しているが[1]、常陸国のみⅠ・Ⅱの原則からはずれている。

常陸国防人歌は以下のような歌群・配列になっている（便宜上歌の頭に番号を付す。また役職名に傍線を付す）。

①　難波津にみ船下ろ据ゑ八十梶貫き今は漕ぎぬと妹に告げこそ　（四三六三）

②　防人に発たむ騒きに家の妹が業るべきことを言はず来ぬかも　（四三六四）

右の二首は茨城の郡の若舎人部広足

③　おしてるや灘波の津ゆり船装ひ我は漕ぎぬと妹に告ぎこそ　（四三六五）

④　常陸さし行かむ雁もが我が恋を記して付けて妹に知らせむ　（四三六六）

右の二首は信太の郡の物部道足

⑤　我が面の忘れもしだは筑波嶺を振り放け見つつ妹は偲はね　（四三六七）

右の一首は茨城の郡の占部小竜

⑥　久慈川は幸くあり待て潮船にま梶しじ貫き我は帰り来む　（四三六八）

右の一首は久慈の郡の丸子部佐壮

⑦　筑波嶺のさ百合の花の夜床にもかなしけ妹そ昼もかなしけ　（四三六九）

⑧　霰降り鹿島の神を祈りつつ皇御軍士に我は来にしを　（四三七〇）

右の二首は那賀の郡の上丁大舎人部千文

⑨　橘の下吹く風のかぐはしき筑波の山を恋ひずあらめかも　（四三七一）

右の一首は助丁占部広方

⑩　足柄の　み坂賜り　顧みず　我は越え行く　荒し男も　立しやはばかる　不破の関　越えて我は行く　馬の爪　筑紫の崎に　留まり居て　我は斎はむ　諸は　幸くと申す　帰り来までに　（四三七二）

右の一首は倭文部可良麻呂

二月の十四日、常陸の国の部領防人使大目正七位上息長真人国島。進る歌の数十七首。ただし拙劣の歌は取り載せず。

この左注に示されている作者名表記から考えられることは、常陸国防人歌は他の国と逆の配列になっているのではないか、ということである。つまり、逆から示すと、「郡名・肩書き名なし―助丁―那賀郡上丁―郡」という身分順が見出せるのである。防人歌においては、国の中で役職に就く身分の者（「国単位表記」の者）は、例えば、「上丁有度部牛麻呂」（駿河・四三三七）、「国造丁日下部使主三中」（上総・四三四八）、「助丁丈部造人麻呂」（相模・四三二八）、「火長今奉部与曽布」（下野・四三七三）などのように、郡名を示さない傾向にある。「郡名・肩書き名なし」の「倭文部可良麻呂」は、役職に就く「助丁占部広方」とともに郡名を示さない表記を持っており、したがって、Ⅰの「国造丁」、Ⅱの「上丁」と同等の身分を示している可能性がある。なぜ役職名が示されない表記になっているのかは不明であるが、最後の三名は、Ⅰの「国造丁―助丁―郡上丁」、Ⅱの「上丁―助丁―郡上丁」の三役に準ずるものと考えていいだろう。

では、なぜこのように他の防人歌には見られない逆の配列になっているのか、なぜ常陸国のみ原則からはずれた配列になっているのか、この点をさらに追究しなければならない。

第三節　常陸国防人歌群の構成

まず、常陸国防人歌を眺めた場合、①～④までと、⑤～⑩までの大きく分けて二つの歌群があることが確認できる。冒頭四首は①が「難波津」「今は漕ぎぬと」「妹に告げこそ」と詠むのに対し、③は「難波の津」「我は漕ぎぬと」「妹に告ぎこそ」と対応させている。また②では、十分に別れの言葉が発せられなかったことの後悔の念を詠むのに対し、④ではその思いを、蘇武の雁信の故事によって、「恋を記して付けて」雁に託そうと詠むことで対応させていることが分かる。これは以下の歌と同じ発想をもっているといえるだろう。

明け闇の朝霧隠り鳴きて行く雁は我が恋妹に告げこそ　（10・二一二九）

鶴が音の聞こゆる田居に廬りして我旅なりと妹に告げこそ　（10・二二四九）

天飛ぶや雁を使ひに得てしかも奈良の都に言告げ遣らむ　（15・三六七六）

つまり、一人二首歌を詠むという他の国には見られない歌の配列は、それぞれ一首目が、今まさに難波津を出発しようとする近い将来の情景を予想的に詠み込み、二首目が故郷の妹に目を転じさせる配列になっていることが分かるのである（「雁の使」に関しては、第一部第五章参照）。したがって、これら四首は同一の場において、順次前歌に合わせて詠まれていったことを示すと考えられるのである。渡部和雄は、①・③に見られる「告ぎこそ」の表出は、「万葉集相聞抒情に内質的に連なって」おり、④の「雁の使」も「万葉文学伝統にあったもの」とし、こうした万葉文化伝統に含まれる歌句の創作を可能にするということは歌作の場がその雰囲気を持つものでなければならないだろう。ということは歌壇の在り様などに似た状態の想定ともなってくる。こうして私は常陸

　国防人歌に難波歌壇めくものを推測する[2]

と結論付ける。家持の教導をも含む「難波歌壇」の有り様については、進上歌の作者名表記や歌の配列、各国ごとの文字の使用法に大きな相違・不統一があることを鑑みても、それを立証することは難しいだろう（第一部第三章参照）。しかし、難波津という場が、この①～④の四首の成立に大きく関与していることは想定してよいであろう。

それに対して、後半の⑤～⑩は、①～④の難波詠とは異なり、故郷での妹の別れが主題として詠まれている。また、⑤では「筑波嶺」、⑥では「久慈川」、⑦では「筑波嶺」、⑧では「鹿島」、⑨では「筑波の山」、⑩では「足柄」「不破の関」「筑紫」という地名が詠み込まれており、このような地名を詠み込むのは、他の国の防人歌においては五首しかなく（四三二四・四三四一・四三四五・四三八七・四四〇七）、常陸国防人歌の後半部は、その点でも特異な存在となっているのである。そして、後半⑤～⑩においては、故郷の特定の地名を具体的に詠み込んでおり、前半④の「常陸」という国名を詠み込む方法とは一線を画していることも注目してよいだろう。このように考えるならば、前半①～④と、後半⑤～⑩は、別の場で詠まれたことを示唆している可能性があり、前半が難波津という場を想定できるならば、後半は故郷や旅の途次という場が想定できるのである。

そして後半は、⑤・⑦が故郷の象徴としての「筑波嶺」と関連付けて妹への思慕を詠むのに対し、⑥・⑧は、故郷の地名を詠み込みながら、⑥「ま梶しじ貫き」、⑧「皇御軍士に」と防人として出発する使命を歌い、⑥「我は帰り来む」、⑧「我は来にしを」と対応させていることが分かるのである。那賀の郡の上丁である大舎人部千文は、やはり一人で二首の歌を詠むが、これは、⑤茨城の郡の占部小竜、ならびに⑥久慈の郡の丸子部佐壮の、それぞれの歌に対する唱和として対応させる意図があったと考えられるのである。

⑨は国の中で役職に就く助丁の歌であり、⑤・⑦と同様、「筑波の山」を詠み込んでくるが、⑤・⑦とは異なり、歌の中に妹を詠み込んではこない。当然「故郷とは単に故郷の山河・自然だけではなく、別れて来た家族、そして親しかった人々もその中に含まれていることは否定できないであろう(3)」。しかし、「橘の下吹く風のかぐはしき」故郷の「筑波の山」にこそ焦点を絞り、地名に意味をもたせていることが分かるのである。これは、⑩の長歌へと密接に結びついていくだろう。

⑩について、吉野裕は、

長歌に道行きぶりとよばれる種類のものがあって、地名を羅列することによって一首の大部分を構成するような作品があるが、それはその土地土地を経めぐったような歌をうたうことが、同時に現実においても無事にそのごとく経めぐりうることだと信じていたところにもたらされたものであって、旅路平安の祈の様式にほかならず、この長歌もまたその性質をもっている(4)。

と述べ、この⑩に、足柄という場における離郷の挨拶と前途平安の祈りの儀礼を見出している。また遠藤宏は、この⑩における「我は斎はむ、諸は幸くと申す」という祝詞的な発想は、作者倭文部可良麻呂が常陸国の防人集団を代表して祈禱していることを示し、この歌の場は、国府出立の儀礼の場であると結論付ける(5)。このように吉野・遠藤は、場に関しては相違点が見られるが、ともに難波津以外の場を、⑩の場と認定していることや、この長歌を儀礼的な場における常陸国防人歌の代表として詠まれているとすることは共通するのであり、長歌における集団性・官公性・儀礼性のことを鑑みても、⑩についてはそのように捉えるべきだろう。

そして、この⑩は、⑤〜⑨までと同様に地名が詠み込まれており、それは「足柄」「不破の関」「筑紫」のように空間的な広がりを示している。阿部りかは「家郷からの移動の大きさと、それに伴って受ける防人の悲別思いの大きさを表現する(6)」と述べているが、⑤〜⑨までの故郷を端的に示す地名と異なり、⑩は国の境である「足柄」や、東山道の関所である「不破の関」を詠み込み、そこには防人としての行軍の移動性が明確化されているのである。また近い将来自分たちが難波津から渡って滞在するであろう「筑紫」からの視点で故郷の人々の無事を祈る歌ともなっており、まさしく地理的・空間的な広がりを示している歌といえるのである。

また、第一部第七章で詳細に論じたように、⑩は一人称代名詞「われ」と「あれ」との対比を巧みに使い分けて詠まれており、その構成を再度示すと以下のようになる。

足柄のみ坂賜り顧みずあれは越え行く　↓「孤的」意識の表出……「妹」を意識する表現

荒し男も立しやはばかる不破の関越えてわは行く　↓集団意識の表出

馬の爪筑紫の崎に留まり居てあれは斎はむ　↓「孤的」意識の表出……「妹」を意識する表現

諸は幸くと申す帰り来までに　↓「父母家族」を意識する表現

つまり、この⑩は、故郷の妹を思慕する「孤的」意識と、移動していく防人全員の集団意識との両者を組み込む形式を持った広がりをも持っているのである。さらに、阿部りかも指摘するように、故郷における妹との別れという「過去」、行軍中の「現在」、筑紫における家郷の者への祈りという「将来」までの時間をも内在しており、そのような意味で、時間的広がりをも兼ね備えた歌としても把握できるのである。(7) つまり、⑩は、常陸国防人歌群をまとめる役割を担っているといえるのである。

このような配列と二つの歌群を考えると、⑤〜⑩は、故郷での別れや旅の途次を内容上の場として想定させ、難波津における悲哀を詠む①〜④の歌群よりも時間的に早い段階を示すといえるであろう。そのような意味で⑤〜⑩を「第一歌群」、①〜④を「第二歌群」と称することとする。(8)

第四節　下野国防人歌群との関係

では、第一歌群の最後の⑦~⑩をさらに詳細に眺めてみると、⑧・⑩は、防人の使命感を詠んだ歌として位置づけられる。⑧はその典型であり、また長歌⑩も「顧みず我は越え行く　荒し男も立しやはばかる　不破の関越えて我は行く」と歌い上げる。同じ発想の歌が詠まれる背景には、歌の場が大きく関与していることが考えられる。

常陸国で身分の高い者が防人の使命感を詠んでいるのは、吉野説の「官公的言立て的性格」に当てはまると考えられる。吉野は、

防人歌そのものが本来の場所においては「大君の命かしこみ」という絶対服従の誓詞的性質を体現するものにほかならなかった、と見るのである。（略）衆人が統整のとれた歌謡の座をかたちづくるということには、一定の儀式的方式の存在がかんがえられるのであり、その儀式のかたちはいまのばあいは、防人という特殊な遠征軍団への入隊宣誓式のごときものとしてとらえられる。[9]

と述べているが、現在この説は多くの反論にさらされている。その理由の一つには、吉野説が絶対服従の誓詞的性質を体現するとした「大君の命恐み」の句を含む歌がある。防人歌における「大君の命恐み」（またはそれに類する句）を含む歌は、以下の七首が挙げられる。

恐きや命被り明日ゆりや草がむた寝む妹なしにして　（遠江・四三二一）
大君の命恐み磯に触り海原渡る父母を置きて　（相模・四三二八）
大君の命恐み出で来れば我取り付きて言ひし児なはも　（上総・四三五八）
大君の命にされば父母を斎瓮と置きて参ゐ出来にしを　（下総・四三九三）

大君の命恐み弓のみたさ寝か渡らむ長けこの夜を　（下総・四三九四）
大君の命恐み青雲のとのびく山を越よて来ぬかむ　（信濃・四四〇三）
大君の命恐み愛しけ真子が手離り島伝ひ行く　（武蔵・四四一四）

身崎寿は「一首全体が言立て的言辞に終始しているわけではなく、つねにそれと対置するように、『妹なしにして』とか『父母を置きて』とかいう悲別的な言辞がおかれ（略）むしろ悲別歌的・羇旅発思歌的傾向こそ防人歌の本来的な属性なのだ[10]」と反論しているが、このように、吉野説に対する反論には、この句を受ける下句が私的な抒情に流れている点を強調し、その公的な「言立て」的性格を否定する論が多い。

しかし、『万葉集』における「大君の命恐み」全二十八首を検討すると、例えば以下のようになる。

大君の　命恐み　にきびにし　家を置き　こもりくの　泊瀬の川に　船浮けて　我が行く川の　川隈の　八十隈落ちず　万度　かへり見しつつ　玉桙の　道行き暮らし　あをによし　奈良の京の　佐保川に　い行き至りて（略）　（1・七九）

（略）大君の命恐み　夕されば　鶴が妻呼ぶ　難波潟　三津の崎より　大船に　ま梶しじ貫き　白波の　高き荒海を　島伝ひ　い別れ行かば　留まれる　我は幣引き　斎ひつつ　君をば遣らむ　はや帰りませ　（8・一四五三）

（略）大君の任のまにまに〈或本に云ふ、「大君の命恐み」〉鄙離る　国治めにと　群鳥の　朝立ち去なば　後れたる　我か恋ひむな　旅なれば　君か偲はむ（略）　（13・三二九一）

（略）大君の　命恐み　食す国の　事取り持ちて　若草の　足結たづくり　群鳥の　朝立ち去なば　後れたる　我や悲しき　旅に行く　君かも恋偲ひむ（略）礪並山　手向けの神に　幣奉り　我が乞ひ禱まく　はしけやし　君がただかを　ま幸くも　ありたもとほり（略）　（17・四〇〇八）

これらの例から、防人歌以外も「大君の命恐み」は、官命による旅の状況と密接に結びついて用いられた語句であることが確認でき、また波線部で示したように、防人歌と同様、その官命のために犠牲とせざるをえなくなったもの、後に残った者の悲嘆の心情なども一緒に詠まれていることが分かる。特に相模国の四三二八と七九との間には、短歌と長歌との相違はあるが、表現の型には共通するものがある（第一部第三章参照）。したがって防人歌における例は「王命を遂行するために止むを得ず犠牲にした私情への回帰を主題とする官人歌と同様のありかたを示しながら、短歌形式に歌われたもの(11)」と結論づけられる。

このことから考えると「『大君の命畏み』がいかに律令官人の性質そのものであり、具体的行動を基にしたものであるか(12)」が分かり、また「防人たちが、中央集権の原理にもとづく律令国家の枠組みに完全に組み込まれたことを意味している(13)」ことになる。このように官命による旅の状況と密接に結び付く語句の使用という、律令官人の発想を組み込んで歌を短歌形式で詠みあげることこそ、ある意味での「言立て」的な歌と言えるだろう。渡部和雄も指摘するように「規範というのは支配の構造なのである(14)」。また品田悦一は、

防人歌の本質的性格が家族への愛惜の溢出にあることは周知のとおりですが、加えて、彼らをそのような抒情に向かわせたものは外部の強力な力であったという点を忘れるべきではありません。（略）彼ら防人は、古代国家の軍事機構に動員され、父母や妻子とのぬくぬくとした絆から引き剝がされる限りにおいて定型短歌の領域に参与したのであって、彼らの国家への参与と、定型短歌へのそれとは、ともに外的強制に起因した点において位相的に等しいとしなければならない。(15)

と述べ、鉄野昌弘も、「大君の命恐み」のような「吉野氏のいう『官公的』な文言だけではなく」、身崎の述べる悲別歌的・羇旅発思歌的傾向という「『わたくしごと』もまた、中央の側の関与無しにはありえなかったことは確かであろう」「どれだけの辛苦を耐え抜いて防人に出てきたかを嘆くことこそが、大君に対する忠誠の証だったと考

えられる」とも述べている。(16)

さて、そのように考えた場合、逆説的な物言いだが、防人の使命感を詠んだ歌、いわゆる従来から言われている意味での「言立て」的発想の歌こそ、防人歌では例外的で、特異な歌だったことになる。実際、防人歌の中で、防人の使命感を詠んだ歌とも捉えられるのは、⑧・⑩（常陸国）、四三七三・四三七四（下野国）の四首のみと認定してよい。問題とするべきはこれら四首のうち二首が現在問題にしている常陸国防人歌に収載されており、残り二首が下野国にまとめて収載されているという事実である。この点において考えてみなければならないのが、二国共同の歌の場の問題である。実は、この防人としての使命感を詠む歌が収載されている常陸国・下野国の二国は、同日二月十四日に家持に進上されていることが分かる。そのことも一つの根拠として、二国が共同の歌の場を持ったのではないか、とする説が存在する。

林田正男は、「うたげの座は、常陸と下野の防人軍団が到着後に兵部省の役人の検閲（人員・装備）を受け、その後（翌日でもよい）、常陸と下野の防人合同の直会の場であったと想定する」とし、その根拠として、

A　「丈夫心」を歌うという近似した類同性があること。

B　常陸・下野の防人歌進上が「二月十四日」と同日の日付であること。

C　常陸の防人の長歌は二国を代表した集団的儀礼歌とみられること。

D　二国間の歌に相互に対応する問答唱和歌がみられること。

E　用字面に類同性が見られるということ。

の五点を挙げている。(17)

これは常陸国の配列や他の国には見られない特徴を考える上で非常に重要な指摘となる。現在の防人歌の場の論においては、一国の中においてのみ歌の場が議論されており、二国共同の場の視点こそは、従来の防人歌の考察に

おいて欠けていた重要な視点といえる。実際、第二部第一章で考察した「駿河国・上総国歌群」は、二国が完全な対応関係を示しており、二国共同の歌の場を示唆していた。

そこで、以下、林田説を補強・発展させつつ、常陸国・下野国の二国を、先ほどの防人としての使命感を詠む歌によって分析してみることとする。

⑧　霰降り鹿島の神を祈りつつ皇御軍士にわれは来にしを　（常陸・四三七〇）

⑨　橘の下吹く風のかぐはしき筑波の山を恋ひずあらめかも　（常陸・四三七一）

⑩　足柄の　み坂賜り　顧みず　あれは越えいく　荒し男も　立しやはばかる　不破の関　越えてわは行く　馬の爪　筑紫の崎に　留まり居て　あれは斎はむ　諸は幸くと申す　帰り来までに　（常陸・四三七二）

ア　今日よりは顧みなくて大君の醜のみ楯と出で立つわれは　（下野・四三七三）

イ　天地の神を祈りてさつ矢貫き筑紫の島をさして行くわれは　（下野・四三七四）

ウ　松の木の並みたる見れば家人のわれを見送ると立たりしもころ　（下野・四三七五）

身分の高い者の歌である⑧〜⑩の常陸国後半部と、下野国前半部ア〜ウは密接な対応関係が見出せる。⑧が「鹿島の神を祈りつつ」「皇御軍士にわれは来にしを」と詠むのに対して、イは「天地の神を祈りて」「さつ矢貫き筑紫の島をさして行くわれは」と対応させる。長歌⑩の、いわゆる「言立て」的「顧みずあれは越えいく」「不破の関越えてわは行く」は、下野国冒頭アの「顧みなくて大君の醜のみ楯と出で立つわれは」と対応していく。また⑨「橘の下吹く風の」は、ウ「松の木の並みたる見れば」と対応し、木々の描写によって故郷や故郷の人々を恋い慕う内容で結びつく。これら下野国の冒頭三首は郡名が記されず、「火長」という国の中での役職を示す者が並んでいることが確認できる。

このように考えるならば、「防人としての使命感」を詠む歌は常陸国、ならびに下野国の身分の高い、役職に就く者が対応させながら歌を応答していることが確認できる。またこれらの歌には先述したように、孤的・単数的な意味合いを持つ一人称代名詞「あれ」ではなく、太線部で示したように「われは来にしを」「越えてわは行く」「出で立つわれは」「さして行くわれは」「われを見送ると」などのように、集団的・複数的な意味合いを持つ「われ」（われわれ）が多用されており、そのような意味でも国々を代表する歌と考えられることにも留意したい。

さらに⑩の長歌に「足柄のみ坂」「不破の関」の両者が詠み込まれる背景には、この二国共同の歌の場が関与している可能性がある。足柄は、常陸国と同じ東海道に属し、不破の関は下野国と同じ東山道に属するからである。確かに、東海道・東山道の実際の交通は厳密には区別されていなかった可能性があるが、長歌として詠み込まれる背景には、足柄は東海道、不破の関は東山道という意識が強かったのではないだろうか。そのような意味でもこの長歌は二国を代表する歌になる可能性が内包されており、先ほどの林田説Cが妥当性を持つこととなるのである。

第五節　「難波詠」の成立

第二歌群①～④は、二名の防人がそれぞれ二首ずつ詠み、難波津での別れの悲しみを詠み込んでいる。したがって、この第二歌群は、第一歌群とは異なり、下野国防人歌群と同様、難波津という場において、陸続きの故郷と断絶する悲哀が詠まれているものと考えてよいだろう。この第二歌群の四首が、下野国防人歌群とどのような関係にあるのかは、現段階では不明である。下野国防人歌群の内容上・配列上の密接な結び付きは、第二部第二章で考察したように下野国のみで強固に結び付いていると考えられるからである。

しかし、以下のように二国のまとまり・類似性が見受けられることもまた事実である。

常陸国
①　今は漕ぎぬと妹に告げこそ
②　業るべきことを言はず来ぬかも
③　船装ひ我は漕ぎぬと
④　我が恋を記して付けて

下野国
（四三七九）　別れなばいともすべなみ
（四三八一）　別るを見ればいともすべなし
（四三七六）　言申さずて今ぞ悔しけ
（四三八〇）　難波津を漕ぎ出て見れば
（四三八三）　船装ひ立し出も時に
（四三七七）　みづらの中に合へ巻かまくも

最後に、第一歌群と第二歌群との配列についても考察しておかなくてはならないだろう。⑤～⑩の第一歌群に、①～④の難波津での感慨を詠んだ第二歌群を結び付ける場合、「第一歌群＋第二歌群」と配列する方法が時間的な流れからしても妥当である。しかしそのように配列した場合、長歌⑩が、常陸国防人歌の中央に配列されてしまうという不体裁もあり、それより何より、下野国の冒頭部との結び付きが消されてしまう懸念があるだろう。これは、階級序列にしたがい、身分順に⑩⑨⑧⑦～①と配列する場合も同様である。また⑩は故郷での別れ、旅の途次での家族への思い、また防人として筑紫における近い将来の展望までもが描かれており、地名を詠み込みながら空間的な広がりを示すとともに、時間的な広がりも含み持っていた。そのような意味で⑩は常陸国防人歌をまとめる役割をも担っているのである。これらのことから、⑩はやはり、常陸国の最後に配列されるべきであるし、下野国の前に配列されるべきであろう。以上のことから、第二歌群は、第一歌群に前置されることになったと考えるのである。

阿部りかは、常陸国防人歌の前には難波離宮を讃美する大伴家持の「私の拙懐を陳ぶる一首」（四三六〇）が収載されていることから、以下のように結論づけた。

常陸国防人歌が長歌Ⅱ（四三六〇—東城注）に続くのは、長歌Ⅱの難波詠と常陸国防人冒頭歌が、切り離せない関係にあったためと推測される。

望郷の念に支えられた防人歌全体の中から難波詠を前半部に配することから、家持長歌Ⅱとの連続性を意識した、家持の編纂意図の一端を窺うことができるのである。(18)

また、山﨑健司も、

時間のうえでは後に位置づけられるはずの難波津での詠が歌群冒頭に配列されているのは、直前の難波宮讃歌というべき「陳私拙懐一首」に関連づけようとする意図があったと理解せざるを得ない。

Bの直後（四三六〇—東城注）、十四日に進上された常陸の防人歌の冒頭に難波津を詠む歌が配列されているのは、かかる歌群としての表現効果を念頭におくことを明確に示している。(19)

と述べているが、これら阿部・山﨑説は、常陸国防人歌群には家持の手が加えられており、常陸国防人歌群を家持の文芸意識に即して編纂・再編した歌群と位置付けている。確かに、常陸国・下野国防人歌より前に制作されたはずの家持関連歌と、常陸国・下野国二国との類似性が見られることも事実である。先述した、いわゆる「言立て」的「顧みず」という語句は、『万葉集』中に五首しかなく、そのうち二首が常陸国・下野国に見出された。残り三首中の二首、四〇九四・四三三一は、ともに大伴家持によって詠まれており、とくに、四三三一「防人が悲別の心を追ひて痛み作る歌一首」に詠まれていることは改めて注目してよいだろう。四三三一は以下のようにある。

防人が悲別の心を追ひて痛み作る歌一首并短歌

大君の　遠の朝廷と　しらぬひ　筑紫の国は　敵守る　おさへの城そと　聞こし食す　四方の国には　人さはに　満ちてはあれど　鶏が鳴く　東男は　出で向かひ　顧みせずて　勇みたる　猛き軍士と　ねぎたまひ　任けのまにまに　たらちねの　母が目離れて　若草の　妻をもまかず　あらたまの　月日数みつつ　葦が散る　難

波の三津に　大船に　ま櫂しじ貫き　朝なぎに　水手整へ　夕潮に　梶引き折り　率ひて　漕ぎ行く君は　波の間を　い行きさぐくみ　ま幸くも　早く至りて　大君の　命のまにま　ますらをの　心を持ちて　あり巡り　事し終はらば　障まはず　帰り来ませと　斎瓮を　床辺に据ゑて　白たへの　袖折り返し　ぬばたまの　黒髪敷きて　長き日を　待ちかも恋ひむ　愛しき妻らは
（20・四三三一）

そして、この長歌にも「勇みたる猛き軍士とねぎたまひ任けのまにまに」「大君の命のまにますらをの心を持ちて」などと防人の使命感が詠まれているのである。この長歌には、諸注釈をはじめ、小野寛・村瀬憲夫など多くの諸氏によって、古歌の成句をかなり流用していることがすでに指摘されており[20]、また松田聡は、特に憶良「好去好来歌」や人麻呂「石中死人歌」の両者の構造・様式を複合して成り立っているものとし、勇猛な防人像は、こうした様式の複合から導かれたものであると結論づけている[21]。そして、それらの成句と類似の表現、類似の発想が常陸国・下野国防人歌にも存在する。例えば「猛き軍士と」「ま櫂しじ貫き」「障まはず帰り来ませと」は常陸国と類似の表現であり、「大君の命のまにま」は下野国と、「筑紫の国は」「難波の三津に」は常陸・下野国両者に対応していく表現である。したがって「防人歌は案外家持に似ている[22]」ともいえるのである。

また、常陸国防人歌の直前の「私の拙懐を陳ぶる一首」（四三六〇）の長歌自体は、防人と直接関係を持たないという点において特異であり、難波離宮を讃美するという点において、宮廷讃歌と称せるものであるが、この長歌の構想に関して、松田聡は以下のように述べている。

拙懐歌制作の背景には、歌を媒介として君臣が交流する文雅の宴（いわゆる君臣和楽の宴）に列席することを望みながらも、それが実現しないということに対する家持の鬱屈を読み取るべきなのである[23]。

恐らく家持は、身分を越えて和歌という文雅の世界を共有すること自体に一つの理想を見出していたのである[24]。

これは、第一部第八章で考察した、家持の防人歌蒐集の目的と密接に結び付く見解であり、そのような意味でも、この家持長歌と常陸国防人歌群との関連を指摘する阿部・山﨑説は重要ではあるだろう。しかし、家持の防人関連歌から防人歌へという流れを立証することは困難であり、また、「進上された各国の資料から拙劣の歌を取り除いただけのもの、それが各国の防人歌」[25]であるとする伊藤博説、ならびに、本書において他の国の防人歌群を考察してきた限りでは、家持の文芸意識に即して常陸国防人歌群を編纂・再編したという阿部・山﨑説に賛同することはできない。これらの説は、難波離宮を讃美する家持の難波詠と、常陸国の冒頭部である第二歌群との結び付きを強調するが、第二歌群の難波詠は、難波津での悲哀を詠む下野国防人歌群と、内容的に、より強い結び付き・関連性を有しているのである。

以上のことを考慮すると、第一歌群は、故郷や旅の途次ですでにできあがっていた可能性が高く、それが難波津における下野国の難波津の場においても披露されたのではないだろうか。下野国の火長の詠む冒頭の歌々は、第一歌群から導き出された可能性が考えられるのである。第二歌群に関しては、第二部第二章で詳細に考察した、下野国防人歌群の難波詠とどのように関与してくるのか、厳密に解明することは困難であるが、常陸国防人歌群と下野国防人歌群がお互いに影響関係があることは想定してよいのではないだろうか。吉野裕は、常陸国と下野国の二国の関係についても示唆しているが、その点について以下のように述べている。

常陸の国の防人歌は、防人部領使から上進された日附は二月十四日で、下野の国と日をおなじうするのである。そうした関係からして、出発と見送りと、このふたつの集団の存在を思ったわけである。[26]

防人歌の中で唯一逆の配列を持つ常陸国防人歌の配列は、このような下野国防人歌群との関係を間接的に立証しているのではないだろうか。そして、部領使が家持に進上する際には、すでにこのような配列を持っていたものと想定され、家持は、その配列を尊重し、そのままの形で『万葉集』に収載したものと考えられるのである。

第六節　おわりに

本章をまとめると、以下のようになる。

一　常陸国防人歌は、前半部の難波詠（①〜④）と、後半部の故郷や旅の途次での思いを述べる歌（⑤〜⑩）との、二つの歌群を見出すことができる。歌の内容上の場から考えて、後半部が「第一歌群」、前半部が「第二歌群」と考えてよいであろう。

二　第一歌群の最後、防人歌唯一の長歌は、時間的広がりと空間的な広がりを持っており、そのような意味で、常陸国防人歌をまとめる役割を担っていたものと考えられる。

三　長歌を含む第一歌群の後半部の歌は、下野国防人歌の冒頭部と密接に結びついていることが確認でき、したがって、第一歌群は、下野国防人歌が詠まれていく難波津での場において披露されたものと想定できる。

四　以上のことから、常陸国防人歌群は、難波を詠み込む第二歌群が、第一歌群の前に配列されたものと考えられ、これが、防人歌で唯一逆の配列になっている意味と考えられるのである。

注

（1）岸俊男「防人考―東国と西国―」（『萬葉集大成11』平凡社、一九五五年三月）、のち『日本古代政治史研究』（塙書房、一九六六年五月）。

（2）渡部和雄「時々の花は咲けども―防人歌と家持―」（『国語と国文学』第五十巻第九号、一九七三年九月）。

（3）水島義治『萬葉集防人歌全注釈』（笠間書院、二〇〇三年二月）四三七一【鑑賞・考究・参考】。

（4）吉野裕「防人歌の『場』の構成」『防人歌の基礎構造』（筑摩書房、一九八四年一月）。
（5）遠藤宏「防人―その歌の場―」（『万葉集講座　第六巻』（有精堂出版、一九七二年十二月）。
（6）阿部りか「天平勝宝七歳の常陸国防人歌」（『萬葉研究』第二十号、二〇〇四年二月）。
（7）右に同じ。
（8）吉野裕も常陸国防人歌を、難波作系列と旅中作系列との二系列に分けて考察するが、吉野は「ひとりの防人が二首を有しているばあい」「その一方が難波津の作に属するであろう」としており、本章での二系列の分け方とは異なっている（注4に同じ）。
（9）吉野裕「防人歌の『言立て』的性格」、注（4）前掲書。
（10）身崎寿「防人歌試論」（『萬葉』第八十二号、一九七三年十月）。
（11）林慶花「『大君の命かしこみ』考―防人歌の分析を中心に―」（『国語と国文学』第七十八巻第七号、二〇〇一年七月）。
（12）注（2）に同じ。また、渡部は「〈大君の命畏み〉〈悲別〉〈祈願〉の形」は「本来農民のものでなどありようはずはなく、家持は自らの抒情に似せて防人歌の発想を規制したのである」（注2）と述べ、この句からも「難波歌壇」の可能性を導き出している。
（13）多田一臣「『大君の命かしこみ』について」（『萬集の課題―森淳司博士古稀記念論集―』翰林書房、一九九五年二月）。
（14）渡部和雄「東歌と防人歌の間」（『国語と国文学』第四十九巻第八号、一九七二年八月）。
（15）品田悦一「東歌の枕詞に関する一考察」（『日本上代文学論集―稲岡耕二先生還暦記念―』塙書房、一九九〇年四月）。
（16）鉄野昌弘「防人歌再考―『公』と『私』―」（『萬葉集研究』第三十三集、二〇一二年十月）。
（17）林田正男「防人歌の人と場」『万葉防人歌の諸相』（新典社、一九八五年五月）。
（18）注（6）に同じ。

(19) 山﨑健司「防人歌群の編纂と家持—防人関連歌形成の契機—」（熊本県立大学『国文研究』第四十八号、二〇〇三年一月）、のち『大伴家持の歌群と編纂』（塙書房、二〇一〇年一月）。
(20) 多くの注釈書に指摘があるが、例えば小野寛「防人との出会—防人の心情を陳べる長歌三作—」（上代文学会編万葉夏季大学第十四集『家持を考える』笠間書院、一九八八年八月）、村瀬憲夫「大伴家持の『防人歌』」（近畿大学文芸学部論集『文学・芸術・文化』第二巻第二号、一九九〇年十二月）など参照。
(21) 松田聡「防人関係長歌の成立」（早稲田大学『国文学研究』第一一四号、一九九四年十月）。
(22) 注（2）に同じ。
(23) 松田聡「拙懐歌の論—帰京後の論—」（早稲田大学『国文学研究』第一二五号、一九九八年六月）。
(24) 松田聡「防人歌の蒐集と家持」（『古代研究』第三十号、一九九七年一月）。
(25) 伊藤博『萬葉集釋注十』（集英社、一九九八年十二月）。
(26) 吉野裕「浜べのわかれ」、注（4）前掲書。

第五章　武蔵国防人歌群の構成
――「昔年防人歌」との比較――

第一節　はじめに

本章では、防人歌で唯一、妻の歌が含まれる国であり、その点でも非常に特異な防人歌として従来から注目されている武蔵国防人歌を考察の対象とする。武蔵国防人歌は、夫婦の問答の形式や悲別歌的性格を色濃く残していると考えられ、巻十四の防人歌の「問答」との関連も指摘される国である。また、妻の歌が含まれていることから、前章まで考察してきたような、旅の途次や難波津における歌の場は考えにくく、従来から家郷出発にあたっての歌の場（国府や郡家）が想定されている国でもある。

本章では、武蔵国という特異な防人歌に焦点をあて、前章までに考察してきた防人歌の配列方法と作者との関係から、武蔵国防人歌の場の構成を検討し、武蔵国防人歌の成立にまで遡及して追究することとする。

第二節　武蔵国防人歌群の構成

武蔵国防人歌は以下のような歌群・配列になっている（便宜上歌の頭に番号を付す。また役職名に傍線を付す）。

①　枕大刀腰に取り佩きまかなしき背ろがまき来む月の知らなく　（四四一三）

右の一首は上丁郡珂の郡の檜前舎人石前が妻の大伴部真足女

②
大君の命恐み愛しけ真子が手離り島伝ひ行く　（四四一四）
右の一首は助丁秩父の郡の大伴部小歳

③
白玉を手に取り持して見るのすも家なる妹をまた見てももや　（四四一五）
右の一首は主帳荏原の郡の物部歳徳

④
草枕旅行く背なが丸寝せば家なる我は紐解かず寝む　（四四一六）
右の一首は妻の椋椅部刀自売

⑤
赤駒を山野にはがし捕りかにて多摩の横山徒歩ゆか遣らむ　（四四一七）
右の一首は豊嶋の郡の上丁椋椅部荒虫が妻の宇遅部黒女

⑥
我が門の片山椿まこと汝我が手触れなな地に落ちもかも　（四四一八）
右の一首は荏原の郡の上丁物部広足

⑦
家ろには葦火焚けども住み良けを筑紫に至りて恋しけ思はも　（四四一九）
右の一首は橘樹の郡の上丁物部真根

⑧
草枕旅の丸寝の紐絶えば我が手と付けろこれの針持し　（四四二〇）
右の一首は妻椋椅部弟女

⑨
我が行きの息づくしかば足柄の峰這ほ雲を見とと偲はね　（四四二一）
右の一首は都筑の郡の上丁服部於由

⑩
我が背なを筑紫へ遣りて愛しみ帯は解かななあやにかも寝も　（四四二二）
右の一首は妻の服部呰女

⑪　足柄のみ坂に立して袖振らば家なる妹はさやに見もかも　（四四二三）

右の一首は埼玉の郡の上丁藤原部等母麻呂

⑫　色深く背なが衣は染めましをみ坂賜らばまさやかに見む　（四四二四）

右の一首は妻物部刀自売

二月の二十九日、武蔵の国の部領防人使掾正六位上安曇宿禰三国。進る歌の数二十首。ただし、拙劣の歌は取り載せず。

最初に「上丁―助丁―主帳」という「国単位表記」、後半に「―郡上丁」という「郡単位表記」が並び、非常に規則的な配列だということが確認される（第一部第一章参照）。ただし、最初の身分の者は「国単位表記」の者とはいっても、その身分の者の妻の歌であり、防人の歌が存在しない。また妻の歌が掲載されていない防人の歌もあり（四四一四・四四一八）、この武蔵国防人歌が他の国の防人歌に比べて非常に変則的なことは窺える。

この武蔵国防人歌の配列に関して、伊藤博は以下のように述べる。

> 武蔵に限って家族（妻）の歌を多数収録し、その歌十六（ママ）首は、四首ずつ三群に分れ、それぞれ、「女―男―男―女」（四四一三～四四一六）、「女―男―男―女」（四四一七～四四二〇）、「男―女―男―女」（四四二一～四四二四）のまとまりを意識して並べてあるようにも思える。[1]

しかし、拙劣歌などを考慮するならば、配列からだけでまとまっているとは簡単に言えないとの批判がなされており、したがって、歌の内容から考察した説などでは、

（ア）　これら男と女の歌が内容的に関連していないこと（照応の脈絡が認められないこと）

（イ）　夫婦の歌も唱和になっていないこと

（ウ）（ア）（イ）は家持が拙劣歌として夫や妻の歌を取り除いたことを考えれば当然であること

などを根拠に以下のような構成が考えられている。まず、渡部和雄説では、以下のように武蔵国防人歌群を復元する。

（四四一三）上丁郡珂郡檜前舎人石前之妻大伴部真足女
（四四一四）助丁秩父郡大伴部小歳
（四四一五）主帳荏原郡物部歳徳
（四四一六）妻椋椅部刀自売
（四四一七）豊嶋郡上丁小椋椅部荒虫之妻宇遅部黒女
（四四一八）荏原郡上丁物部広足
（四四一九）橘樹郡上丁物部真根
（四四二〇）妻椋椅部弟女
（四四二一）都筑郡上丁服部於由
（四四二二）妻服部呰女
（四四二三）埼玉郡上丁藤原部等母麻呂
（四四二四）妻物部刀自売

つまり、最初の歌が妻の歌からはじまっているのは、これと対応する夫の歌、つまり「上丁」の歌があったのではないのか、同じく、四四一七にある妻の歌にもこの妻の夫の歌があったのではないのか、と原形を追究する説である。(2) 渡部は、妻の歌には夫、つまり防人の歌があったであろうと推測したが、夫の歌しかない四四一四、四四一八の歌に関しては、「この二首が妻との対であって、妻のものが不採用になったかどうかは判らない」としているのである。

この渡部説を発展させた針原孝之は以下のように復元した。

A（夫婦）
（四四一三）上丁郡珂郡檜前舎人石前之妻大伴部真足女
（四四一四）助丁秩父郡大伴部小歳

B（夫婦）
（四四一五）主帳荏原郡物部歳徳
（四四一六）妻椋椅部刀自売

C（夫婦）
（四四一七）豊嶋部上丁椋椅部荒虫之妻宇遅部黒女
（四四一八）荏原郡上丁物部広足

D（夫婦）
（四四一九）橘樹郡上丁物部真根
（四四二〇）妻椋椅部弟女

（夫婦）
（四四二一）都筑郡上丁服部於由
（四四二二）妻服部呰女

（夫婦）
（四四二三）埼玉郡上丁藤原部等母麻呂
（四四二四）妻物部刀自売

針原は、この武蔵国防人歌が全て夫婦の唱和になっていたのだろうと推測し、そして、現存しない空欄の中のA、B、C、Dは拙劣歌で不採用になったのかもしれないとしたのである。[3]このように考えると、伊藤博が「進上された各国の資料から拙劣の歌を取り除いただけのもの、それが各国の防人歌である」と述べるように、[4]家持がほとんど手を加えずに拙劣歌の削除だけを施したものが、現状の武蔵国防人歌と考えられる（本書序論参照）。しかし、針原は、武蔵国の最後の二首だけは夫婦の歌として内容上の照応が認められ、唱和の形式をとっていることから、この夫婦の唱和の歌を最後に持ってきたのは家持のしわざである、と最後は結論づけたのである。

最後の夫婦の歌二首は以下のようにある。

⑪　足柄のみ坂に立して袖振らば家なる妹はさやに見もかも　（四四二三）

右の一首は埼玉の郡の上丁藤原部等母麻呂

⑫　色深く背なが衣は染めましをみ坂賜らばまさやかに見む　（四四二四）

右の一首は妻物部刀自売

確かに、夫婦の唱和らしい唱和といってよいものと考えられるが、針原説からすると「なぜ、最後の二首の歌だけで他の歌は体裁を整えなかったのか」という点が解明されないのである。

そこで、本章では、以下のような私案を提示したい。

【国単位表記】

第一歌群
（四四一三）上丁那珂郡檜前舎人石前之妻大伴部真足女
（四四一四）助丁秩父郡大伴部小歳
（四四一五）主帳荏原郡物部歳徳
（四四一六）妻椋椅部刀自売

（四四一七）豊嶋郡上丁椋椅部荒虫之妻宇遅部黒女
（四四一八）荏原郡上丁物部広足
（四四一九）橘樹郡上丁物部真根
（四四二〇）妻椋椅部弟女
（四四二一）都筑郡上丁服部於由
（四四二二）妻服部呰女
（四四二三）埼玉郡上丁藤原部等母麻呂
（四四二四）妻物部刀自売

第二歌群【郡単位表記】

伊藤説と重なるのであるが、やはり、この武蔵国防人歌群は、すべて対になって並べられているのではないか、と考えるのである。伊藤説のように、本書も「進上された各国の資料から拙劣の歌を取り除いただけのもの、それが各国の防人歌である」という立場をとる。したがって、この武蔵国防人歌群の構成は、家持が作り上げていったものではなく、部領使が家持に進上した時から、このような体裁をもっていたのではないかと考えるのである。そこで、この点を確認するために、以下、歌の内容に踏み込んで考察することとする。

第三節　「国単位表記」の者の歌

最初の四首、これは「国単位表記」の者であり、私案ではこの四首はひとかたまり、つまり第一歌群を構成しているのではないかと考える。

まず、冒頭歌、

①　枕大刀腰に取り佩きまかなしき背ろがまき来む月の知らなく　（四四一三）

右の一首は、上丁郡珂の郡の檜前舎人石前が妻の大伴部真足女

先述したようにこれは妻の歌であり、これが冒頭を飾っていることに対しては従来から指摘があり、森淳司はこの歌は宴も終わりに近い頃歌われたと思われる内容をもっているとしている。(5) しかし、この歌は「枕大刀腰に取り佩き」という宣誓的な語句、つまり「国単位表記」の者にふさわしい語句からはじまっていること、「背ろ」という旅行く夫たち全員を意識する言葉をもっていること、また、「宮に行く子をまかなしみ」（4・五三二）、「置きて行かば妹はまかなし」(6)（14・三五六七）などのように、普通は男性から女性に使用する「まかなし」という語句を使用していることなどから、冒頭を飾るのにふさわしい歌だと考えられるのである。

「背ろ」については説明が必要だが、従来、この「背ろ」の「ろ」、つまり「ら」は親愛の意味としてとらえられているが、ここでは複数と認識していいのではないかと考える。(7) そして、妻を代表する「夫たち」という複数意識の呼び掛けに対して、後述するように第一歌群の最後の④も妻を代表して複数の意識で答えているのが確認されるのである。

次の歌は①を受け、

②　大君の命恐み愛しけ真子が手離り島伝ひ行く　（四四一四）

右の一首は、助丁秩父の郡の大伴部小歳

とあり、「助丁」という「国単位表記」の者が、「大君の命恐み」という、やはり官命による旅の状況と密接に結びついて用いられた宣誓的語句で応答していることが分かる（第二部第四章参照）。従来から様々に憶測されているのは①・②が完全に唱和となっていないからであるが、語句を照らし合わせてみると、①「枕大刀腰に取り佩き」②「大君の命恐み」、①「まかなしき」②「愛しけ」、①「背ろがまき来む」②「真子が手離り」と対応していること

が確認できる。①は「背ろ」が帰郷する日のことを詠み、それに対して②は、「真子が手離り」故郷を去っていく悲しみを詠む。冒頭二首は夫婦の歌ではないが、男性と女性との唱和形式ととらえれば問題はないわけであり、多くの注釈が夫婦を想定してしまうのは、後半の夫婦の歌が念頭にあるからではないだろうか。逆に言えば、はじめから夫婦の唱和ではなかったがために、左注に「上丁那珂の郡の檜前舎人石前が妻の大伴部真足女」と記されているると考えられるのである。(8)

次の二首は以下のように続く。

③　白玉を手に取り持して見るのすも家なる妹をまた見てももや　（四四一五）

右の一首は、主帳荏原の郡の物部歳徳

④　草枕旅行く背なが丸寝せば家なる我は紐解かず寝む　（四四一六）

右の一首は妻の椋椅部刀自売

これは、夫婦の歌として「家なる妹」「家なる我」で対応している。この「家なる妹」という表現は、『万葉集』においては、旅の途上において故郷の妻を詠む表現であって、目の前にいる妻を詠む表現ではないことは注意しなければならないだろう。『万葉集』中に見られる「家なる妹」に目を向けると、次のような歌が数多く見られることに気が付く。

草枕旅の紐解く家の妹し我を待ちかねて嘆かすらしも　（12・三一四七）

在千潟あり慰めて行かめども家なる妹いおほほしみせむ　（12・三一六一）

ぬばたまの夜渡る月にあらませば家なる妹に逢ひて来ましを　（15・三六七一）

旅なれば思ひ絶えてもありつれど家にある妹し思ひ悲しも　（15・三六八六）

つまり、日常生活とは異なる「旅」という場において、「妹」に逢えないことを嘆く歌に「家」が多数詠み込まれてくるのである。これらは「家」との距離感を嘆く歌といってもよいだろう。万葉の羈旅歌は、「家」と「旅」とのきわやかな対比構造によって貫かれているとの指摘があるが、(9) 家は旅という異郷で故郷を偲ぶ機能を持っているのである（第一部第五章参照）。このように考えれば、③は、旅先で抱くであろう思いを先取って詠んでいることが分かるのである。

また、④は冒頭の「背ろ」とも対応して、複数の意識の「われ」で応えている。①・④ともに妻の代表として、①は出立する「夫たち」を読み、④は家で待つ「妻たち」を詠む。つまり「われ」は「われわれ」（複数）という意識をふまえていると考えられるのである（第一部第七章参照）。この「われ」と「ら」の呼応は、例えば次の「昔年相替防人歌」にも端的に見受けられる。

闇の夜の行く先知らず行くわれを何時来まさむと問ひし児らはも　（20・四四三六）

以上、冒頭四首「国単位表記」の者の歌をまとめ示すと、以下のようになる。

大君	（四四一三）上丁～郡～妻	「真愛しき背ろ」（妻の代表として）	第一歌群
	（四四一四）助丁	→	
家なる	（四四一五）主帳	←	
	（四四一六）妻	「家なるわれ」（妻の代表として）	

第四節　「郡単位表記」の者の歌

つづく八首は「郡単位表記」の者の歌であり、この八首で、第二歌群を構成していると考えられる。

最初の二首は、以下のような歌群である。

⑤　赤駒を山野にはがし捕りかにて多摩の横山徒歩ゆか遣らむ　（四四一七）

右の一首は豊嶋の郡の上丁椋椅部荒虫が妻の宇遅部黒女

⑥　我が門の片山椿まこと汝我が手触れなな地に落ちもかも　（四四一八）

右の一首は荏原の郡の上丁物部広足

この二首も夫婦ではなく男性と女性との唱和となっている。先述したように⑤は夫の歌が、⑥は妻の歌が拙劣歌として家持に削除されたとする説が主流であるが、これら二首は「山」で結び付き、また、「捕りかてに」「我が手触れなな」などと〈手に捕らえられない〉という発想で結び付くものと考えられる。⑥は唱和の相手が人妻だからこそ「片山椿」「我が手触れなな」などと詠めるのではないだろうか。この⑥に関して、土屋文明『私注』は、「ツバキには、ひそかに交つて居た女子を寓意して居るのかも知れない」とし、伊藤博は、「『我が門の片山椿』は、近所の幼馴染みを寓しているとも取れるし、日夜切実に思いを寄せている女の譬えとも解せられるけれども、後者と見る」(10)と述べており、二者とも自分の妻に対する歌と捉えていないことは重要である。これは、以下の「駒」と「人妻」とを詠む東歌とも通じるものがある。

あずの上に駒を繋ぎて危ほかど人妻児ろを息に我がする　（14・三五三九）

つまり、一種の〈戯れ歌的〉趣向を持った歌としても把握され、これは、宴という一つの歌の場が関与していることが想定されるのである。

また、東歌の相聞には、

妹が門いや遠そきぬ筑波山隠れぬほとに袖は振りてな　（14・三三八九）

とする一首があり、これは「妹の門」に向かって袖振りを行う場所は、家郷のシンボルとしての山であり、旅立つものが袖を振るのは「妹の門」に向かってであったことが分かる。⑤多摩の横山を歩いている防人と、その防人がかえりみる⑥「門」は密接に結び付いていることが確認されるのである。

⑦　家ろには葦火焚けども住み良けを筑紫に至りて恋しけ思はも　（四四一九）

右の一首は橘樹の郡の上丁物部真根

⑧　草枕旅の丸寝の紐絶えば我が手と付けろこれの針持し　（四四二〇）

右の一首は妻椋椅部弟女

この二首に関しては、益田勝實・岡田清子の以下のような説がある。

歌い上げたものをふまえてかえすのが相聞の常である。しかし、夫は妻へ歌いかけるのではなくて、思わず口をついて歌い上げたのであつた。妻はそれに歌い返さずにはおれなくて、歌い返したのであつたが、かの女もまた夫の歌に和する心のゆとりはなかつた。（略）夫の歌も、妻の歌も歌ではあるが、それはそのまま話し言葉であつてよいものであつた。つぶやきであつてもよいものであつた。(11)

この説では、この二首は二人だけの間に交わされた「つぶやき」の歌としているが、森淳司も指摘しているように、(12)「つぶやき」が、なぜ歌として記録され、文字化されるのか、根本的なところから理解されない。またこの⑧は、先述した④の歌と類似しており、同一の場で歌われたことを予測させるものでもある。この二首を夫婦の歌でありながら、益田・岡田説が「つぶやき」とせざるを得なかった理由には、やはり従来から問題になっているように照応の脈絡が認められないことがあると思われる。しかし、この二首も、⑦「家ろ」と⑧「草枕旅」とを対応させて詠まれており、「家」と「旅」という羇旅的発想の歌との類似が指摘できるのである。また、この二首がもとも唱和であったことは、この二首をふまえて作られたと考えられる以下⑩の歌からも窺える。

⑨　我が行きの息づくしかば足柄の峰這ほ雲を見とと偲はね　（四四二一）

右の一首は都筑の郡の上丁服部於由

⑩　我が背なを筑紫へ遣りて愛しみ帯は解かななあやにかも寝も　（四四二二）

右の一首は妻の服部呰女

この二首も照応の脈絡が認められない夫婦の歌と見受けられるが、この二首が唱和であったことは、⑨が次の二首⑪・⑫の「足柄」を引き出す歌となっていることからも確認でき、これは武蔵国防人歌が同一の歌の場で詠まれたことをも示す歌となる。また、先述したように、この⑩は⑦の「筑紫に至りて」を受け「筑紫へ遣りて」と歌い、また⑧の「紐絶えば」を受け「帯は解かなな」と詠んでいることが分かる。つまり、この夫婦唱和の二首は、前の二首⑦・⑧をふまえた歌となっていることが分かるのである。このことから、照応の脈絡が認められない夫婦の歌とされる⑦・⑧も、唱和であったことが間接的に立証されることとなるのである。また⑨・⑩は、漢字表記「都久之」で結び付くことも付言しておいてよいだろう。

最後の二首は、内容からも夫婦の歌であるということからも唱和であることは明らかである。

⑪　足柄のみ坂に立して袖振らば家なる妹はさやに見もかも　（四四二三）

右の一首は埼玉の郡の上丁藤原部等母麻呂

⑫　色深く背なが衣は染めましをみ坂賜らばまさやかに見む　（四四二四）

右の一首は妻の物部刀自売

これら二首は、「足柄のみ坂」「さやに見」などの語句で結び付いているのが確認されると同時に、⑨の足柄を受けて詠まれたであろうことをも推測させる。またこれら二首の歌もともに足柄峠での袖振りを先取りして詠んでいることが確認できるのである。

以上、「郡単位表記」の者の歌を考察してきたが、それらまとめ示すと、以下のようになる。

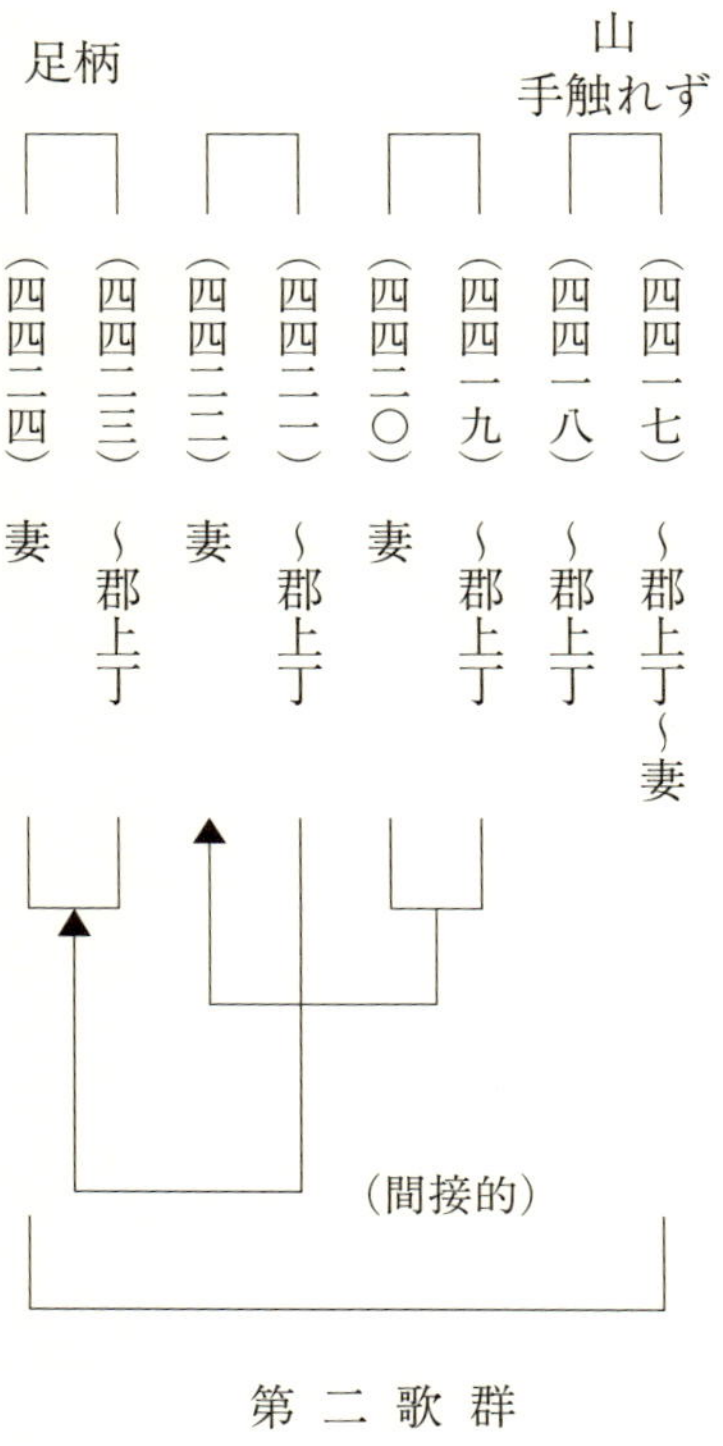

鉄野昌弘は、武蔵国防人歌の夫婦の唱和について、以下のように述べる。

父子（上総国—東城注）・夫婦の歌が、かくも打ち合わないのは、端的に言って、それらが唱和ではなかったからではないのか。更に言えば、互いに「共通の場」で発想されていないことを意味するのではないだろうか。[13]

しかし、本章で考察したように、従来、唱和形式となっていないとされた夫婦の歌は、間接的にそれらを踏まえた歌から類推され、そのことは同時に、これら武蔵国防人歌群が、同一の宴の場で詠まれたであろうことを逆に物語るものでもある。以上のように考えてくると、これらの歌群を家持が作り上げていったと考えることは無理であり、武蔵国防人歌群も「家持がほとんど手を加えずに拙劣歌を取り除いただけのもの」と言えることが確認できるのである。

第五節　「昔年防人歌」との比較

最後に、この武蔵国防人歌の構成を、「昔年防人歌」との比較という別の観点から眺めてみたい。「防人歌」の後に付加されている「昔年防人歌」八首は以下のようにある。

A　防人に行くは誰が背と問ふ人を見るがともしさ物思ひもせず　（四四二五）
B　天地の神に幣置き斎ひつついませ我が背な我をし思はば　（四四二六）
C　家の妹ろ我を偲ふらし真結ひに結ひし紐の解くらく思へば　（四四二七）
D　我が背なを筑紫は遣りて愛しみ結は解かななあやにかも寝む　（四四二八）
E　厩なる縄絶つ駒の後るがへ妹が言ひしを置きて悲しも　（四四二九）
F　荒し男のいをさ手挟み向かひ立ちかなるましづみ出でて我が来る　（四四三〇）
G　笹が葉のさやぐ霜夜に七重着る衣に増せる児ろが肌はも　（四四三一）
H　障へなへぬ命にあればかなし妹が手枕離れあやに悲しも　（四四三二）

この「昔年防人歌」と武蔵国防人歌との比較は従来全くなされていないが、私案では、この「昔年防人歌」と武蔵国防人歌群は密接に関係しているのではないかと考える。「昔年防人歌」の歌群自体についても、従来あまり考察がなされていないが、伊藤博は、以下のように示し、配列には意味があったのではないかと述べた。(14)

1妻の歌
2妻の歌　｝門出以前および門出の祈りの歌
3防人の歌
4妻の歌　｝門出の祈りの夫婦の悲別歌
（1〜4）門出に関する歌
5防人の歌
6防人の歌　｝門出後間もない頃の歌
7防人の歌
8防人の歌　｝門出後かなり時を経ての歌
（5〜8）途上に関する歌

この「昔年防人歌」には妻の歌が混じっており、その歌群がこのような構成を持っているということは、武蔵国防人歌群の構成とも関係するのではないだろうか。構成のことを考慮にいれなかったとしても、この「昔年防人歌」と発想を同じくする歌が武蔵国防人歌には散見される。

例えば、もっとも端的な例として、Ｄは⑩とほとんど同じ歌といってもよく、また、Ｃと④とは、夫婦としての唱和の形態をとっている。Ｃは男性の歌、④は女性の歌であり、そのことからも唱和として把握されるのである。また、先述したように④は「家なるわれ」と妻の代表として複数意識で詠んでいたのに対し、Ｃは「家の妹ろ　わを偲ふらし」と夫の代表として複数意識で詠んでいることが分かる。

このように「昔年防人歌」と武蔵国防人歌で男女の唱和と受け取れるものには、他にも、Ｅの男性の歌に対して、⑤の女性の歌が存在する。ともに「駒」を詠むのは単なる偶然ではないだろう。またＦの男性の歌に対して①の女性の歌が対応する。ともに、Ｆ「いをさ」①「枕大刀」と最初に手に持つ武器を歌い、ともに「やって来る」ことを歌うのである。男女の唱和ではないが、Ｈと②も同じ発想の歌と考えられる。両者ともＨ「障へなへぬ命にあれば」②「大君の命恐み」と宣誓的な語句から詠み始め、H「かなし妹が手枕離れ」②「愛しけ真子が手離り」と妹の手から離れ行くことを嘆く。このように見てくると、武蔵国防人歌において見受けられた照応よりも唱和の形式を備えているようにも考えられるのである。

防人歌全体を眺めてみると、遠江国と相模国の後に大伴家持の防人関連歌が配列され、駿河国と上総国との後にも大伴家持の防人関連歌が配列されている。また、常陸国・下野国・下総国の後、それから信濃国と上野国の後にも配列されていることが確認される。この家持の防人関連歌に関しては、最近様々に言及されているところであるが（序論「iii防人歌研究史」参照）、武蔵国の後には家持の歌はなく、配列からいっても「昔年防人歌」が組み込まれている。そして、この二つだけが夫婦の歌を掲載していること、これはやはり、この二つの歌群が関連を持っていることを示唆しているのではないだろうか。阿部りかは、この「昔年防人歌」と武蔵国防人歌との関係について、「『昔年防人歌』は、家持の最終長歌に付随する形を見せる武蔵国防人歌に付帯したものであると考えられる」[15]と述べているが、本章の結論は、阿部説の妥当性を示唆するものでもある。

さて、最後にこの「昔年防人歌」についても考えておきたい。「昔年防人歌」は、左注に「主典刑部少録正七位上磐余伊美吉諸君抄写し、兵部少輔大伴宿禰家持に贈る」とあることからも、家持の目に触れることがなかった歌群であることを意味し、第一部第八章で考察したように、宮廷に保管されていた資料ではないはずである。しかし、「抄写」とあることからも、このような、防人やその妻の歌を記録したものが、地方においても多数あったことが推測されるのである。「昔年防人歌」のような形式のものは、一つの模範的な歌群として、武蔵国も含め、他の国々にも存在したのではないだろうか。それを基に、防人が歌を作り上げていくこともあったと想定できるのである。「昔年防人歌」と武蔵国防人歌との関係は、この推測を予測させるものである。鉄野昌弘は、Dと⑩との関係等をもとに、以下のように述べる。

防人歌のほとんどが、服部呰女のように、既にある歌そのままか、それに手を加えるという仕儀で提出されているのではないか、という疑問を、私は払拭することができない。

全くの憶測であるが、「防人歌集」が各軍団に配布されていて、愛唱された歌などもあったかも知れない。（略）それは東国民衆の中にある歌の伝統ではなく、軍団という、末端ではあるが、確実に中央とつながる官庁の中で伝えられたものとせねばならない。(16)

軍団という中央とつながる官庁の中に防人歌が伝えられていた場合、家持はもっと多くの防人歌を蒐集できたはずであり、やはり宮廷に保管されていた防人歌はなかったと捉えるべきだろう。しかし、巻十三の「挽歌」、防人の妻の歌と伝承される長歌と反歌の存在（三三四四・三三四五）や、巻十四「防人歌」の部立のもとに収載されている五首（三五六七〜三五七一）の存在は、地方において防人歌と称されるものが伝承されていたことを、端的に物語るものであろう。(17)特に、巻十四で「防人歌」が五首とはいえ、部立がなされていること、またその五首の冒頭二首に「問答」と記載されていることも注目される。これら男性と女性との唱和の形式は、「本来、東国の防人夫婦が国別れする時に唱われる歌として定着していた歴史を持つかもしれ(18)」ず、「恋歌における男女の対詠と等しい形態の中に防人の歌も存在したことを教えている(19)」。序論でも述べたように、「天平勝宝七歳防人歌」以外の防人歌は、全て伝承上の防人歌と考えられ、それらが全て男性と女性との唱和形式になっていることも、従来防人歌とは、男性と女性との唱和が一つの形式として想定されていた可能性を示唆するものであろう。村瀬憲夫は、これら伝承上の防人歌について、「都人の口と耳によって濾過された状態で存在していた」と述べるが、(20)都人の間でも「防人」と「防人を見送る妻」を想定して詠まれる一つの文芸の部類が存在していた可能性も否定できないだろう。

それは、『詩経』に見られる、兵士として前線にある夫の身を案じる妻の情を詠む詩の趣向と重なるものであろう。例えば、『詩経』「王風」の「君子于役」と題される詩は以下のようにある（『新釈漢文大系　詩経』〔明治書院〕

に拠る、以下同じ)。

君子　役に于く　　其の期を知らず
曷くにか至らんや　　鶏は塒に棲り
日の夕べに　　羊牛は下り来る
君子　役に于く　　之を如何して思ふこと弗からん

君子　役に于く　　日ならず月ならず
曷か其れ佸る有らん　　鶏は桀に棲り
日の夕べに　　羊牛は下り括る
君子　役に于く　　苟も飢渇すること無かれ

これは、出征兵士の留守を守る農村の妻の歌であり[21]、この詩の内容は、①「背ろがまき来む月の知らなく」と密接に結び付くだろう。また、「魏風」の「陟岵」と題される詩は以下のようにある。

陟岵

彼の岵に陟りて　　父を瞻望す
父は曰ん　嗟　予が子よ　　役に行きては夙夜已むこと無かれ
上はくは旃を慎しめや　　猶ほ来れ　止まること無かれ
彼の屺に陟りて　　母を瞻望す
母は曰ん　嗟　予が季よ　　役に行きて夙夜寝ぬること無かれ

上はくは旃を愼しめや　　猶ほ来れ　棄てらるること無かれ

彼の岡に陟りて　　　　兄を瞻望す
兄は曰ん　嗟　予が弟よ　役に行きて夙夜必ず偕にせよ
上はくは旃を愼しめや　　猶ほ来れ　死すること無かれ

「山や丘など小高い所に登って、気になる人の方角をじっと眺めるのは『詩経』によく出て来る舞台設定」であり、「相手の方をじっと眺める行為は、一種の呪術的な意味」があったとされ、これは「誰か個人の作というより、出征兵士の間で流行した歌、もしくは留守を守る家族たちが出征兵士の無事を祈って歌った[22]」可能性が指摘されている詩なのである。

また、『文選』「楽府」に収められる「古辞」と題される詩には以下のようなものがある（『新釈漢文大系　文選』明治書院、以下同じ）。

古辞　飲馬長城窟行

青青たる河邊の草、綿綿として遠道を思ふ。
遠道思ふ可からず、夙昔夢に之を見る。
夢に見れば我が傍に在り、忽ち覚むれば他郷に在り。
他郷各々縣を異にし、展轉見る可からず。
枯桑に天風を知り、海水に天の寒きを知る。
門に入れば各々自ら媚ぶ、誰か肯て相為に言はん。
客遠方より来り、我に雙鯉魚を遺る。

児を呼んで鯉魚を烹しむれば、中に尺素の書有り。
長跪して素書を読む、書中竟に如何。
上には餐食を加へよと有り、下には長く相憶ふと有り。

古辞　傷歌行

昭昭たる素明の月、暉光我が牀を燭らす。
憂人寝ぬる能はず、耿耿として夜何ぞ長き。
微風閨闥を吹き、羅帷自ら飄颻す。
衣を攬りて長帯を曳き、屣履して高堂を下る。
東西安くに之く所ぞ、徘徊して以て彷徨す。
春鳥は翻りて南に飛び、翩翩として獨り翱翔す。
悲聲儔匹に命じ、哀鳴して我が腸を傷ましむ。
物に感じて所思を懐へば、泣涕忽ち裳を沾す。
佇立して高吟を吐き、憤を舒べて穹蒼に訴ふ。

これらの詩に関して辰巳正明は、

古辞は長く伝承されて来た歌であることを意味し、一つの形を成立させていると見られる。内容的には六朝の玉台風ではあるが、妻の悲しみは戦役に行った夫を思うところにある。これらが楽府体の詩であるのは、楽府の中に民間の歌謡を集めたものも含まれることから、そこに兵役の歌も民間の歌として採集されていたのであろう。(23)

と述べている。このような詩と同じ趣向を持った「防人」と「防人に行った夫の身を案じる妻」という男女の唱和を成り立たせるような文芸の型が存在したのではないだろうか。そのように考えた場合、従来夫婦の唱和になっているがために特異と考えられていた武蔵国防人歌群は、国府や郡家で歌い継がれていた唱和形式を、また都人が防人歌として想定する夫婦唱和の形式を、ある意味忠実に再現していたのではないだろうか。

しかし、武蔵国防人歌群にはまだ多くの解決できない点が見受けられる。それら今後解決しなければならない諸問題を最後にあげ、今後の防人歌群の研究につなげる一助としたい。

a　武蔵国防人歌にみられるまとまりのある歌群と、家持が削除した拙劣歌とはどのように関連するのだろうか。

b　武蔵国防人歌の規則的な配列と歌の詠まれた実際の場とはどのように関連するのだろうか。

c　「昔年防人歌」は、実際に武蔵国防人歌群とどのような関係にあるのだろうか。

第六節　おわりに

本章をまとめると以下のようになる。

一　武蔵国防人歌の冒頭四首は「国単位表記」の者の歌であり、後の八首は「郡単位表記」の者の歌であるが、その身分と歌の内容とが配列的にも結びついていることが確認できる。

二　武蔵国防人歌は、男性と女性との、いわゆる「唱和」の形態をとっている。これは意図されたものと考えられ、武蔵国防人歌は一つの歌群を構成していたと考えられる。したがって、従来の説のように「夫婦の唱和」を想定しなくてもよい。

三　武蔵国防人歌は「昔年防人歌」と密接な関わりがあると考えられる。もっと限定的に言うならば、武蔵国防人歌は、この「昔年防人歌」と同じような形式を持つ歌群を基に作成された可能性もあるのではないだろうか。

四　都人の間でも「防人」と「防人に行った夫の身を案じる妻」という、男女の唱和を成り立たせるような一つの文芸の部類が存在したのではないだろうか。

注

（1）伊藤博「防人歌群」『万葉集の歌群と配列　下』（塙書房、一九九二年三月）。しかし、伊藤は『万葉集釋注十』（集英社、一九九八年十二月）においては、

一二首のうち、夫婦の組歌（贈答）は四組（四四一五〜六・四四一九〜二〇・四四二一〜二・四四二三〜四）。あとの四首はどちらか一方のもので、四四一三・四四一七が妻の歌、四四一四・四四一八が防人自身の歌。これは、そのかたわれが拙劣歌として捨てられたことによって起こったのであろう。とすると、このほかに夫婦二組の歌四首が捨てられたと仮定するならば、計八首。家持が捨てた拙劣歌の数と合う。

と別の考えを提示している。

（2）渡部和雄「赤駒を山野に放し―武蔵国防人歌の含むもの―」（『長崎大学教育学部人文科学研究報告』第二十三号、一九七四年三月）。

（3）針原孝之「家持と防人歌―武蔵国の防人歌構成―」（『古典と民俗学論集―桜井満先生追悼―』おうふう、一九九七年一月）。

（4）伊藤博『萬葉集釋注十』（集英社、一九九八年十二月）。

（5）森淳司「防人歌の場―武蔵国の場合―」（『万葉の風土・文学―犬養孝博士米寿記念論集―』塙書房、一九九五年七月）。

（6）この歌は巻十四の「防人歌」と部類された五首の中の冒頭に配列されている。冒頭二首は男女の歌で「問答」と記され、以下のようにある。

置きて行かば妹はまかなし持ちて行く梓の弓の弓束にもがも　（三五六七）
後れ居て恋ひば苦しも朝狩の君が弓にもならましものを　（三五六八）
　右の二首は問答

三五六七は当該歌①と同様、最初に手に持つ武器を詠み込む。この巻十四の「防人歌」については、村瀬憲夫「万葉集巻十四『防人歌』の編纂」（『万葉学論攷―松田好夫先生追悼論文集―』続群書類従完成会、一九九〇年四月）参照。

（7）この「ろ」についてはもう少し慎重に考察しなければならない。『万葉集』の「ら」については、今まで親愛の意味としてとらえられてきた「ら」も、複数と解釈できるものが多数ある可能性がある。その点に関しては、毛利正守「『憶良ら』考」（『萬葉集研究』第六集、塙書房、一九七七年）、小柳智一「上代の複数」（『萬葉』第一九六号、二〇〇六年十一月）、「複数と例示―接尾辞ラ追考―」（『国語語彙史の研究』第二十七号、二〇〇八年三月）等参照。

（8）ただし、この点に関しては、さらに考察が必要である。防人歌の左注の体裁について、伊藤博説に拠ることは序論・本章でも述べた。すなわち、左注の「進る歌の数」以下が家持による注記であり、それより上に記述されている部領使の姓名の部分までが進上された歌録にもともとあった後書きと捉えるのである（伊藤博、注（1）に同じ）。ただし、武蔵国防人歌の作者名においては、夫の歌とあわせて採録されている妻の表記と、妻の歌のみ採録されている表記との二種類があり、左注の形式が異なる。これをどのように捉えるかによって、武蔵国防人歌の歌群の位置づけも変わってくるだろう。夫の歌を拙劣歌として削除したから、家持が新たに左注を増補したのか、はじめからこのような形式だったのかは、現段階では不明であるが、他の国の形式を鑑みると、武蔵国防人歌も、もともとこのような左注の形式だった可能性が高いといえるであろう。

（9）伊藤博「奈良朝初期歌人たちの方法」『萬葉集の表現と方法　下』（塙書房、一九七六年十月）。

（10）注（4）四四一八の注。

（11）益田勝實・岡田清子「防人の心―家ろには葦火焚けども―」（『国語国文』第二十四巻第五号、一九五〇年五月）。

（12）注（5）に同じ。また森淳司「万葉集宴席歌試論―餞席終宴歌について―」（『上代文学の諸相―青木生子博士頌寿記念論集―』塙書房、一九九三年十二月）参照。

(13) 鉄野昌弘「防人歌再考―『公』と『私』―」(『萬葉集研究』第三十三集、二〇一二年十月)。
(14) 伊藤博「抄写―昔年の防人歌八首」(『萬葉』第一六七号、一九九八年十一月)。
(15) 阿部りか「『父母』を詠む歌―天平勝宝七歳の防人歌をめぐって―」(『日本語と日本文学』第二十三号、一九九六年八月)。
(16) 注(13)に同じ。
(17) この巻十三の防人の妻の長歌・反歌に関して、市瀬雅之は「防人妻の歌と伝承された当該二首は、人麻呂『泣血哀慟歌』を下敷きに、奈良時代の新たな表現を加えた長歌と防人妻の歌が都人によって伝承洗練された短歌とを、巻十三の編纂者が組み合わせたものであった」とした(「『防人文学』の基層―巻十三・三三四四〜三三四五番歌の場合―」『中京大学上代文学論究』第五号、一九九七年三月)。
(18) 伊藤博『万葉集釋注七』(集英社、一九九七年九月)三五六七・三五六八の注。
(19) 辰巳正明「東国防人たちの旅の歌流れ」『万葉集に会いたい』(笠間書院、二〇〇一年一〇月)。
(20) 村瀬憲夫、注(6)前掲論文。
(21) この歌の「役」を兵士の出征ではなく、公務出張と捉える説もある。また「毛伝は君子を同僚の事とし、地方へ出掛けた同僚を思って作った歌だとするのに対して、朱子は君子の室家、つまり妻が夫を想う歌だとする」「妻が夫を思う歌とする見方は現代の解釈にまで受け継がれている」(「君子于役」語釈、『新釈漢文大系　詩経上』明治書院、一九九七年九月)。
(22) 宇野直人・江原正士「歌のはじまり―『詩経』」『漢詩を読む①』(平凡社、二〇一〇年四月)。
(23) 辰巳正明「民と天皇―防人の歌はなぜ悲しいのか―」(『國學院大學紀要』第三十九号、二〇〇一年三月)、のち『詩霊論』(笠間書院、二〇〇四年三月)。

結　論

本書では、万葉集防人歌群について二部に分け考察してきたが、本書をまとめると以下のようになる。

第一部「防人歌の作者層と主題」では、防人歌の作者層を追究し、その主題として提示される「父母思慕の歌」の意義を考察した。

第一章「防人歌作者名表記の方法」は、防人の地位・職分・役職などを示した肩書き名と作者名表記を考察の対象とした。とくに「一般防人兵士」とされてきた「上丁」については、「一郡に必ず一名の上丁しか存在しない」という原則があることから、「郡の上」、すなわち「郡防人集団の長」（一郡＋上丁）を示している記述ではないかという私案を提示した。また従来から配列的に問題とされてきた駿河国・武蔵国の冒頭にある「上丁」については、駿河国・武蔵国ともに国の冒頭に位置していること、そして二国とも次に「助丁」の身分が示されていることからも、「駿河国の上」「武蔵国の上」という役職を示している記述だと考えられる。したがって、上丁には以下の二種類の記述が存在すると結論付けられる。

①「一郡＋上丁」―「郡防人集団の長」

②「上丁＋一郡」―「一国防人集団の長」

そして、この考えが本書の骨格ともなっており、本書の防人歌研究に大きく関与することとなった。

第二章「常陸国防人歌における進上歌数の確定」は、常陸国防人歌の進上歌数を確定した。常陸国防人歌の進上歌数は、仙覚本系諸本で「十七首」、元暦校本や古葉略類聚鈔などの非仙覚本では「二十七首」となっている。現在の注釈書の多くは「十七首」を採用しているが、澤瀉久孝『注釋』は、二十七首を採用しており、小学館『新編日本古典文学全集』も元暦校本を拠り所にし、十七首を改め二十七首を採用しているが、その根拠は示されていない。本章では、第一部第一章をふまえ、常陸国防人歌の進上歌数を「十七首」と確定した。

第三章「防人歌における『父母思慕の歌』の発想基盤」は、防人歌における「父母思慕の歌」の意味を解明した。防人歌では、羈旅的発想の「妹」「妻」を詠み込む歌が二十四首見られるのと同様、「父母」を思慕する歌も二十三首見られる。これは、他の羈旅歌や「遣新羅使歌」「昔年防人歌」「東歌」には見られない傾向であり、父母を思慕する歌は、防人歌に特徴的な、非常に特異な発想といえる。したがって、「父母思慕の歌」を解明することこそが、防人歌の本質に迫ることになると考えた。そして、この発想の基盤は、律令制社会の儒教倫理としての「孝」の本質に貫かれていると考えられ、「父母思慕の歌」の作者は、当時「孝」の家の氏族としての意識を持っており、「孝」の家の系譜に属する氏族だった丈部氏を筆頭に、「孝」の本質を理解した上で、父母を思慕する歌を詠み込んでいる可能性を指摘した。この考えは、防人歌を詠む防人を「一般防人兵士」と考え、「防人はその殆どが班田農民であり、貧民階級に属していた」「彼らにどれほどの教養があると言うのであろうか」とする考えと相反する結論となり、防人歌は、五教倫理などを教育された、防人の中でも上層階級の身分の者の歌を中心に構成されていることを指摘したのである。

第四章「防人歌における『殿』の諸相」は、「父母思慕の歌」に二首詠み込まれる「殿」を考察の対象とし、そこに七世紀中頃から八世紀までの東国社会に特徴的な竪穴住居と掘立柱建物との共存という住居様式を見出すことができた。そして、当時の東国社会においては、「殿」は掘立柱建物として、まだ多くの人の住居様式でもあった竪穴住居からの優位性を持っており、それはそのまま「殿」を詠み込む防人歌作者層の東国社会での優位性をも語っていたことを指摘した。

第五章「防人歌における『妹』の発想基盤」は、第一部第三章・第四章で考察した「父母思慕の歌」と同様、防人歌には、羈旅的発想の「妹」「妻」を詠み込む歌も二十四首見られることに注目し、『万葉集』における「妹」「妻」の歌との関連性を考察した。そして、防人歌における妹は、羈旅歌における律令官人の妹を詠む歌と発想を同じくし、かつ類句・類想関係にあるものが多く見受けられ、またそれをさらに独自の言葉で強調する防人歌の方法を見出すことができた。この点において、東歌に見られる妹の発想とは異なっていると見るべきであり、これらの点を考慮するならば、防人歌の作者は、律令官人的発想の歌を数多く摂取できる、地方においてある程度の身分を有する上層階級の身分の者と考えられることを結論付けた。

第六章「防人歌作者層の検討」は、第一部第一章・第二章の作者名表記の方法や、第三章・第四章の「父母思慕の歌」、ならびに第五章の「妹」を詠み込む歌等の検討から、防人歌の作者層を追究した。その結果、防人歌とは、従来から言われているような、貧民階級に属している一般防人兵士の歌ではなく、防人集団の中で役職に就く上層階級の身分の者の歌ではないかと結論付け、そのような作者層には、「郡司子弟」層レベルの者もいた可能性を指摘した。そして郡司子弟は一般百姓の防人への徴発を円滑化し、その郡内の防人を統率する役目を担っていたと考えられ、それは健児制へとつながるものであったと推察されるのである。

第七章「防人歌における『個』の論理」は、『万葉集』における一人称代名詞「あれ」と「われ」との考察から、防人歌における「我」の表出を分析した。その過程で、『万葉集』における「あれ」と「われ」には以下のような区別が存在することが確認された。

①　あれ―「孤」としての「私」の発露、「孤的」意識の表出

②　われ―一般的な「私」の表出、集団意識の表出

そして、羈旅歌における「家妻に対する恋しさの主情的表出を中心とする」タイプと、「地名をよみこむ」タイ

プの二つは、「あれ」と「われ」との対比とも重なりあってくるが、防人歌においては、歌の作者の立場・身分をも、「あれ」と「われ」から考察することが可能になることを結論づけた。つまり、「国単位表記」の者は、一国の防人集団を代弁するような、その国の防人を代表して「われ」（われわれ）を詠み込んでいるものと考えられるのである。

第八章「大伴家持防人歌蒐集の目的ならびに意義」は、唐における安禄山の乱前後の東アジアの歴史的状況を概観し、当時の日本・渤海連携の新羅征討計画に象徴される国際的緊張状態へと向かう時代状況と、当時の大伴家持を取り巻く政治的状況から防人歌蒐集の目的を考察した。そして、防人歌蒐集の目的は「旅人以来の大伴家の執念と憶良の影響による同情、この二つが防人廃止に懸命にならしめる」などの、「防人廃止」の理由は考えにくく、逆に、武門大伴家としての律令体制の強化、その高揚を意識する行為だったのではないかと結論付けた。また、家持には、天平勝宝元年（七四九）「陸奥国に金を出だす詔書を賀く歌一首」作成以降、皇統賛美、皇統の「守り」に立つ大伴氏としての自負、名を立てることへの憧れが芽生え、そしてそれは、国守として天皇の代わりに民を導く意識をも芽生えさせた。そして家持の理想とする皇親政治を具現化させる一つの理想像を、帰郷後の聖武・諸兄の宴の場で見出すこととなり、歌の交流を通しての君臣和楽を実現することこそが、家持の理想とする皇親政治を民にまで浸透させることであり、それこそが皇統の「守り」に立つ武門大伴氏としての自負だったこととなる。そしてその自負は、聖武・諸兄という精神的基盤に支えられた天平勝宝七歳にこそ、最も大きく高揚していた家持の意識だったのであり、また、当時の新羅との緊張状態に代表される国際的状況のなか、兵部少輔という軍事面での任官にともなう武門大伴家の意識の向上とも重なり合い、防人歌蒐集につながったものと考えられるのである。そして防人歌蒐集は、そのような意味で、身分を越えた和歌世界の共有であるとともに、民の声を聴くという一つの皇親政治を貫く理想としても結実したのだろう。以上のように、防人歌蒐集の目的は、家持の詩学的立場・内面性の問題であるとともに、当時の内外の政治的状況、家持の歴史的立場とも無関係ではないことを立証したのである。

第二部「防人歌群の歌の場と配列」は、各国の防人歌を歌群として捉え直し、その歌群の配列方法から歌群の意味を探り出し、その意味を実際の歌の場にまで遡及して考察した。そして、詠歌の場を「出郷時」「旅の途次」「難波津」の三箇所に分け考察する現在の場の論、ならびに吉野裕説を再検討し、今までほとんど考えられることのなかった二国共同の歌の場があったことを確認し、防人歌の実際の場を解明した。

第一章「防人歌『駿河国・上総国歌群』の成立」は、従来から作者名表記・配列などが規則的であると指摘され、また収載率が最も高い上総国防人歌を考察の対象とした。その考察において、上総国は偶然とはいえないほどの対応関係が駿河国との間に見出され、この対応関係は、二国間での同一の場における歌のやりとりの結果ではないかと結論づけた。その場は、旅の途次における宴の場や難波津での宴の場などが考えられるが、上総国の収載率の高さ、拙劣歌の少なさは、この二国間の場の集団的性格が反映された結果であると考えられる。家持は、これら二国間共同の場の成果である「駿河国・上総国歌群」を、集団的性格を残したまま『万葉集』に収載した可能性があるのである。

第二章「下野国防人歌群における配列方法と歌の場」は、下野国防人歌の配列方法において、上丁に表記される郡名が、国府のあった都賀郡から始まり、反時計回りで足利郡―梁田郡―河内郡―那須郡と周り、都賀郡の北東に位置する塩屋郡で終わる形式を持っており、拙劣歌の削除された後の配列であるにもかかわらず、「延喜式的古代国郡図式」の「反時計回り」の配列意識が確認できることを指摘した。これは、『万葉集』の編纂に働いた地理的配列には「延喜式的古代国郡図式」と呼ぶべき順序のあったことが指摘され、この根幹にあるものは「反時計回り」の方角順であるとする説とも一貫性をもつこととなる。また、下野国防人歌群は、内容面でも密接な結び付きが見られ、その結び付きは、防人歌の配列にも顕著に見出される。これは、下野国防人歌群が、難波津という一つの歌の場で詠出された可能性を示唆するものでもある。つまり、下野国防人歌は、作者名表記による配列方法、郡名による配列方法、さらに歌の場を反映する歌の内容面による配列方法の三種類が見いだされ、それらが密接に結び付きながら防人歌群が形成されていることを結論付けたのである。ただし、郡名における反時計回りの配列方法と、内容面での密接な結び付きとがどのように関連しているのかは、現段階では不明であり、これは今後の課題としなければならない。

第三章「『布多富我美悪しけ人なりあたゆまひ』—下野国防人歌・四三八二番歌における新解釈—」では、従来から様々に解釈され、いまだ正当な評価がなされていない下野国防人歌の四三八二番歌、「布多富我美悪しけ人なりあたゆまひ我がする時に防人にさす」を詳細に分析し、現在の定説とは異なる新たな解釈を以下のように提示した。

1 「布多富我美」は、「布多火長」(フタホガミ)なのではないだろうか。

2 「あたゆまひ」は、鴻巣盛廣『万葉集全釈』の「脚病」説がもっとも妥当なのではないだろうか。

3 その場合、「(都賀郡)布多郷の火長さんは悪いお人だ。私たちが足の痛みで苦しんでいる時に防人に出発させるとは」の意味となる。

4 当該歌は、下野国防人歌の難波津での歌の場を反映しているのではないだろうか。

以上のように考えた場合、当該歌は従来の説のように国守糾弾という、防人歌の中での特異な歌と解すべきではなく、身近な直属の上司である火長に悪態をつきながらも、難波津での歌の場における船出のやるせなさ・辛苦の思いを詠んでいるものと解することができ、下野国における難波津という歌の場が、当該歌に関しても大きく関与していたことが立証できたのである。

第四章「常陸国防人歌群の成立」は、序列にしたがって順序正しく配列されていない唯一の防人歌である常陸国防人歌に焦点をあて、その理由を考察した。そして、常陸国防人歌には、前半部の難波詠と、後半部の故郷や旅の途次での思いを述べる歌との、二つの歌群を見出すことができ、歌の内容上の場から考えて、後半部が「第一歌群」、前半部が「第二歌群」と考えてよいことを指摘した。また、第一歌群の最後、防人歌唯一の長歌は、時間的広がりと空間的な広がりを持っており、そのような意味で、常陸国防人歌をまとめる役割を担っていたものと考えられ、長歌を含む第一歌群の後半部の歌は、下野国防人歌の冒頭部と密接に結びついていることが確認できた。以上のことから、第一歌群は、下野国防人歌が詠まれていく難波津での場において披露されたものと想定できるのである。そしてこの関係上、常陸国防人歌群は、難波を詠み込む第二歌群が、第一歌群の前に配列されたものと考えられ、これが、防人歌で唯一逆の配列になっている意味であると結論づけたのである。

第五章「武蔵国防人歌群の構成―『昔年防人歌』との比較―」は、妻の歌を含む防人歌で唯一の歌群である武蔵国防人歌の意義を考察した。そして、武蔵国防人歌は男性と女性との、いわゆる「唱和」の形態をとっており、これは意図されたものであると考えられ、武蔵国防人歌は現在見られる形式で一つの歌群を構成していたことを結論付けた。したがって、従来の説のように「夫婦の唱和」を想定する必要はない。また、武蔵国防人歌は「昔年防人歌」と密接な関わりがあると考えられ、この「昔年防人歌」と同じような形式を持つ歌群を基に作成された可能性を指摘した。さらにもう一つの仮説として、都人の間でも「防人」と「防人に行った夫の身を案じる妻」という、男女の唱和を成り立たせるような一つの文芸の部類が存在した可能性をも提示したのである。

以上、万葉集防人歌群の解明を進めてきたが、本書では、大伴家持が拙劣歌を削除した後の、現在の『万葉集』に見られる防人歌の歌群においても、各国の部領使が家持に進上した防人歌群の痕跡を、あらゆるところに残していることを確認することができ、その痕跡から、さらに遡及する実際の歌の場までが解明できる可能性を追究してきた。本書では、考察することのできなかった各国の防人歌も多いが、以上の見解から防人歌群を再検討する必要性が実感され、他の国の防人歌も「集団的歌謡の座」「一国一集団の場」というものを基に再検討する必要があることを指摘しなければならないだろう。

以上、本書は、防人歌群の全体像を解明する糸口を摑むことができたと考えており、この点において、新たな防人歌研究の道筋を示すことができたと考えるのである。今後は、この道筋をたどりながら、全体的な防人歌群の解明を目指さなければならない。

初出一覧

＊いずれも大幅に加筆・訂正・削除などの修正を加えている。

序論

 防人歌研究史

原題「〈書評〉水島義治著『萬葉集防人歌の研究』」（『語文』第一三五輯〔日本大学〕二〇〇九年十二月）

第一部　防人歌の作者層と主題

第一章　防人歌作者名表記の方法

原題「防人歌作者名表記の方法―進上歌数との関連から―」（『古典と民俗学論集―桜井満先生追悼―』おうふう、一九九七年二月）

第二章　常陸国防人歌における進上歌数の確定

原題「常陸国防人歌における進上歌数の確定」（『古代文芸論叢―青木周平先生追悼―』おうふう、二〇〇九年十一月）

第三章　防人歌における「父母思慕の歌」の発想基盤

原題「防人歌における『父母思慕の歌』の発想基盤」（『文学・語学』第二〇六号、二〇一三年七月）

第四章　防人歌における「殿」の諸相

原題「防人歌における『殿』の諸相」（『文学・語学』第二一二号、二〇一五年四月）

第五章　防人歌における「妹」の発想基盤
原題「防人歌における『妹』の発想基盤」（『國學院雜誌』第一一五巻第十号、二〇一四年十月）
第六章　防人歌作者層の検討
原題「防人歌作者層の検討―父母思慕の歌を手掛かりとして―」（『國學院雜誌』第一〇〇巻第四号、一九九九年四月）
第七章　防人歌における「個」の論理
原題「『万葉集』における『あれ』と『われ』―『孤』的意識と集団意識の表出―」（『実践国文学』第五十五号〈実践女子大学〉一九九九年三月）
第八章　大伴家持防人歌蒐集の目的ならびに意義
書き下ろし
第三節　原題「阿倍仲麻呂在唐歌―その作歌事情と伝達事情―」（『日本文学論究』第五十四冊、一九九五年三月）参照

第二部　防人歌群の歌の場と配列
原題「防人歌の世界―その作者層と詠歌の場―」（高岡市万葉歴史館編『無名の万葉集』笠間書院、二〇〇五年三月）
第一章　防人歌「駿河国・上総国歌群」の成立
原題「防人歌『駿河国・上総国歌群』の成立―進上歌数との関連から―」（『美夫君志』第六十八号、二〇〇四年三月）

第二章　下野国防人歌群における配列方法と歌の場
　原題「下野国防人歌における配列方法と歌の場」（星野五彦・片山武編『上代文学研究論集』其之二、万葉書房、二〇一二年四月）
第三章「布多富我美悪しけ人なりあたゆまひ」―下野国防人歌・四三八二番歌における新解釈―
　原題「『布多富我美悪しけ人なりあたゆまひ』―防人歌・四三八二番歌における新解釈―」（『上代文学』第一一二号、二〇一四年四月）
第四章　常陸国防人歌群の成立
　原題「防人歌『常陸国・下野国歌群』の成立」（『香川高等専門学校研究紀要』第四号、二〇一三年六月）
第五章　武蔵国防人歌群の構成―「昔年防人歌」との比較―
　原題「武蔵国防人歌の構成―『昔年防人歌』との比較―」（『記紀万葉論攷―中村啓信先生古稀記念―』中村啓信先生古稀記念論文集刊行会、二〇〇〇年三月）

あとがき

本書の書名である『万葉集防人歌群の構造』について、まずは述べたい。この書名には、私の中で以下の二点が深く関わっている。

一点目は、防人歌研究に新たな地平を築いた記念碑的名著である、吉野裕氏『防人歌の基礎構造』である。今から七十三年も前の一九四三年に伊藤書店から初版が出、その後、御茶の水書房から一九五六年に再刊、さらに筑摩書房から一九八四年に三度目が刊行された著書であるが、私自身、この筑摩書房版を何回読んだか分からない。防人歌が集団的歌謡に属するという見通しを、詳細に分析した本著の意義とその偉大さは、御茶の水書房版に寄せられた西郷信綱氏の後書き、筑摩書房版に寄せられた阪下圭八氏の解説に詳細に述べられているので、繰り返すことはしない。現在は多くの批判もなされている『防人歌の基礎構造』であるが、どの防人歌論よりもいまだに私の中では、大きな存在としてあり続けている。

二点目は、渡瀬昌忠先生が追究された歌の「場」の論である。渡瀬先生には、大学院時代から、今に至るまで、多くの学恩を賜っている。大学院の授業において、先生ご自身から「志賀白水郎歌群論」や「人麻呂歌集七夕歌群論」「四首構成歌群論」等の講義を賜り、その「場」の論理の緻密さに魅惑され、心からの興奮を味った。その後、大学院修了後も、先生のご自宅である「万葉舎」において、月に一回の研究会「弥生会」を催してくださり、私の大学院時代の親友であり、研究仲間でもある小柳智一君らとともに、万葉集の様々な問題について、お酒も交えながら語り合い、先生にご教示賜ったことは、私の中での研究を形作る礎となった。渡瀬先生にはその後も、防人歌研究について、多くのご教示を賜り（「援護射撃を」とおっしゃって、『水甕』に連載されていた「新・万葉一枝」に、先生ご自身が防人歌論を次々と発表してくださり）、また小柳君からも多くの国語学的なご助言をいただいた。この恵まれた環境を賜ったことが、現在の私の大きな財産となっており、どれほど感謝をしてもし尽くせるものではない。さらに渡瀬先生の著作集の編集や校正にも関わらせていただき、先生の「場」の論が、いつしか私の中の大きな目標となったのであり、したがって、本書の書名は、先生の著作集第八巻『万葉集歌群構造論』（おうふう、二〇〇三年）を多分に意識しているのである。

本書は、二〇一三年に國學院大學に提出した、博士学位論文を骨格としている。博士学位論文に関しては、主査の辰巳正明先生に、論文の構成や論の展開等において、多くのご教示を賜った。世界的視野に立たれた先生の『万葉集』研究には、自分の研究の視野の狭さを痛感させられるとともに、先生の視点の広大さには常に圧倒された。また先生のゼミにも参加させていただきながら、若い院生たちの、研究に対する活気・活力をも、合わせて賜ったように感じている。また副査をしてくださった菊地義裕先生や谷口雅博先生にも、様々な機会にご助言を賜り、合わせて感謝申し上げる次第である。

また、私事ながら、研究のために、香川から東京に通い続けることを常にサポートしてくれた、妻や息子、さらにはいつも最大限の応援をしてくれた父母にも感謝の意を伝えたい。家族のサポートがなければ、私自身研究を続けることはできなかっただろう。また、二〇一〇年八月に、白血病のために、たった二歳でこの世を去った娘の霊前にも、本書を捧げることをお許しいただきたい。

最後になったが、本書の刊行を心よく引き受けてくださった和泉書院の社長である廣橋研三氏に謝意を表したい。

二〇一六年八月三日

東城敏毅

歌索引

本索引は、本書で引用した『万葉集』の歌索引である。
配列は、巻一から巻二十まで国歌大観番号による。
なお、巻二十の「防人歌」のみ、各国名を記している。

巻十六

■**著者紹介**

東城敏毅（とうじょう　としき）

一九七〇年　愛知県生　香川県育ち
一九九二年　大阪外国語大学外国語学部モンゴル語学科卒業
一九九五年　國學院大學大学院文学研究科日本文学専攻博士前期課程修了
一九九八年　國學院大學大学院文学研究科日本文学専攻博士後期課程単位取得退学
群馬工業高等専門学校専任講師、准教授を経て、現在、香川高等専門学校教授　博士（文学）

主要論文（本書所収のものを除く）
「住空間の民俗―『風景』の発見と『わがヤド』の成立」上野誠・大石泰夫編『万葉民俗学を学ぶ人のために』（世界思想社、二〇〇三年）
「高橋虫麻呂と『東国』と」中西進編『笠金村・高橋虫麻呂・田辺福麻呂　人と作品』（おうふう、二〇〇五年）
「阿倍仲麻呂の〈憶い〉―『春日なる三笠の山』と遣唐使―」『明日香風』第一三〇号（古都飛鳥保存財団、二〇一四年）

研究叢書478

万葉集防人歌群の構造

二〇一六年一一月二〇日初版第一刷発行
（検印省略）

著者　東城敏毅
発行者　廣橋研三
印刷所　亜細亜印刷
製本所　渋谷文泉閣
発行所　有限会社　和泉書院
大阪市天王寺区上之宮町七―六
〒五四三―〇〇三七
電話　〇六―六七七一―一四六七
振替　〇〇九七〇―八―一五〇四三

ISBN978-4-7576-0813-9　C3395

研究叢書

研究叢書

近世武家社会における待遇表現体系の研究 桑名藩下級武士による『桑名日記』を例として	佐藤志帆子 著	451	一〇〇〇〇円
平安後期歌書と漢文学 真名序・跋・歌会注釈	鈴木徳男 北山円正 著	452	七五〇〇円
天野桃隣と太白堂の系譜並びに南部畔李の俳諧	松尾真知子 著	453	八五〇〇円
現代日本語の受身構文タイプとテクストジャンル	志波彩子 著	454	一〇〇〇〇円
対称詞体系の歴史的研究	永田高志 著	455	七〇〇〇円
心敬十体和歌 評釈と研究	島津忠夫 監修	456	一八〇〇〇円
語源辞書 松永貞徳『和句解』本文と研究	土居文人 著	457	一一〇〇〇円
拾遺和歌集論攷	中周子 著	458	一〇〇〇〇円
『西鶴諸国はなし』の研究	宮澤照恵 著	459	一三五〇〇円
蘭書訳述語攷叢	吉野政治 著	460	一三〇〇〇円

（価格は税別）